Sippenverfall

Elke Bergsma

Elke Bergsma

Sippenverfall

Impressum

Lektorat: Hagen Schied, www.lektorat-buchwaerts.de
Korrektorat & Satz: Corinna Rindlisbacher, www.ebokks.de
Cover: Susanne Elsen, www.mohnrot.com
unter Verwendung von Fotos von © Stefanie Lindorf/fotolia.com

ISBN-13: 978-1976702846

1

Lange hatte sie überlegt, ob sie überhaupt kommen sollte. Feste im Kreise ihrer Familie waren gemeinhin nicht das, womit sie sich an ihren ohnehin knapp bemessenen freien Tagen bevorzugt die Zeit vertrieb. Doch was konnte man schon anderes tun, wenn man nicht für den Rest seines Lebens als das Enfant terrible der Sippschaft gebrandmarkt sein wollte? Manchmal hieß es eben, Zähne zusammenbeißen und auf in den Kampf.

Opa Herbert sei unheilbar erkrankt, hatte ihre Mutter am Telefon erzählt und mit flehender Stimme hinzugefügt, es sei vermutlich die letzte Gelegenheit, den über Neunzigjährigen noch einmal lebend zu sehen. Nicht ausgesprochen hatte sie, dass es also auch die letzte Gelegenheit sein würde, sich bei ihm einzuschleimen, um bei der zu erwartenden Erbschaft nicht leer auszugehen.

Kathrin näherte sich, den Rollkoffer hinter sich herziehend, dem Emder Ratsdelft. Dort, so hatte es in der Einladung geheißen, wurde das Schiff, auf dem das mehrtägige Familientreffen stattfinden sollte, am Pier liegen. Kurz hatte Kathrin überlegt, sich vom Bahnhof aus ein Taxi zu nehmen, doch erschien ihr dann der Gedanke, an diesem ruhigen, sonnigen Tag im Spätherbst ein wenig durch ihre Heimatstadt zu schlendern, viel reizvoller. Also hatte sie den ihr wohlbekannten Weg Richtung Große Straße eingeschlagen, die sich, so musste sie feststellen, zu einer gar nicht so hässlichen Fußgängerzone gemausert hatte. Vor allem gefiel ihr der Blick auf das ehrwürdige, nach völliger Zerstörung im Zweiten Weltkrieg nahezu originalgetreu wieder aufgebaute Rathaus, das heute das ostfriesische Landesmuseum beherbergte. Erinnerungen an ihre Kindheit kamen Kathrin in den Sinn, doch verscheuchte sie diese sofort wieder. Sie bog beim Otto Huus um die Ecke. Auch wenn es ganz interessant war, mal wieder hier zu sein, so gab es doch keinen Grund zu nostalgischer Schwärmerei.

„Kathrinchen, huhu, hier sind wir! Wie aufregend das alles ist, findest du nicht?"

Oh nein! Tante Femke! Unwillkürlich zog Kathrin den Kopf ein. Halb Emden schien sich nun nach ihr umzudrehen und sich zu fragen, was genau denn so aufregend sei. Zwar wusste Kathrin nicht, woher genau das Rufen gekommen war, doch würde sie die Stimme ihrer Tante stets unter tausend anderen erkennen. Dieses näselnd-hysterische Gequieke, das irgendwo zwischen dem Quietschen eines kaputten Keilriemens und dem Kreischen einer Kreissäge anzusiedeln war, hatte sie schon als Kind gehasst. Aus irgendeinem Grund gelang es Femke nicht, eine auch nur ansatzweise erträgliche Lautstärke zu wählen.

„Kathrinchen, komm doch rauf! Hier ist es wunderschön! Da hat sich Herbert aber mal wieder in Unkosten gestürzt, das kann ich dir sagen! Wunderschön ist es hier, wirklich, wunderschön!"

Na prima, das dürfte nun auch der schwerhörigste aller Emder verstanden haben. Kathrin verzog gequält das Gesicht. Sollte sie sich das wirklich antun? Oder nicht doch lieber umdrehen und den nächsten Zug nach Hause nehmen?

„Hi. Schön, dass du da bist."

Okay, sie würde bleiben. Der Anblick ihres Cousins Arne, der ihr entgegenkam und ihr den Rollkoffer abnahm, zauberte ihr ein Lächeln aufs Gesicht. Ja, auf ihn hatte sie sich tatsächlich gefreut. „Moin, Arne", erwiderte sie. „Nun weiß ich auch endlich, warum ich eigentlich hier bin." Bewundernd stellte sie fest, dass er noch immer genauso gut aussah wie früher. Groß, athletisch gebaut, dunkle, kurzgeschnittene Locken, markante Gesichtszüge. Als Kind hatte sie irgendwann einmal beschlossen, ihn zu heiraten. Vielleicht wäre es nicht die schlechteste Lösung gewesen, aber das Leben hatte es anders gewollt.

„Wir haben uns lange nicht gesehen. Hätte nicht gedacht, dass du diesmal kommst."

„Wir alle machen Fehler", entgegnete Kathrin keck. „Ist es das?"

„Ja." Arne war unweit eines Passagierschiffs stehen geblieben, das dem ehemaligen, knallroten Feuerschiff schräg gegenüberlag. „Hat sich nicht lumpen lassen, der Alte."

„Huhu, Kathrinchen, nun guck doch mal, damit ich ein Foto machen kann!"

Mist! Kathrin hatte kurz den Kopf gehoben, um das Passagierschiff genauer zu betrachten – und war dabei ungewollt in die Fotofalle getappt. Na ja, egal, dem würde sie in den nächsten Tagen sowieso nicht entrinnen können, denn ihre Verwandtschaft war schon immer ganz wild auf Fotos fürs Familienalbum gewesen. Noch so eine Marotte, der Kathrin nie etwas hatte abgewinnen können.

Unbeeindruckt von ihrer Tante, die ihren gewaltigen Busen über die Reling geschoben hatte und ihr Smartphone zum Fotografieren direkt auf Arne und sie gerichtet hielt, betrachtete Kathrin das Schiff etwas genauer. Immerhin würde sie darauf in den nächsten Tagen wohnen müssen. Der Rumpf des aus Stahl erbauten, vielleicht dreißig Meter langen Dampfschiffes erstrahlte in einem frischen Weiß und sah aus, als wäre er eben erst gestrichen worden. Am Bug prangte in geschwungenen Lettern der Name *White Cloud*. Über die gesamte Länge hingen schwarze Fender von der Reling herab, die bei Berührung mit der Kaimauer ein quietschendes Geräusch von sich gaben. Die Aufbauten setzten sich aus zwei Kabinendecks zusammen. Auch sie waren weiß gestrichen; die in sie eingelassenen Fenster und Türen hingegen waren aus einem lackierten, dunkelbraunen Holz. Die großzügige Terrasse des mittleren Decks war mit einem Sonnenschutz überdacht, auf ihr standen diverse Tische und Stühle. Das Herzstück des Dampfers bildete ein in Schwarz und Gelb gestrichener Schornstein. Kathrin konnte nicht umhin festzustellen, dass ihr dieses Traditionsschiff ausnehmend gut gefiel.

„Gehen wir?" Arne deutete auf die Gangway.

„Wenn's sein muss." Kathrin folgte ihm. „Sind denn schon viele da?"

„Fast alle. Sie sitzen im Salon und kippen Drinks. Sollte mich nicht wundern, wenn die Ersten schon ordentlich angeschickert sind."

„Klar. Auf anderer Leute Kosten lässt es sich ja auch ganz gut leben", ätzte Kathrin.

„Ganz ehrlich?" Arne grinste über die Schulter zurück.

„Ich würde jetzt auch gerne mit einem Cocktail auf unser Wiedersehen anstoßen."

„Kein Problem", grinste Kathrin. „Vermutlich lassen sich die kommenden Tage sowieso nur im Suff ertragen." Arnes dunkles Lachen begleitete sie bis zu ihrer Kabine. Ein bereitstehender Stewart in weißer Uniform schloss die Tür auf und bedeutete ihr mit einer knappen Verbeugung einzutreten.

Arne hatte nicht übertrieben. Im Salon herrschte weinselige Stimmung, als Kathrin ihn rund eine halbe Stunde später betrat. Sie hatte sich in ihrer komfortabel ausgestatteten Kabine aus Jeans und Pullover gepellt und war rasch unter die Dusche gesprungen, um sich danach in Bluse und Kostüm zu kleiden. Sie wusste, wie sehr Opa Herbert ein seriöses Outfit schätzte. Normalerweise scherte sie sich nicht um die Meinung anderer, aber da es sich, wie ihre Mutter behauptete, vermutlich um den letzten Geburtstag ihres Großvaters und damit wahrscheinlich auch um ihr letztes Wiedersehen handelte, wollte sie ihm wenigstens diesen Gefallen tun. Es gab schließlich keinen Grund, einen alten Mann zum Ende seiner Tage noch zu ärgern – auch wenn er zeitlebens mit seiner Verwandtschaft nichts anderes gemacht hatte, als sie zu tyrannisieren.

Kaum jemand beachtete sie, als sie eintrat und sich umschaute. Ihre Verwandten fläzten sich in den kreisrund angeordneten, schwarz glänzenden und von edlem Mahagoniholz eingerahmten Ledergarnituren, von denen es fünf an der Zahl gab und die jeweils ungefähr zehn Personen fassten. Ein paar Männer hatten es sich an der Bar gemütlich gemacht, vor ihnen standen gefüllte Whiskeygläser und Kognakschwenker. In der Luft hing der abgestandene Geruch von Zigarrenrauch.

Kathrin beschloss, sich möglichst unauffällig ihrem Großvater Herbert zu nähern, der mit einer rotkarierten Wolldecke über den Beinen in einem ledernen Sessel saß und mit Leichenbittermiene den Ausführungen ihrer Cousine Hedda, der missratenen Tochter von Tante Femke, lauschte. War ja klar, dass die sich bereits in die Rolle des Schoßhündchens eingefunden hatte, dachte Kathrin verächtlich. Hoffentlich durchschaute Herbert wenigstens, dass es keineswegs überbordende Liebe war, die Hedda dazu trieb, ihm ständig die Decke zurechtzuzupfen, sondern vielmehr ihre Gier nach Gold und Geld, von dem sie noch nie hatte genug bekommen können.

„Ach, Kathrinchen, da bist du ja! Nun sach mal, wie lange haben wir uns nicht gesehen!“

So lange, dass du mich nicht mehr Kathrinchen nennen solltest, dachte Kathrin und seufzte innerlich. Widerwillig ließ sie sich von ihrer Tante Femke an den voluminösen Busen drücken. Die Geruchsmischung aus Schweiß und süßlichem Parfüm, die ihr dabei in die Nase stieg, trug nicht gerade zu ihrem Wohlbefinden bei.

Als Femke sie wieder freigab, war es im Salon plötzlich still geworden. Aufgeschreckt durch die schrille Stimme, die jeden reflexartig die Hände auf die Ohren pressen ließ, war die Verwandtschaft verstummt und starrte den Neuzugang an. Von Neugierde über Freude bis hin zu unverhohlener Feindseligkeit meinte Kathrin, sämtliche Gefühlsregungen in den Augen zu erkennen. Es war also alles genauso, wie sie es bereits seit vier Jahrzehnten kannte.

„Willst du mir nicht guten Tach sagen, wenn du schon mal hier bist? Oder willst du weiterhin Löcher in die Luft starren?", ertönte eine vom vielen Rauchen kratzige Stimme durch den Raum. Opa Herbert musterte Kathrin aus schmalen Augen. Ihn umgab eine Wolke von Zigarrenrauch, weil er es nicht für nötig befand, sich an irgendein Rauchverbot zu halten. „Siehst ja aus wie 'n Kriegskind, so dürr bist du. Gibt dein Mann dir denn nix zu essen? Hat dann ja gar nix in der Hand, de Fent[1], wenn's zur Sache geht." Der Kehle des Patriarchen entwich ein dröhnendes Lachen. Für schlüpfrige Witze hatte Opa Herbert schon immer eine ganze Menge übriggehabt.

„Die hat doch gar keinen Kerl!", rief jemand durch den Raum, den Kathrin gleich darauf als Herberts Sohn und ihren Onkel Bert erkannte. „Ist ihr weggelaufen. Was einen ja nicht wirklich wundert. Hat doch Haare auf den Zähnen, das Weib. Erstaunlich, dass er es überhaupt so lange mit ihr ausgehalten hat." Wie alle Erstgeborenen in dieser Familie hieß auch er Herbert, wurde jedoch von jeher nur Bert gerufen. Nach mehr als sechzig Lebens- und fast vierzig Ehejahren war er einer der frustriertesten Menschen, die Kathrin jemals hatte kennenlernen müssen, und ein totaler Versager obendrein. Das wiederum versuchte er dadurch zu kompensieren, dass er sich – mit zunehmend weniger Erfolg – als Frauenheld gerierte, wo immer er auftauchte. Seine Frau Enna ertrug ihn und seine Eskapaden nur noch mit einem gewissen Pegel Alkohol im Blut. Auch jetzt sprach der glasige Blick, mit dem sie Kathrin musterte, eine eindeutige Sprache.

[1] Plattdeutsch für junger Mann

Vereinzelt war auf Berts Spruch hin Gelächter im Raum zu hören, die meisten Anwesenden aber ignorierten ihn. So auch Kathrin, die sich schon vor Jahren geschworen hatte, sich nicht mehr von diesem armseligen Würstchen provozieren zu lassen.

„Moin, Opa." Ohne den Rest der Familie noch weiter zu beachten, ging Kathrin direkt zu dem alten Mann hinüber und gab ihm die Hand. Diese fühlte sich kalt an und war so trocken und rau wie Schmirgelpapier. Als sie ihn das letzte Mal gesehen hatte, war er noch deutlich fülliger gewesen. Die Krankheit nagte augenscheinlich an seiner Substanz. „Wie geht es dir? Wir haben uns lange nicht gesehen."

„Weil ich keine Lust hatte, euch ständig ertragen zu müssen", krächzte Herbert. Er versetzte Hedda, die schon wieder an seiner Wolldecke herumzupfte, einen Stoß mit dem Ellenbogen, woraufhin sie beleidigt zurückwich. „Aber nun, da es zu Ende geht mit mir, wollte ich doch mal gucken, wem von euch nichtsnutzigen Erbschleichern ich überhaupt was vermachen kann, ohne dass mir schlecht wird." Er zog Oberlippe und Nase zusammen, nahm einen tiefen Zug seiner Zigarre und fügte hinzu: „War klar, dass ihr alle kommt, wenn es ans Geld geht. Jahrelang schert ihr euch einen Teufel um mich alten Mann, ruft nicht mal an. Und nun, ganz plötzlich … Ach, was rede ich eigentlich so viel. Ist doch scheißegal." Er beschloss diese kurze Ansprache mit einer wegwerfenden Handbewegung.

„Könnte daran liegen, dass du immer ein Kotzbrocken warst", bemerkte Kathrin frei heraus. „Und anscheinend auch immer noch bist."

Während alle anderen im Raum nach diesem Affront erschrocken die Luft anhielten, verzog Kathrin keine Miene, sondern sah ihren Großvater herausfordernd an. Sie hatte nicht vor, hier die Duckmäuserin zu geben, wie sie es früher bei solchen Gelegenheiten getan hatte. Sie war nicht mehr der naive Backfisch, der sich von anderen sagen ließ, was richtig und was falsch war. Sollte der alte Griesgram sie doch des Schiffes verweisen, ihr wäre es egal. Nein, dachte sie bei sich, es wäre ihr sogar ganz lieb. Denn ein paar Minuten gemeinsam mit den hier Anwesenden in einem Raum hatten genügt, um sich zu fragen, was sie mit dem Spuk hier eigentlich zu tun hatte.

Opa Herbert war zunächst zu verdutzt, um diese Attacke schlagfertig zu parieren. Für eine ganze Weile saß er einfach nur mit offenem Mund da und starrte Kathrin an. Immer noch hielt sie seinem Blick stand. Als ihr dieses Kräftemessen zu bunt wurde, wollte sie sich umdrehen und gehen. Doch brach der alte Mann plötzlich in grölendes Gelächter aus und wischte sich schließlich Lachtränen aus den Augen. „Du gefällst mir“, gluckste er. „Hab ja gar nicht gewusst, was aus dir für eine patente Frau geworden ist.“ Er klopfte auf einen Stuhl neben sich. „Komm, setz dich! Hab Lust, mich mit dir zu unterhalten. Bist anscheinend die Einzige hier, die Mumm hat.“ Er wedelte mit der Hand in der Luft herum und rief zur Bar hinüber: „Bringt für das Kind mal ein Glas Sekt! Und für mich einen Kognak! Damit wir was zum Anstoßen haben.“

Kathrin spürte die Blicke ihrer Verwandtschaft, die sich in ihren Rücken bohrten, als sie sich nun ihrem Großvater gegenüber setzte und ihren schwarzen Bleistiftrock glattstrich. „Für mich keinen Sekt“, rief sie dem Barkeeper zu,

„lieber auch einen Kognak! Hab nicht vor, das hier nüchtern zu ertragen."

Bevor noch irgendwer etwas darauf erwidern konnte, wurde die Gesellschaft zu Kathrins Erleichterung durch das Erscheinen ihrer Mutter abgelenkt, die wohl gerade erst angekommen war und sich nun suchend im Salon umsah. Als sie Kathrin und Opa Herbert entdeckte, ging ein Strahlen über ihr Gesicht und sie winkte ihnen fröhlich zu. „Bin gleich bei euch", rief sie quer durch den Raum, „will nur erstmal allen anderen Moin sagen! Ist ja fantastisch, wie viele Opa Herbert zu Ehren gekommen sind."

Kathrin grinste. Ja, so war sie, ihre Mutter. Ganz egal, wie schlecht die Stimmung auch sein mochte, mit ihrem Erscheinen ging selbst in dem dunkelsten Raum die Sonne auf. Völlig unbeeindruckt von den Miesmachern und Bedenkenträgern, die sich bei derartigen Familientreffen in nicht geringer Anzahl einfanden, verbreitete sie gute Laune. Kathrin war dankbar, dass sie dabei war – auch wenn sie wusste, dass es ihrer Mutter mit ihrem Erscheinen nicht weniger um das Erbe von Opa Herbert ging als allen anderen hier. Denn so lieb und freundlich sie auch war, so hatte ihre Mutter doch eine Macke: Sie war hochgradig spielsüchtig. Eine Krankheit, vor der ihr Mann, also Kathrins Vater, irgendwann kapituliert hatte. Kurz bevor er die Schuldnerberatung hatte aufsuchen müssen, hatte er die Reißleine gezogen und sich scheiden lassen. Ein Schritt, den ihm Kathrin mit ihren damals siebzehn Jahren furchtbar übel genommen hatte. Inzwischen aber verstand sie ihn. Mit einem suchtkranken Menschen zusammenleben zu müssen, war die Hölle. Keinem war damit gedient, wenn man die Folgen der Suchterkrankung unter den Teppich kehrte und um des lieben Friedens und der lieben Nachbarn willen so tat, als sei alles in bester Ordnung – so wie zum Beispiel Bert und Enna. Obwohl jeder wusste, dass sie sich am liebsten gegenseitig den Hals umdrehen würden, gaben beide vor, keinerlei Probleme zu haben.

„Nu, denn man Prost, mien Wicht[2].“ Opa Herbert ließ sein Glas, das ihm soeben von einer Servicekraft in die Hand gedrückt worden war, klirrend an Kathrins stoßen.

„Warum machst du das alles hier?“, fragte Kathrin, nachdem sie einen kräftigen Schluck genommen und daraufhin das Gesicht verzogen hatte. Normalerweise stand sie nicht auf solch harte Alkoholika. Vielleicht hätte sie doch auf Arne hören und einen Cocktail trinken sollen.

„Weil ich ein Familienmensch bin?“ Herbert zwinkerte ihr verschmitzt zu.

„Genau das war mein erster Gedanke, als ich deine Einladung bekam“, zwinkerte Kathrin zurück. Die Unterhaltung mit ihrem Großvater fing an, ihr Spaß zu machen. Sie konnte sich nicht erinnern, jemals mehr als zwei Sätze mit ihm gewechselt zu haben, ohne dass sie fluchtartig den Raum verlassen hätte. Aber ihr Gefühl sagte ihr, dass es dieses Mal anders sein würde. „Und was ist der tatsächliche Grund?“, hakte sie nach. „Du wirst doch auf deine alten Tage nicht sentimental geworden sein?“

„Wenn es so wäre, dann hätte ich meinem Leben schon längst selbst ein Ende bereitet und würde mich nun nicht von einem verdammten Geschwür auffressen lassen“, kam

[2] Plattdeutsch für mein Mädchen

die prompte Antwort. „Sentimentalität konnte ich noch nie leiden. Ist was für Jammerlappen."

„Also?"

„Du lässt nicht locker. Das gefällt mir." Herbert nippte an seinem Kognak, dann beugte er sich zu ihr hinüber und raunte ihr ins Ohr: „Aber den wahren Grund kann ich dir nicht verraten. Du wirst ihn herausfinden. Deshalb sind wir hier."

„Verstehe ich nicht. Was soll ich herausfinden?"

„Nicht du. Am Ende dieser Reise werden wir alle schlauer sein."

„Hm." Kathrin war klar, dass diesbezüglich nicht mehr an Erklärung von ihrem Großvater zu erwarten war. Für einen Menschen, der normalerweise kein Blatt vor den Mund nahm, selbst wenn es noch so verletzend war, musste es einen guten Grund geben, wenn er derart in Rätseln sprach. Ihre Neugierde jedenfalls war geweckt.

2

Nun kamen sie also alle gerannt, um sich bei dem Alten lieb Kind zu machen. Es war zum Kotzen. Es würden fünf verdammt anstrengende Tage werden. Was für eine Schnapsidee, die ganze Bagage auf diesen Kahn einzuladen! Aber so sehr er sich auch angestrengt hatte, es war ihm nicht gelungen, dem ollen Patriarchen diesen Plan auszureden. Wäre ja auch zu schön gewesen, wenn sein Vater auf ihn gehört hätte. Vor allem aber wäre es das erste Mal gewesen.

Ohne den Blick von den Geschehnissen im Raum abzuwenden, bedeutete Bert van Lessen dem Barkeeper mit einem Fingerzeig, ihm einen weiteren Drink einzuschenken. Die Bemerkung seiner Nichte Kathrin, dass man das Theater hier nur im Suff ertragen würde, war gar nicht so dumm gewesen. Erstaunlich für eine, die sich früher hinter dem breiten Rücken ihres Vaters verkrochen hatte, sobald man das Wort an sie richtete. Anscheinend hatte sie sich zu einer bissigen Hyäne entwickelt. Wer hätte das gedacht.

Leider wurde sie dadurch nicht weniger gefährlich. Mit ihrem frechen Maul hatte Kathrin bei dem Alten gepunktet, saß ihm jetzt quasi auf dem Schoß. Was für ein Mist! Einige andere hier hatte Bert auf dem Schirm gehabt, aber Kathrin nicht. Ihr selbstbewusstes Auftreten verunsicherte ihn. Mit starken Frauen hatte er noch nie etwas anfangen können. Leider schienen sie jedoch in den letzten Jahren wie Pilze aus dem Boden zu schießen. Überall machten sie sich breit und eigneten sich Berufe und Posten an, die von jeher den Männern vorbehalten gewesen waren. Bert fragte sich, wie seine Geschlechtsgenossen so etwas hatten zulassen können. Nicht mehr lange, und die Weiber hielten sämtliche wichtigen Lebensbereiche in der Hand. Die Wirtschaft, die Politik, die Wissenschaft. Und was, bitte schön, sollte dann aus all dem werden, was die Männer über Jahrhunderte so mühsam aufgebaut hatten? Bekanntlich endete doch alles, was Frauen anfassten, in der Katastrophe.

Das beste Beispiel hierfür war sein ältester Sohn Herbert. Einst als Hoffnungsträger der Van-Lessen-Dynastie in die Welt gesetzt, hatte seine Mutter ihr Bertchen – man stelle sich das mal vor, sie nannte den Jungen tatsächlich Bertchen! – zu einem verzärtelten, kränklichen, völlig unbrauchbaren Schwächling herangezogen. Bis er, Bert, diese Fehlentwicklung realisiert hatte, war es schon zu spät gewesen.

Aber wann, bitte schön, hätte er sich auch um diesen Burschen kümmern sollen? Seine Aufgabe war es schließlich, den Familienbetrieb am Laufen zu halten. Tag und Nacht hatte er als junger Mann dafür geschuftet, aus dem blühenden Unternehmen ein noch blühenderes zu machen. Und was war der Dank? Ausgebootet hatte man ihn, gar einen Versager geschimpft. Und das nur, weil er sich bei Finanzspekulationen mal ein ganz klein wenig vergriffen hatte. Spekulationen, die nur dem Nutzen der Werft hatten dienen sollen. Er persönlich hätte nicht – na ja, zumindest nicht allzu viel – davon profitiert.

Es war ein Desaster gewesen. An seiner Stelle wurde

sein Bruder Heinz, Kathrins Vater, zum Geschäftsführer bestellt und leitete fortan die Geschicke der Firma. Was für ein Schlag ins Gesicht! Immer schon war Heinz Vaters Liebling gewesen. Für Bert stand fest, dass sein Alter von Anfang an geplant hatte, seinen Bruder auf den Chefsessel zu hieven. Gegen Heinz hatte er selbst nie wirklich eine Chance gehabt. Als Heinz dann so früh den Löffel abgegeben hatte, war er nicht unglücklich darüber gewesen.

Doch genützt hatte ihm das Ableben seines Bruders nichts, denn anstatt sich nun wieder auf den ältesten Sohn zu besinnen, war dem Drittgeborenen, Rudolf, die Firmenleitung angetragen worden. Mit seiner Frau Femke, deren schrille Stimme einen schier um den Verstand bringen konnte, hatte Rudolf – der zu dieser Feier Gott sei Dank verhindert war, weil er in Australien weilte – eine Tochter gezeugt, Hedda. Ein durch und durch intrigantes Weibsstück. Da der Patriarch aber von Frauen in Führungspositionen nichts hielt, hatte Hedda trotz ihres Studiums an einer Eliteuniversität keine Chance, das Van-Lessen-Imperium zu übernehmen, auch wenn sie ihrem Großvater noch hundert Mal die Decke über den Beinen drapierte und ihm Tonnen von Schleim ins Ohr säuselte.

Als Erbe der nächsten Generation stand eigentlich längst Arne, der Sohn des Viertgeborenen Van-Lessen-Sprosses mit Namen Morten, fest. Sollte der greise und kranke Patriarch demnächst ins Gras beißen, dann würde er Arne vermutlich zum Herrn über das gesamte Vermögen bestellen, alle anderen, selbst seine eigenen Söhne, würden mit Brosamen abgespeist. Genau so war es testamentarisch verfügt worden. Zumindest nahmen das alle an.

Für Bert aber war diesbezüglich das letzte Wort noch nicht gesprochen. Schließlich gab es ja auch noch seinen Sohn Bertchen. Lange Jahre hatte der sich im Ausland verkrochen und so getan, als ginge ihn das alles hier nichts an. Nun aber war es an der Zeit, dass er zurückkehrte und sich auf den Stuhl setzte, der ihm zustand. In den letzten Monaten hatte Bert alles daran gesetzt, den inzwischen promovierten Betriebswirt und Computerspezialisten davon zu überzeugen, dass hier in Emden die Chance seines Lebens auf ihn wartete. Nach endlosen Diskussionen, in den sich Bertchen ungewohnt sperrig gegeben hatte, waren die Würfel schließlich gefallen. Für Emden und für die Werft. Und das Allerbeste: Bertchen würde, wenn er am nächsten Tag zustieg, eine Überraschung im Gepäck haben, an der selbst der Patriarch nicht vorbeikäme, sollte er sich auch noch so sträuben. Der Alte hielt Bertchen für einen Schwächling. Er behauptete, sein Enkel sei keine Führungspersönlichkeit. Nun, damit hatte er zweifelsohne recht. Doch würde die Überraschung dafür sorgen, dass sich der Patriarch eines Besseren besann.

Und dann? Bert grinste still in sich hinein und nahm einen weiteren Schluck seines Wodkas. Wenn Bertchen erst mal auf dem Thron saß, brauchte er einen Mann, der tatsächlich das Zeug zum Anführer hatte. Einen, der sich auskannte. Einen, der mehr Erfahrung im täglichen Geschäft mitbrachte als jeder andere hier. Gestatten, Bert van Lessen. Tief in seinem Innern spürte Bert, dass seine Zeit noch nicht vorbei war. Wie hieß es so schön? Totgesagte leben länger. Ja, wenn der Alte nur noch als Ölgemälde existierte, würde er, Bert van Lessen, die Werft in nie gekannte Höhen befördern. Zur Erreichung dieses Ziels war sein Sohn Bertchen ein notwendiges Übel, mit dem er würde leben müssen. Aber irgendwas war ja immer.

„Hach, wäre es nich sch-schön, wenn … *hicks* … unser Bertchen hier wäre?", riss Enna ihren Mann aus seinen Gedanken. Ihre Stimme war ein einziges Lallen; wie immer um diese Uhrzeit war sie sturzbetrunken. Genaugenommen hatte er sie seit ewigen Zeiten nicht mehr nüchtern erlebt, ganz egal zu welcher Uhrzeit. „So … so lange ham wir unsern Jungen nich … nich gesehen. Nich mal Weihnach… Weihnachten war er da." Sie hickste vernehmlich, wobei der bernsteinfarbene Inhalt ihres Glases bedenklich zum Rand schwappte. „Hach, so … so lange schon war er Weih… Weihnachten nich zu Hause."

„Das weiß ich doch. Wieso erzählst du mir das?", brummte Bert van Lessen. „Bestell dir lieber noch einen Drink, anstatt mich vollzuquatschen. Geht alles auf den Alten, Geld spielt also keine Rolle." Er vermied es, seine Frau direkt anzusehen. Ihr Anblick war einfach unerträglich: Das vom Alkohol aufgedunsene Gesicht, die großporige Haut, die Tränensäcke unter den blutunterlaufenen Augen. Sie war eine einzige Zumutung. Seit mindestens zehn Jahren schon ließ sie sich gehen. Dass Bertchen sich vor rund sieben Jahren ins Ausland verabschiedet hatte und sich seither nicht einmal mehr via Skype bei ihnen blicken ließ, machte die Sache nicht besser. Dreimal war Enna bereits in der Entgiftung gewesen, doch hatte sie, kaum dass sie entlassen worden war, dort weitergemacht, wo sie aufgehört hatte.

Nein, ansehen wollte er seine Frau wirklich nicht, anlassen schon gar nicht. Ihre schwabbelige Gestalt verursachte ihm Brechreiz. Längst hatten sie getrennte Schlafzimmer, was den Vorteil hatte, dass er sich ab und an mal ein reizendes Mäuschen zu sich einladen und vernaschen konnte. Enna bekam davon in ihrem Vollrausch sowieso nichts mit. Warum also hätte er sein Vergnügen woanders suchen sollen, wenn es doch zu Hause am bequemsten war?

Apropos Mäuschen. Als er seinen Blick durch den Salon schweifen ließ, erfassten seine Augen erneut Kathrin, die sich angeregt mit dem Patriarchen unterhielt. Viel zu angeregt, für seinen Geschmack. Es war ja klar, worauf sie es angelegt hatte, das kleine Miststück. Doch von ihrem niederträchtigen Charakter einmal abgesehen, war sie trotz ihres fortgeschrittenen Alters ein echtes Sahneschnittchen. Über vierzig musste sie inzwischen sein, ihre schlanke Figur aber hätte auch jeder Zwanzigjährigen zur Ehre gereicht. Dazu das volle, kastanienbraune Haar, das ihr bis zu den Schulterblättern fiel … Bert leckte sich die Lippen. Ja, wenn sie nicht zufällig seine Nichte wäre, hätte er glatt auf Ideen kommen können.

Nicht weit von Kathrin entfernt stand Hedda und machte ein Gesicht wie sieben Tage Regenwetter. Natürlich passte es ihr nicht, dass der Patriarch Gefallen an ihrer Cousine gefunden hatte. Wenn Blicke töten könnten, wäre Kathrin schon längst vom Stuhl gekippt.

Aber von ihrer miesepetrigen Art mal ganz abgesehen, war auch Hedda keine Frau, die man von der Bettkante stieß. Auch sie war von schlanker Gestalt. Ihre Körperhaltung zeigte, dass sie regelmäßig Sport trieb. Das lange, blonde Haar trug sie zu einer kunstvollen Frisur aufgetürmt. Ein paar Locken hatten sich gelöst und wippten bei jeder Bewegung in Höhe ihrer Ohren auf und ab. Ja, auch bei ihr hätte er ganz sicher versucht zu landen. Er liebte es, wenn Frauen sich ein wenig zickig gaben, denn dann machte es noch sehr viel mehr Spaß, sie zu bändigen.

Nun, wenn diese elendige Reise vorbei sein würde, dann konnte er ja wieder auf sein Kontingent an Escort-Damen zurückgreifen. Grund zu feiern würde es genug geben, dafür würde er mithilfe seines missratenen, aber nichtsdestotrotz nützlichen Sohnes schon sorgen.

3

Als die *White Cloud* von der Pier ablegte, versammelten sich Opa Herberts Gäste auf dem Sonnendeck. Lediglich die Männer und Frauen, die an der Bar bereits dem Alkohol zugesprochen hatten, wollten sich auch durch ein schnödes Ablegemanöver, wie sie es nannten, nicht von ihrer Trinkerei abhalten lassen.

Nachdem die Leinen eingeholt waren, entwichen dem Schornstein unter einem mehrfachen dunkel dröhnenden Tuten etliche Schwaden Dampf. Reflexartig fingen die Menschen auf der Straße zu winken an, und die Passagiere auf dem Schiff taten es ihnen gleich. Fast hätte man den Eindruck gewinnen können, dies sei ein Abschied für immer und nicht eine nur fünf Tage dauernde Ausflugsfahrt, die sie ins niederländische Lemmer und wieder zurück führen würde.

Kathrin zog ihren aus grober Wolle gestrickten Cardigan enger um sich, denn im Fahrtwind fühlte sich die Außentemperatur deutlich kühler an als die vierzehn Grad, die das Thermometer zeigte. Außerdem schoben sich ab und zu ein paar dunkle Wolken vor die blasse Sonne und überzogen die Silhouette der Seehafenstadt in unregelmäßigen Abständen mit trübgrauen Schatten.

Kathrin lehnte sich über die Reling und schaute zum

Himmel hinauf. Für eine Weile verfolgte sie die dahinsausende, in lockerer Formation auftretende Wolkenarmada mit ihren Augen. Immer mal wieder blitzte zwischen den teils mächtigen Gebilden die Sonne hindurch, nur um kurz darauf wieder vom Grau verschluckt zu werden. „Nirgends ziehen die Wolken schneller über den Himmel als hier in Ostfriesland", murmelte sie. „Und nirgends ist der Himmel höher."

„So poetisch?" Arne sah sie fragend an.

„Erinnerst du dich? Das hat mein Vater immer gesagt."

„Das mit den Wolken und dem Himmel?" Arne zuckte die Schultern. „Nee, weiß ich nicht mehr. Sagt das hier in Ostfriesland nicht jeder ständig?"

„Vermutlich. Ja, kann sein. Ich war lange nicht hier." Die nostalgische Stimmung, in der Kathrin für einen Augenblick geschwelgt hatte, war verflogen. Und das war auch gut so. Es gab keinen Grund, in Erinnerungen zu verweilen. Ihr geliebter Vater lebte seit fast zehn Jahren nicht mehr. Kathrin hatte lange gebraucht, um seinen plötzlichen Tod zu verarbeiten. Völlig unerwartet hatte eines Tages sein Herz aufgehört zu schlagen, einfach so, ohne Vorwarnung. Für Kathrin war er stets der wichtigste Mensch gewesen; unvorstellbar, dass er irgendwann einmal nicht mehr da sein würde. Aber genau so war es gekommen. Und genau so war es noch immer und wurde es immer sein. Es verging kein Tag, an dem Kathrin nicht an ihn dachte. Wie sehr sehnte sie sich manchmal danach, dass er noch einmal ihre Wange tätscheln und das sagen würde, was er immer sagte, wenn sie Kummer hatte: „Das Leben ist wie ein Kinderhemd, mien Wicht, kurz und beschissen.

Besser, du lachst drüber. Denn wenn du's nicht tust, wird es auch nicht länger."

„Puh, kalt hier oben." Arne schlang die Arme um den Körper und trat von einem Bein auf das andere. Die meisten ihrer Verwandten hatten sich längst wieder in den Salon geflüchtet. „Gehen wir auch wieder runter?"

Kathrin schüttelte den Kopf. „Nee, hol uns lieber einen Grog. Tut ganz gut, sich ein wenig den frischen Seewind um die Nase wehen zu lassen, finde ich." Sie deutete auf die Stühle, die um Tische herum an Deck standen. „Guck mal, sie haben sogar Decken rausgelegt, in die wir uns einmummeln können." Ohne die Reaktion ihres Cousins abzuwarten, entschied sie sich für einen Platz an der Reling und setzte sich.

Arne sah nicht wirklich begeistert aus, gab sich jedoch geschlagen. „Okay, ich hole meine Jacke aus der Kabine und bringe zwei Grogs mit." Er zwinkerte ihr zu. „Ich hoffe, du weißt meinen Einsatz zu schätzen."

„Du bist mein Held." Kathrin schenkte ihm ein Lächeln. Sie war wirklich froh, dass er hier war, denn so fiel es wenigstens nicht so auf, dass sie sich von dem Rest ihrer Verwandtschaft fernhielt.

„Na, hast dich ja direkt wieder an Arne rangeschmissen." Hedda war neben Kathrin aufgetaucht, kaum dass Arne am Niedergang zu den Kabinen verschwunden war. „Er hat dir wohl noch nicht erzählt, dass er bald heiraten wird?"

Diese Neuigkeit traf Kathrin so überraschend, dass sie ihre Verwunderung nicht verbergen konnte. Es dauerte einen Moment, bis sie bemerkte, dass sie Hedda mit offenem Mund anstarrte. Arne würde heiraten? Ihr gefiel dieser Gedanke gar nicht, auch wenn sie nicht zu sagen vermochte, was genau sie daran störte. Dann aber schüttelte sie innerlich den Kopf. Nein, das musste ein Gerücht sein. Denn wenn es so wäre, dann hätte sie es längst von ihrer Mutter erfahren, die derlei Nachrichten nie lange für sich behielt. „Er ist doch gerade erst geschieden", bemerkte sie und bemühte sich um einen neutralen Tonfall. „Warum also sollte er so dumm sein, sich gleich wieder an die Kette legen zu lassen?"

„Weil er Vater wird, vielleicht?" Hedda setzte sich neben sie und sah sie triumphierend an. Kaum dass sie diese Worte ausgesprochen hatte, strich sie mit den Händen über ihren Unterleib, der unter dem Kleid tatsächlich eine kleine Wölbung zeigte.

Kathrin schluckte. Arne und Hedda? Wie, bitte schön, passte denn das zusammen? War es denn nicht stets so gewesen, dass Arne seine Cousine nicht hatte ausstehen können? „Du machst Scherze", sagte sie, merkte jedoch selbst, dass ihre Stimme dabei alles andere als fest klang.

Hedda legte ihren Kopf in den Nacken und lachte gackernd. „Da hab ich dich wohl kalt erwischt, was?" Sie griff nach einer Decke und legte sie sich um die Schultern. „Tja, meine Liebe, so ist das, wenn man sich jahrelang nicht blicken lässt. Ruckzuck sind andere am Zug. Hast wohl gedacht, du bräuchtest hier nur aufzutauchen und er wäre dir gleich wieder verfallen. Nun, da muss ich dich enttäuschen. Diesmal habe ich Fakten geschaffen, die selbst du nicht übersehen kannst." Sie musterte Kathrin spöttisch von oben bis unten. „Fakten, in denen du mir wohl kaum noch Konkurrenz machen könntest. In deinem Alter." Es klang, als wäre Kathrin mindestens sechzig Jahre alt und nicht einundvierzig. Schade nur, dass Hedda tatsächlich einige Jahre jünger war als sie, sodass Kathrin diesem Argument wenig entgegenzusetzen hatte. Aber Arne und Hedda? Nie im Leben! Das konnte nur ein Scherz sein! Leider aber war Hedda eher als Spaßbremse berüchtigt, als dass man ihr so etwas wie Humor nachgesagt hätte.

„Das tut richtig weh, nicht wahr?" Hedda legte die Decke beiseite und erhob sich von ihrem Platz. Verächtlich sah sie auf ihre Cousine herab. „Nun, dann weißt ja auch du nun endlich, wie es sich anfühlt, verloren zu haben." Mit einem Schnauben schob sie das Kinn nach vorne und stolzierte davon. „Und dass du hübsch brav bist und deine Griffel von ihm lässt, hörst du!", rief sie über die Schulter zurück. „Alles andere würde dir nämlich verdammt schlecht bekommen."

Was war denn das gewesen? Kathrin schaute verwundert Hedda hinterher und kniff dann die Augen zu, um sicherzugehen, dass sie sich diesen Auftritt ihrer Cousine nicht nur eingebildet hatte. Als sie die Augen wieder aufschlug, war leider alles wie zuvor. Hedda drehte sich sogar noch ein weiteres Mal zu ihr um und grinste hämisch. Dann war es also wahr?

Was Kathrin an diesem Gedanken erschütterte, war weniger die Tatsache, dass sie Arne wirklich attraktiv fand. Auch hatte sie ganz sicher nicht vorgehabt, die Tage an Bord zu nutzen, um mit ihm irgendetwas anzufangen. Nein, diese Zeiten waren definitiv vorbei. Aber dass er plötzlich auf Hedda stand und sie sogar heiraten wollte? Das *musste* einfach ein schlechter Scherz sein.

Es war fast zwanzig Jahre her, dass Kathrin und Arne etwas miteinander gehabt hatten. Von vielen, selbstverständlich nur wohlmeinenden Mitmenschen waren sie damals schräg angeschaut worden. Ein Liebesverhältnis zwischen Cousin und Cousine? War das denn nicht Inzest? Kathrin hatte sich einen Spaß daraus gemacht, die Leute in dem Glauben zu lassen. Sollten sie sich doch an Arne und ihr abarbeiten, schließlich gab es ja sonst nichts Spannendes zu erleben in ihrer engstirnigen Spießerwelt.

Was die Leute nicht wussten: Arne war nicht das leibliche Kind seiner Eltern. Diese hatten ihn im zarten Alter von zwei Monaten adoptiert, nachdem seine Mutter bei einem Verkehrsunfall ums Leben gekommen und sein Vater mit der Situation völlig überfordert gewesen war. Zeitlebens waren die beiden Paare enge Freunde gewesen, und für Arnes Adoptiveltern war es daher eine Selbstverständlichkeit, sich fortan um den kleinen Jungen zu kümmern.

Nach seiner Scheidung vor zwei Jahren gehörte Arne als Erbe einer Familiendynastie zu den begehrtesten Junggesellen Ostfrieslands, die Frauenwelt lag ihm zu Füßen. Warum also entschied er sich ausgerechnet für Hedda?

„Was hat dir denn die Stimmung verhagelt? Du guckst ja, als hätte dich der Papst exkommuniziert." Arne stellte zwei dampfende Gläser auf den Tisch. Sofort stieg Kathrin der unverkennbare Geruch heißen Rums in die Nase, der sie an so manchen Winterabend ihrer Kindheit erinnerte.

„Du heiratest?", fragte Kathrin freiheraus. Als er sie perplex ansah, fügte sie hinzu: „Hedda war gerade hier, um mir diese frohe Botschaft zu verkünden. Gratuliere!" Sie nahm ihr Glas hoch und prostete ihm zu, bevor sie hineinblies und am Grog nippte.

„Uff!“ Arne strich sich durchs kurze Haar. „Jetzt macht sie also hier die Runde? Ich hatte es fast befürchtet.“

„Befürchtet? Ist sie denn nicht schwanger von dir?“

„Keine Ahnung. Sie behauptet zumindest, dass es so ist.“

„Ups!“ Kathrin grinste. „Nun sag nicht, du kannst dich an nichts erinnern.“

„Ein Fehltritt. Noch dazu im Vollrausch. Kaum vorstellbar, dass daraus gleich ein Kind entsteht.“

„Ein Schuss, ein Treffer. Kommt vor. Und nun?“

Arne beugte sich über den Tisch und senkte die Stimme. „Und nun? Nichts und nun. Ganz egal, wie schwanger sie auch sein mag, mit mir hat das nichts zu tun. Diese durchtriebene Schnepfe kann mich mal!“

„Hm.“ Kathrin lehnte sich zurück und nahm einen weiteren Schluck von ihrem Grog. Er floss ihr heiß die Kehle hinunter und verbreitete ein angenehmes Gefühl von Wärme in ihrem Körper. „Und was sagt dein Vater dazu? Er wartet doch seit Jahren sehnsüchtig auf einen Erben.“

Arne seufzte. „Ja. Genau das ist der Punkt.“

„Welcher Punkt?“

„Seit Hedda ihm gesteckt hat, dass sie schwanger ist, ist er völlig aus dem Häuschen. Natürlich glaubt auch er, dass das Erbe damit mehr als gesichert ist. Der erste Urenkel für Opa Herbert. Das muss einfach ein Pluspunkt sein!“

„Klar. Daher weht der Wind.“ Kathrin nickte wissend. „Das habe ich mir doch gleich gedacht. Die lässt sich von dir ein Kind machen und rennt dann zum millionenschweren Großvater, um ihm die frohe Kunde zu überbringen und gleichzeitig die Hand aufzuhalten. Was für ein Luder! Geschickt eingefädelt, das muss ich schon sagen. Aber sag mal, wann ist dein Vater eigentlich so geworden?"

„Wie geworden?"

„Na, er war doch früher nicht so … hm … geldgeil. Er war eigentlich immer ganz locker drauf."

„Seit dem Tod meiner Mutter vor zwei Jahren hat er sich sehr verändert. Seine Prioritäten liegen jetzt nicht mehr im Privaten, sondern im Beruflichen."

Kathrin stellte ihr Glas auf den Tisch und schaute sich um. „Apropos, wo ist er eigentlich? Ich habe ihn noch gar nicht gesehen."

„Er steigt erst hinter der Grenze zu, in Delfzijl. Hab schon überlegt, ob ich dann nicht lieber wieder die Flucht ergreife. Mit Hedda und meinem Vater für mehrere Tage hier an Bord … Die Hölle könnte nicht schlimmer sein."

„Aber du hast es doch gewusst. Wieso bist du dann überhaupt gekommen?", forschte Kathrin nach.

„Um dich zu sehen, natürlich", grinste er.

Kathrin musterte ihn prüfend, konnte jedoch nicht ausmachen, ob er das ernst meinte. Sie glaubte eher nicht daran. Seine Anwesenheit musste also einen anderen Grund haben. „Und was wäre die ehrliche Antwort gewesen?", fragte sie deshalb.

„Das, meine liebe Kathrin, ist eine lange Geschichte", bestätigte er ihre Vermutung, lenkte dann jedoch sofort vom Thema ab. „Schau mal, wir sind schon im Industriehafen. Nun ist es nicht mehr weit bis zur Großen Seeschleuse."

Auch wenn Kathrin gerne mehr über die Hintergründe der ganzen Geschichte erfahren hätte, so ließ sie sich jetzt auf das Ablenkungsmanöver ein und folgte Arnes Finger mit den Augen, der nach Steuerbord auf ein in der Sonne funkelndes Gelände zeigte. „Schau mal, das Verladeterminal von Volkswagen. Hunderte – ach, was sag ich – tausende Neuwagen, die auf ihre Verschiffung warten. Gigantisch, oder?“

„Ja, ganz fantastisch.“ Kathrin schnitt eine Grimasse, aber das sah Arne, der sich mit seinem Glas in der Hand an die Reling gestellt hatte, nicht. Sie fragte sich, was wirklich los war. Es passte nicht zu Arne, dass er seinem Vater oder wem auch immer zuliebe diese Fahrt machte. Er war kein Duckmäuser und erst recht kein Erbschleicher. Das Vermögen seines Großvaters war ihm immer schon reichlich egal gewesen, ihm reichte der Managementjob in dessen Firma.

„Kathrinchen, Arne, nun schaut doch mal! Wir kommen jetzt in die große Schleuse. Ist das nicht ganz furchtbar aufregend?“ Tante Femke, Heddas hyperaktive und stark übergewichtige Mutter, watschelte zuerst an Kathrin, dann am Steuerhaus vorbei zum Bug des Schiffes, um ja nichts von dem großen Ereignis zu verpassen. Nach sich zog sie einen ganzen Pulk Verwandtschaft, aus dem jeder Einzelne nun ebenfalls einen Logenplatz anzustreben schien. Verwundert schaute Kathrin ihnen hinterher. Dafür, dass sie alle einer alteingesessenen Bootsbauerfamilie entstammten, zeigten sie für die Schleuse ein auffallend großes Interesse. Jeder von ihnen dürfte bereits ein dutzend Male durch genau diese Schleuse gekommen sein, vermutlich sogar öfter. Nun aber benahmen sie sich wie Touristen, die solch ein Bauwerk bisher allenfalls aus der Theorie kannten. Kathrin verdrehte nur die Augen und legte sich eine Decke um die Schultern. Der Wind hatte gedreht und merklich an Kraft zugelegt.

4

„Hey, geht's noch?!“ Schlecht gelaunt rempelte Hedda zurück, als ihr im Kampf um die besten Plätze an der Reling ein Ellenbogen in die Rippen stach.

„Och, menno, nu … *hicks* … nu hassu …“ Betreten schaute Enna auf ihr Glas, dessen Inhalt sich soeben auf den Planken des Vorderdecks, aber auch auf den High Heels ihrer Nichte verteilte.

„Was rempelst du mich denn auch an!“, fauchte Hedda. „Und wieso torkelst du hier überhaupt herum? Geh doch an die Bar zurück, da hat man wenigstens das, was du brauchst.“ Wutschnaubend ließ sie ihre Tante, die nicht nur aufgrund der Wellenbewegungen des Wassers wie eine Boje hin und her schwankte, stehen. „Sag mal, kannst du nicht auf deine besoffene Alte aufpassen?“, ging Hedda ihren Onkel Bert an und hob ihren Schuh für ein paar Zentimeter. „Die Rechnung schicke ich dir nach Hause, da kannste Gift drauf nehmen. Zweihundert Euro haben die gekostet.“

Bert van Lessen grinste süffisant. „Na, muss ja eine ganze Armee Läuse sein, die dir über die Leber gelaufen ist, meine liebe Hedda. Kann es sein, dass jede einzelne davon Kathrin heißt? Ist schlimm, wenn einem das Millionenerbe abspenstig gemacht wird, nicht wahr? Vielleicht solltest du einfach mal lächeln, manchmal hilft's.“

„Na, das sagt ja genau der Richtige", blaffte Hedda. „Hast wieder mal keine Ahnung, worum es hier überhaupt geht, oder? Aber das ist ja auch nicht neu. Schließlich ist Versager dein zweiter Vorname, wie man hört." Mit einem Schnauben schmiss sie den Kopf in den Nacken und ging auf die andere Seite des Decks. Was für ein ekliger Typ!

Schon früher hatte Bert jungen Frauen hinterhergeschmachtet, doch hatte er damals wenigstens noch versucht, seine Geilheit zu verstecken. Inzwischen aber taxierte er alles, was unter vierzig war, ganz offen mit geifernden Blicken. Wenn er so weitermachte, würde ihm dabei bald noch der Sabber von seinen wulstigen Lippen tropfen. Wieso hielten sich eigentlich bevorzugt die fettesten und widerwärtigsten Typen für die Wiedergeburt des Adonis?

„Och nö, jetzt nicht wirklich, oder? Soll das etwa die Überraschung sein, die Opa Herbert uns gerade angekündigt hat?" Hedda zog einen Schmollmund, während sie ans Ufer schaute.

„Eine Überraschung?", fragte Kathrin, die hinter sie getreten war. „Rennt ihr deswegen alle wie aufgeregte Kids beim Kindergeburtstag zum Vorderdeck?"

Hedda grinste abfällig. „Ja, Überraschung. Und was für eine tolle. Aber du wirst gewiss Spaß dran haben, in deinem Alter. Ist was für Rentner."

Kathrin öffnete den Mund, um etwas zu erwidern, doch ging ihre Replik, die mit Sicherheit keine freundliche gewesen wäre, in den ersten Klängen mehrerer Akkordeons unter.

Hedda verzog gequält das Gesicht, als im nächsten Moment ein ganzer Chor aus Männerstimmen begann, *Junge, komm bald wieder* zu intonieren. „Oh nein, die meinen es wirklich ernst, oder?", murmelte sie und hielt sich aus einem Reflex heraus die Ohren zu. Während das Schiff langsam zum geöffneten Schleusentor einfuhr, linste sie aus schmalen Augen die Schleusenwand hinauf, an deren Ufer sich ein etwa zwanzigköpfiger Shantychor eingefunden hatte und ganz offensichtlich nur für die Familie des großen Schiffsbauers Herbert van Lessen Seemannslieder darbot. Hinter der Absperrung des Schleusentors standen rund zwei Dutzend Schaulustige fortgeschrittenen Alters. Sie schunkelten im Takt und stimmten aus voller Brust mit ein. Auch an Bord der *White Cloud* fand so mancher offensichtlich Gefallen an der Darbietung, denn vereinzelt waren auch hier mehr oder weniger sangeskundige Stimmen zu hören.

„Na ja, ein bisschen theatralisch ist es ja schon", hörte Hedda Arne neben sich sagen. Gerade wollte sie ihm dafür, dass er sich zu ihr gesellt hatte, ein strahlendes Lächeln schenken, doch hielt sie auf halbem Wege inne. Denn es war keineswegs sie, die er angesprochen hatte, sondern Kathrin. Dicht an sie gepresst, stand er hinter ihr und hatte ihr eine Hand auf die Schulter gelegt. Just in dem Moment, als Heddas Lächeln auf ihren Lippen gefror, schenkte er Kathrin eines. Aus seinem Blick sprach echte Zuneigung.

Heddas Herz setzte für einen Moment aus. Dann jedoch spürte sie eine unbändige Wut in sich aufsteigen. Sie holte tief Luft und schrie: „Hab ich dir nicht gesagt, dass du deine Finger von ihm lassen sollst!"

Sowohl Arne als auch Kathrin schienen im ersten Moment zu perplex, um auf diesen Ausbruch zu reagieren. Als sie schließlich beide ihren Mund öffneten, um etwas zu sagen, beugte sich Bert mit einem Grinsen zu ihnen und sagte: „So ist richtig, ihr wilden Kätzchen. Fahrt eure Krallen aus, damit wir euch kämpfen sehen.“ Zur Unterstreichung seiner Worte hob er die Hand und krummte die Finger.

Noch ehe er sich’s versah, klebten zwei Hände auf seinen Wangen, eine von Kathrin, die andere von Hedda. Damit hatte er offensichtlich nicht gerechnet. Wie ein Fisch auf dem Trocknen schnappte er ein paarmal nach Luft, dann wandte er sich, begleitet vom Gelächter der Umstehenden, wortlos ab.

„Alle Achtung, meine Damen“, nickte Arne mit vorgeschobener Unterlippe und deutete eine Verbeugung an. „Für diese Reaktion zolle ich Ihnen meinen tiefsten Respekt.“ Sprach’s, und hatte sogleich ebenfalls die Striemen von fünf Fingern im Gesicht. „Du elender Schuft!“, schleuderte Hedda ihm entgegen. „Wag es noch einmal, dich über mich lustig zu machen!“

Das Einzige, was sie für diesen Ausbruch erntete, waren Schulterzucken und mitleidige Blicke, dann zogen sich Arne und Kathrin an die Steuerbordseite des Schiffes zurück und ließen sie stehen.

„Komisch, dass ihr euch immer noch nicht vertragen könnt“, hörte Hedda ihre Mutter Femke sagen. „Schon als Kinder wart ihr euch nicht grün.“ Sie blickte an ihrer Tochter hinab und fügte hinzu: „Du solltest dich nicht so aufregen, mein Kind. Nicht in diesem Zustand.“

Femke schien nicht zu bemerken, dass sie mit diesem Satz die ungeteilte Aufmerksamkeit der Umstehenden auf sich gezogen hatte. Stattdessen blickte sie freudestrahlend hinauf zum Shantychor und stimmte fröhlich trällernd in dessen Gesang ein.

„Du bist schwanger?“ Erstmals an diesem Tag wandte sich Kathrins Mutter an Hedda.

„Ich wüsste nicht, was dich das angeht, Tante Margot.“ Hedda betonte absichtlich das Wort „Tante“, denn sie wusste, wie sehr Kathrins Mutter diese Anrede hasste.

„Darf man auch erfahren, wer der glückliche Vater ist?“, ließ Margot nicht locker.

Hedda zögerte kurz, dann jedoch konnte sie nicht an sich halten und sagte so laut, dass es trotz des Shantychors deutlich zu hören war: „Ja, sicher, liebes Tantchen, das darf natürlich jeder wissen. Es ist Arne.“ Mit einem diabolischen Grinsen setzte sie noch eins drauf: „Und wir werden schon bald heiraten. Eine Einladung lassen wir dir und deiner Tochter selbstverständlich beizeiten gerne zukommen.“

Für einen Moment schien es den anwesenden Passagieren die Sprache verschlagen zu haben, dann jedoch redeten sie plötzlich alle durcheinander. Doch waren die Reaktionen keineswegs so, wie Hedda es sich erhofft hatte. Niemand kam auf sie zu, um ihr zu gratulieren. Vielmehr war jetzt allenthalben unterdrücktes Gemurmel zu hören. Vereinzelt drangen Wortfetzen wie *Das glaubt sie ja wohl selbst nicht* und *Wovon träumt sie denn nachts?* sowie amüsiertes Gelächter zu ihr herüber. Nein, das war ganz und gar nicht die Reaktion, auf die sie spekuliert hatte. Andererseits: Was sollte man von einer solchen Mischpoke wie der der van Lessens schon erwarten?

Nun, wer zuletzt lacht, lacht am besten. Hedda beschloss, es sportlich zu nehmen. Sie würden schon alle sehen, was sie davon hatten, wenn sie sich jetzt über sie lustig machten. Sehr bald schon würde sie die Herrscherin über das

Van-Lessen-Imperium sein, daran zweifelte sie nicht einen Moment. Wofür wohl hätte sie sich sonst schwängern lassen sollen? Sie konnte Kinder nicht ausstehen, doch wenn so ein Balg dabei half, ihr Ziel zu erreichen, dann musste es eben sein. Irgendjemand würde sich schon finden, der sich um das Baby kümmerte.

„Guck mal, mein Kind, nur noch ungefähr einen Meter, dann sind wir oben und können auf die Ems rausfahren. Ist das nicht ganz wundervoll?" Femke strahlte über beide Backen. An diesem Tag schien ihr rein gar nichts die Laune verderben zu können.

Hedda machte eine wegwerfende Handbewegung. Sie war nicht in der Stimmung, auf die emotionalen Ausbrüche ihrer Mutter anders als abweisend zu reagieren. Mit einem Seufzen beschloss sie, sich in den Salon zurückzuziehen. Ihr war kalt, und außerdem ging ihr das aufdringliche Gejaule des Shantychors mehr und mehr gegen den Strich. Sollten die Rentner sich doch amüsieren, sie jedenfalls konnte man mit einer solchen Aktion nicht vom Hocker reißen.

Doch kaum dass sie sich umgedreht hatte, erweckte ein metallisches Geräusch ihre Aufmerksamkeit. Sie schaute zurück und bemerkte zwei Bootsmänner, die sich an der Gangway zu schaffen machten. Was sollte denn das? Sie würden doch wohl nicht an der Schleuse aussteigen? Unwillig schüttelte sie den Kopf. Also davon war nun wirklich nie die Rede gewesen. Und wozu sollte das auch gut sein? Schließlich gab es hier weit und breit nichts, was auch nur im Entferntesten interessant sein könnte.

Das Wasser in der Schleuse hörte auf zu sprudeln. Tatsächlich aber machte niemand Anstalten, die Leinen zu lösen, vielmehr wurde sogar an der Schleusenwand festgemacht. Hedda staunte nicht schlecht, als die Bootsmänner die Gangway nun tatsächlich an Land zogen. Es dauerte nur wenige Minuten, bis sich die ersten Mitglieder des Shantychors anschickten, an Bord zu kommen.

„Was soll denn das jetzt?", murmelte Hedda.

„Ich hab sie eingeladen." Opa Herbert war, auf einen Stock gestützt, unbemerkt neben Hedda getreten und schaute sie so verschmitzt an, als hätte er ihr soeben eine ganz besondere Überraschung gemacht.

Hedda versuchte ein Lächeln. „Du hast sie eingeladen?" Sie merkte selbst, dass in ihrer Stimme nicht gerade große Begeisterung mitschwang.

„Was dagegen?"

„N-nein, nein, natürlich nicht." Hedda hielt für einen Moment die Luft an, um sich zu sammeln. Sie presste ein paarmal die Lippen aufeinander, dann zwang sich zu einem erneuten Lächeln. „Es ist … Ja, ich bin nur überrascht, Opa. Positiv überrascht, natürlich. Die Männer haben sich wirklich ein Bier verdient, nach diesem wundervollen Auftritt."

„Sie bleiben."

„Was?"

„Sie bleiben an Bord. Sie fahren mit nach Holland. Sind meine Werftarbeiter. Gute Leute. Der Firma treu ergeben."

„Ach so?"

„Was dagegen?"

„Aber … Nein. Nein, nein. Was sollte ich denn dagegen haben?"

Opa Herbert nickte, doch wusste sie genau, dass er sie durchschaut hatte. Natürlich fand sie es alles andere als gelungen, ein paar Werftarbeiter mit auf eine Familienfahrt zu nehmen. Genaugenommen war es ein Affront. Was, bitte schön, hatten Leute wie sie mit einfachen, plumpen Arbeitern zu tun?

„Moin", erklang es mehrfach, als die Arbeiter nun an Bord kamen und Opa Herbert die Hand schüttelten. „Danke für die Einladung, Chef. Ist wirklich nett von Ihnen."

„Oh, da nicht für. Ich freu mich, dass ihr dabei seid. Geht man gleich runter in den Salon und holt euch was zu trinken. Eure Kehlen müssen doch ganz trocken sein vom Singen. Gibt auch bald was zu essen."

Hedda hatte genug gehört. Mit einem letzten Blick auf Arne und Kathrin, die sich an der Steuerbordreling festhielten und sich bestens zu amüsieren schienen, zog sie sich in Richtung Achterdeck zurück.

„Sagt mal, merkt Hedda eigentlich noch was, oder hat sie jetzt vollends den Verstand verloren? Ausgerechnet Arne soll sie heiraten wollen?", sagte jemand, als sie an ihm vorbeikam. Sie vermied es tunlichst, ihren Blick zu heben, sondern tat, als hätte sie es nicht gehört. Gerade erreichte sie den Niedergang, der zum Salon hinabführte, als plötzlich ein so gellender Schrei ertönte, dass ihr das Blut in den Adern gefror. War das nicht ihre Mutter gewesen?

Schnell machte sie kehrt und hechtete ans Vorderdeck zurück. „Mama?", rief sie. „Mama, ist was passiert?" Sie hatte Mühe, sich einen Weg an die Reling zu bahnen, an der sich nun alle versammelt hatten und stumm nach unten starrten. Gerade noch war das Wasser unweit des Schleusentors sprudelnd und schäumend hervorgeschossen. Nun aber lag es ruhig da – und auf ihm trieb, mit dem Gesicht nach unten, ein ganz offensichtlich lebloser menschlicher Körper. „Mama?", krächzte Hedda heiser.

5

Mit verschränkten Armen stand Hauptkommissar David Büttner unmittelbar an der Schleusenwand und schaute dabei zu, wie ein paar Männer in Taucheranzügen den Leichnam bargen. Gerade legten sie den schlaffen Körper in eine Tragevorrichtung, um ihn dann an der Spundwand hochzuziehen. Besonders tief stand das Wasser nicht, doch war immer noch der ein oder andere Höhenmeter zu überwinden. „Ist er vom Schiff gefallen?“, fragte er seinen Assistenten Sebastian Hasenkrug. Dieser kam gerade von Bord der *White Cloud*, wo er ein paar Leute befragt hatte.

„Nein. Es ist keiner der Passagiere.“

„Sicher?“

„Ja. In erster Linie handelt es sich bei den rund dreißig Passagieren an Bord um Mitglieder der Familie van Lessen. Sie machen eine mehrtägige Ausflugsfahrt in die Niederlande.“

„Wirklich?“ Büttner verzog das Gesicht. „Na, das sollte man mir mal vorschlagen. Mit meiner Schwiegermutter auf solch einem Kutter tagelang eingesperrt. Schönen Dank auch. Muss ja eine ganz reizende Familie sein, wenn die so was mit sich machen lässt.“

Hasenkrug zuckte die Schultern. „Machen einen netten,

wenn auch etwas wortkargen Eindruck. Es sind die van Lessens von der Werft."

„Von welcher Werft?"

„Sie kennen die Werft der van Lessens nicht?" Hasenkrug sah seinen Chef an, als komme er aus einer anderen Welt.

„Nein. Aber Sie werden mich ja sicherlich gleich aufklären, warum ich sie kennen sollte."

„Die gibt es schon ewig. Der Gründer, ein gewisser Herbert van Lessen, hat sich noch vor dem Krieg von einem kleinen Werftarbeiter hochgearbeitet und irgendwann seine eigene Werft hier im Emder Industriehafen gegründet. In den letzten Jahrzehnten, unter der Ägide von Herbert van Lessen junior, der heute der Senior ist, hat sie sich zu einem weltweit operierenden Unternehmen gemausert."

„Tatsächlich? Ich dachte, die deutschen Werften sind inzwischen alle pleite."

„Viele ja. Aber Herbert van Lessen, der heutige Senior, hat die Zeichen der Zeit erkannt und seinen Betrieb auf das Refit von Tankern umgestellt." Als Hasenkrug den fragenden Blick seines Chefs sah, fügte er hinzu: „In den Neunzigerjahren wurde es für alle neu zugelassenen Tanker aus Sicherheitsgründen Pflicht, einen doppelwandigen Rumpf zu haben. Seit 2015 dürfen nur noch doppelwandige Tanker betrieben werden. Van Lessen hat diese Gesetzgebung kommen sehen und sich schon frühzeitig darauf spezialisiert, diese Umrüstungen bei bis dahin einwandigen Tankern vorzunehmen. Damit hat er sich eine goldene Nase verdient."

„Da wird ihm die Stadt Emden aber dankbar sein",

konstatierte Büttner. „Klingt nach vielen gesicherten Arbeitsplätzen."

„Sie haben ihn schon vor etlichen Jahren zum Ehrenbürger ernannt."

„Dachte ich mir. Und das, was Sie mir gerade erläutert haben, hat man Ihnen alles in der kurzen Zeit an Bord erzählt?"

„Nee. Das gehört hier in Emden zum Allgemeinwissen."

„Da bin ich ja froh, dass auch ich nun zu diesem erlauchten Kreis der allgemein Wissenden gehöre", brummte Büttner. „Und nun lassen Sie uns herausfinden, wen uns die Schleuse vor die Füße gespült hat. Wie schön für die van Lessens, dass es keiner von ihnen ist. Das hätte ihnen bestimmt den Ausflug vermiest."

„Dafür braucht es keine Leiche im trauten Familienkreis", erwiderte Hasenkrug. „So mancher an Bord ist ziemlich genervt, weil das Schiff nicht weiterfahren darf."

„Nun, das nennt man gemeinhin höhere Gewalt. Besonders empathisch scheint mir diese Familie nicht zu sein."

„Ich nehme an, es gibt solche und solche. Wie in jeder Familie eben."

„Können wir nun endlich weiterfahren, jetzt, da die Leiche geborgen ist?", rief ein Mann im nächsten Moment von der Reling herab.

„Nee, können Sie nicht, wir wollen gleich noch mit Ihnen reden!", rief Büttner zurück.

„Aber wir haben mit dem Toten nichts zu tun, das haben wir doch Ihrem Kollegen gerade schon gesagt! Und außerdem: Noch steht die Tide zu unseren Gunsten. Wenn sie aber erst mal kentert ..."

„Das sehen wir ja dann. Das Schleusentor bleibt zu, bis hier alles geklärt ist."

„Was 'n Scheiß, Mann! Das ist doch pure Beamtenwillkür! Passen Sie mal auf, dass ich Ihnen keine Dienstaufsichtsbeschwerde auf den Hals schicke!"

„Jo, danke für die Fürsorge. Das werde ich." Büttner ließ sich von dem unfreundlichen Tonfall nicht beirren und wandte sich der Gerichtsmedizinerin Dr. Anja Wilkens zu. „Moin, Frau Doktor. Wen haben wir denn da?"

„Moin. Einen jungen Mann. Achtundzwanzig Jahre alt."

„Das sehen Sie ihm an?"

„Nee." Dr. Wilkens hielt eine durchnässte Brieftasche in die Luft. „Die hatte er in seiner Jackentasche."

„Also kein Raubmord." Büttner betrachte das Opfer näher. Anscheinend hatte der Mann schon etwas länger im Wasser gelegen, seine Haut sah aufgequollen aus. Auch hatte er Abschürfungen am Gesicht und an den Händen, seine Kleidung war an mehreren Stellen zerrissen. Am schlimmsten aber sah sein rechter Arm aus, der, zerfetzt und nur noch durch einzelne Sehnen und Bänder gehalten, am Körper hing.

„Nee. Geld, Papiere, alles da." Die Gerichtsmedizinerin machte eine ausladende Handbewegung. „Ich wüsste auch nicht, wer ihm hier auflauern sollte."

„Sie gehen davon aus, dass er hier in der Schleuse ertrunken ist?"

„Das kann ich Ihnen erst nach der Obduktion mit Sicherheit sagen, aber derzeit würde ich das vermuten, ja."

„Könnte er auch vor dem Fall ins Wasser schon tot gewesen sein?"

„Darauf deutet derzeit nichts hin. Die Abschürfungen hat er sich vermutlich post mortem beim Auf und Ab in der Schleuse zugezogen. Herrscht ja eine ziemliche Strömung in einem solchen Bauwerk. Am Kopf hat er eine Wunde, womöglich hat man ihm eins übergezogen. Der Arm könnte in eine Schiffschraube geraten sein, anders sind die Verletzungen kaum zu erklären. Ansonsten scheint er keine weiteren Verletzungen zu haben.“

„Es wundert mich, dass er nicht vorher gefunden wurde“, meinte Hasenkrug. „Warum wurde er denn erst jetzt aufgeschwemmt?“

„Das müssten Sie den Schleusenwärter fragen. Vielleicht hat er dafür eine Erklärung. Kann mir nur vorstellen, dass er irgendwo festgesteckt hat.“ Die Ärztin deutete auf ein ausgeprägtes Hämatom. „Hier zum Beispiel hat er eine recht ordentliche Quetschung.“

„Hat der junge Mann auch einen Namen?“, fragte Büttner.

„Julian Steckenbach.“ Ein uniformierter Kollege wedelte ihm mit dem Ausweis des Opfers vor der Nase herum.

„Und woher kommt er?“

„Georgsmarienhütte.“

„Georgs-was?“

„Georgsmarienhütte. Teutoburger Wald.“

„Und was macht er dann hier?“

„Das müssten Sie ihn schon selber fragen.“

„Ja, haha, sehr witzig. Finden Sie doch mal heraus, ob er Angehörige hat. Und vor allem finden Sie heraus, ob er in irgendeiner Beziehung zu den van Lessens steht, privat oder beruflich.“ Büttner wandte sich wieder an die Gerichtsmedizinerin. „Sonst noch etwas Auffälliges?“

„Zu diesem Zeitpunkt nicht, nein."

„Gut. Dann werden wir uns mal auf dem Schiff umsehen. Irgendetwas an der Sache kommt mir komisch vor. Ist so ein Bauchgefühl."

Ein bisschen fühlte sich David Büttner in die Kulisse von Agatha-Christie-Filmen versetzt, als er den Deckssalon der *White Cloud* betrat. Nur war das hier leider kein Roman, sondern die bittere Realität, in der gerade erst ein junger Mann sein Leben hatte lassen müssen. Nach einem kurzen Gruß, den die Anwesenden wahlweise mit einem disharmonischen Brummen oder auch gar nicht beantworteten, ließ er seinen Blick prüfend durch den Raum schweifen. Runde Sitzgruppen aus dunklem Leder, Tische aus kostbarem Tropenholz, Schiffsbeschläge und -lampen aus Messing an Wänden, Decke und Theke. Alles sah sehr edel aus – bis hin zu den anwesenden Personen, die sich eher wie zu einem offiziellen Empfang herausgeputzt hatten, denn für eine Familienfeier in lockerer Atmosphäre. Nur fünf Männer und eine Frau bildeten die Ausnahme. Nicht nur, dass sie in blau-weiß gestreifte Seemannshemden gekleidet waren, auch ihre Gesichter waren im Gegensatz zu den anderen wettergegerbt, ihre Hände voller Schwielen. Ob es sich um Angestellte dieses Schiffes handelte? Wenn ja, warum saßen sie dann zwischen den Gästen?

Büttner räusperte sich, als sich aus der Gruppe der Passagiere heraus noch immer niemand zu Wort meldete. „Moin, mein Name ist Büttner. Meinen Assistenten Hasenkrug haben einige von Ihnen ja bereits kennengelernt. Wir sind von der Kriminalpolizei. Ich denke, es ist keinem von Ihnen entgangen, dass hier in der Schleuse eine Leiche gefunden wurde.“

Eine korpulente Frau in wallendem Kleid nickte heftig. „Ja“, sagte sie mit schrecklich schriller Stimme. „Und wissen Sie was? Meine Tochter hat doch tatsächlich geglaubt, dass ich es bin, die da im Wasser treibt. Richtig Angst um mich hat das Mädchen gehabt. Ist das nicht rührend?“

Während eine deutlich jüngere Frau unter dem Gelächter mehrerer Personen „Ach, hör doch auf, Mutter!“ sagte, hob Büttner erstaunt die Brauen. Wie, so fragte er sich, konnte irgendwer den spindeldürren Kerl, den sie gerade aus dem Wasser gezogen hatten, mit dieser wohlbeleibten Dame verwechseln? Noch dazu, da der junge Mann in eine schwarze Jacke und Jeans gekleidet war, während die Dame ein giftgrünes Kleid trug.

„Gibt es einen Grund dafür, dass Sie glaubten, Ihre Mutter sei ins Wasser gesprungen oder gefallen?“, fragte er mit ehrlichem Interesse.

Die junge Frau wand sich verlegen auf der ledernen Sitzbank. „Nee, Quatsch, ich …“

„Da muss wohl der Wunsch Vater des Gedankens gewesen sein“, verkündete ein feister Kerl in schwarzem Anzug, der auf einem Barhocker saß und sich an einem Kognakschwenker festhielt. Es war derselbe, der Büttner mit einer Dienstaufsichtsbeschwerde gedroht hatte. „Aber da wir schon mal dabei sind: Ich weiß gar nicht, was Sie von uns wollen, Herr Kommissar. An Bord sind alle vollzählig. Es gibt keinen Grund, uns hier noch länger festzuhalten. Wenn wir nicht bald weiterkommen, können wir wieder umdrehen. Die Tide, wissen Sie.“

Einige Personen nickten, andere taten immer noch so, als ginge sie das alles nichts an.

Büttner ließ sich von diesem Einwand nicht beirren. „Der junge, jetzt tote Mann heißt … ähm …“

„Julian Steckenbach“, half ihm sein Assistent auf die Sprünge.

„Ja. Julian Steckenbach. Sagt einem von Ihnen dieser Name was?“

Kollektives Kopfschütteln und Achselzucken war die Antwort. Lediglich die junge Frau, die geglaubt hatte, ihre Mutter sei ins Wasser gestürzt, presste die Lippen aufeinander und senkte den Blick.

„Sie auch nicht?“, sprach Büttner die Frau direkt an, als sie für einen Moment zu ihm hochschaute.

Die Frau zeigte sich überrascht. Sie tippte sich mit dem Zeigefinger gegen die Brust und drehte ihren Kopf in alle Richtungen. „Meinen Sie mich?“

„Ja, genau. Ich meinte, ein gewisses Erkennen in Ihrem Blick zu sehen, als ich den Namen des Opfers nannte.“

„Nee. Da müssen Sie sich geirrt haben.“ Die Frau lachte kurz und ein wenig affektiert auf. „Hm. Julian Steckenbach.“ Wieder senkte sie den Kopf, legte dabei den Zeigefinger auf die Lippen. „Nee“, sagte sie bestimmt, als sie wieder aufschaute, „nie gehört.“

„Dürften wir erfahren, wie Sie heißen?“, fragte Hasenkrug, der mit gezücktem Block dastand und sich eifrig Notizen machte. Büttner fragte sich, was genau sein Assistent auf seinen Zettel kritzelte, da hier doch anscheinend alle beschlossen hatten, nichts zur Erhellung der Polizisten beizutragen.

„Hedda van Lessen. Wieso?"

„Arbeiten Sie auch auf der Werft Ihres …?"

„Meines Großvaters?"

„Ähm … ja?"

„Nein. Ich arbeite in der Finanzbranche."

„Hedda hatte andere Pläne", meldete sich eine kratzige Stimme zu Wort. „Hab ich zunächst bedauert, dann nicht mehr."

„Und Sie sind?", fragte Büttner. Sogleich beugte sich Hasenkrug zu ihm hinunter und sagte mit gedämpfter Stimme: „Aber das ist doch Herbert van Lessen, der Seniorchef."

„Ach was?" Irgendwie hatte Büttner bei der Erzählung seines Kollegen über diese Erfolgsgestalt eher an einen Mann mit der Figur eines Schrankes und der Stimme eines Ochsen gedacht. Stattdessen saß vor ihm ein verhutzeltes Männlein mit krummem Rücken und faltiger Haut, der beim Sprechen irgendwie den Eindruck erweckte, als habe er Schmerzen.

„Sie dürften der Einzige in ganz Niedersachsen sein, der meinen Vater nicht kennt", stellte nun wiederum der feiste Mann vom Barhocker fest. „Dass ich das noch erleben darf." Er grinste. „Und bevor Sie nun mich fragen: Gestatten, Bert van Lessen." Er deutete eine Verbeugung an und zog einen imaginären Hut.

Büttner trat ein paar Schritte zurück und zog Hasenkrug am Ärmel hinter sich her. „Die heißen ja alle gleich", stellte er hinter vorgehaltener Hand fest. Er hoffte, dass die van Lessens mit dem Mordfall tatsächlich nichts zu tun hatten, denn ansonsten wäre er mit dieser riesigen Familie heillos überfordert. Wie sollte er all die van Lessens jemals in seinem Kopf sortiert bekommen?

„Sind ja auch alle aus einer Familie“, erwiderte Hasenkrug. Er grinste. „Seien Sie doch froh, da müssen Sie sich nur einen Namen für alle merken.“

„Haha, Hasenkrug. Wenn Sie damit auf mein manchmal lückenhaftes Namensgedächtnis anspielen, dann können Sie sich Ihren Hohn schenken. Ist nämlich schon viel besser geworden in letzter Zeit.“

„Ach so?“ Hasenkrugs Grinsen wurde breiter.

„Das alles hier ist völlig sinnlos“, trat Büttner die Flucht nach vorne an. „Wenn überhaupt, dann brauchen wir die Leute einzeln. So erfahren wir doch nichts.“

„Wir könnten sie für morgen vorladen“, schlug Hasenkrug vor. „Einen nach dem anderen.“

„Dann sind wir damit nächste Woche noch nicht fertig. Nee.“ Büttner schüttelte den Kopf. „Jetzt warten wir erst mal ab, was die Nachforschungen der Kollegen ergeben. Wenn keine Beziehung von Justus Streckenborn …“

„Julian Steckenbach.“

„Ja. Wenn zwischen ihm und den van Lessens keine Beziehung erkennbar ist, lassen wir das Schiff weiterfahren. Wäre mir sowieso am liebsten.“

Büttner wandte sich wieder an die im Salon versammelten Personen. „Wir werden uns jetzt auf den Weg machen. Halten Sie sich bitte zu unserer Verfügung.“

„Und wann dürfen wir weiterfahren, Herr Hasenpflug?“, rief Bert van Lessen.

„Krug. Mein Name ist Hasenkrug.“

„Ist ja auch nicht schöner. Also? Wann?“

„Wenn wir das Schiff freigeben“, antwortete Büttner. „Sie werden es als Erster erfahren, wenn es so weit ist.“

„Wohl einen Clown gefrühstückt, Herr Kommissar."

Als im Salon nun lautes Gemurmel einsetzte, drehte Büttner sich um und verließ gemeinsam mit Hasenkrug das Schiff.

6

„Was hat sich der Alte nur dabei gedacht, diese Menschen an Bord zu nehmen?“ Margot van Lessen schien sich für den Toten in der Schleuse deutlich weniger zu interessieren als für die Leute von der Belegschaft, die in einer der runden Sitzgruppen saßen und sich von einer Kellnerin mit Getränken versorgen ließen. Allerdings übten sie sich in Zurückhaltung, denn vor ihnen standen keine Alkoholika, sondern jeweils eine Kanne mit Ostfriesentee.

„Diese Menschen, Mama, arbeiten seit Jahren, teilweise seit Jahrzehnten für die Werft“, erwiderte Kathrin. „Ohne sie hättest du all die Klunker nicht, die du dir so gerne um den Hals hängst.“

„Was, bitte schön, haben denn die mit meinem Schmuck zu tun?“

Kathrin seufzte. „Okay, ich geb’s auf.“ Über den Snobismus ihrer Mutter hatte sie sich schon viel zu oft aufregen müssen. Aus irgendeinem Grund schien Margot van Lessen in dieser Hinsicht gedanklich noch den Zeiten des Feudalismus verhaftet. Zumeist begegnete sie den Menschen, unabhängig von ihrem sozialen Status, zwar wohlwollend, engagierte sich sogar hier und da ehrenamtlich für sozial Benachteiligte. *Noblesse oblige*, pflegte sie dann zu sagen. Eigentlich aber war sie der Ansicht, dass jeder unter

Seinesgleichen zu bleiben hatte. Die Arbeiter einfach zu einer Familienfeier ihrer angesehenen Unternehmerfamilie einzuladen, wertete sie daher als Affront.

„Was guckst du denn so angesäuert, Margot?“, fragte Arne, der sich zu ihnen gesellte. Noch vor wenigen Minuten, nachdem die Polizisten gegangen waren, hatte Kathrin ihn auf dem Sonnendeck in einer anscheinend heftigen Auseinandersetzung mit Hedda gesehen. Es war nicht schwer zu erraten, worum es dabei gegangen war.

„Findest du es etwa richtig, dass Herbert dieses … Volk zu uns aufs Schiff einlädt?“, erwiderte Margot.

„Dieses *Volk* sichert dir immerhin einen ganz guten Lebensstandard“, blies Arne in das gleiche Horn wie Kathrin.

„Papperlapapp!“, wehrte Margot ab. „Ohne uns wären die doch nichts. Sie leben von unserem Geld. Wir sind es, die ihre Arbeitsplätze sichern. Da kann man ja wohl ein bisschen mehr Respekt erwarten.“

„Sie sind Opas Gäste, Mama. Das hat mit vorhandenem oder fehlendem Respekt gar nichts zu tun. Wüsste auch nicht, vor wem oder was sie überhaupt Respekt haben sollten. Sie sitzen, im Gegensatz zu manch anderem, friedlich da und trinken ihren Tee. Angenehmere Gäste kann man sich kaum wünschen. Ich jedenfalls würde so manchen der ach so lieben Verwandtschaft sofort gegen einen weiteren von ihnen eintauschen.“ Kathrin winkte dem Barkeeper, ihr einen Kognak zu bringen. So viel, wie an diesem Tag, trank sie sonst in einem Monat nicht. Wenn es so weiterging, machte ihre Familie sie noch zur Alkoholikerin.

„Ich halte es da eher mit Robert Bosch“, erklärte Arne. „Und ich weiß, dass Opa genauso denkt.“

„Robert Bosch?“ Kathrin hob fragend die Brauen.

„Ja. Bosch sagte einmal: ‚Ich zahle nicht gute Löhne, weil ich viel Geld habe, sondern ich habe viel Geld, weil ich gute Löhne zahle.‘ Genauso ist es. Die Arbeiter und Angestellten sind das wertvollste Kapital eines Unternehmens. Wer ihre Leistung nicht zu schätzen weiß, wird als Unternehmer keinen Erfolg haben.“

Margot machte eine wegwerfende Handbewegung. „Das ist doch alles kommunistisches Geschwafel. Ich jedenfalls habe nicht vor, die nächsten Tage mit diesen Leuten an Bord zu bleiben.“

„Wenn es dir hier nicht passt, Mama, kannst du ja gehen. Noch sind wir in Emden, die Gangway ist ausgefahren. Bitte schön!“ Kathrin wies auf die Tür.

„Nun werde mal nicht frech!“

„Frech ist es höchstens, dass du nicht zu schätzen weißt, wem du dein Luxusleben zu verdanken hast“, konterte Kathrin.

Margot schlug mit der flachen Hand auf den Tisch. „Kathrin, ich verbitte mir –!“

„Apropos Gangway“, ging Arne dazwischen. „Ich verstehe ja auch nicht, warum man uns hier so lange festhält. Ich meine, es ist tragisch, dass in der Schleuse ein junger Mann ertrunken ist. Aber damit haben wir doch nichts zu tun.“

„Ganz meiner Meinung“, nickte Margot. Sie erhob sich von ihrem Platz. „Entschuldigt mich, bitte. Ich brauche frische Luft.“

Kathrin schaute ihrer Mutter kopfschüttelnd hinterher, als diese gleich darauf den Salon verließ. „Meinst du, Hedda kannte den Toten wirklich?“, fragte sie Arne.

Der zuckte die Schultern. „Keine Ahnung. Ich kenne mich mit Heddas Bekanntschaften nicht so gut aus."

„Vielleicht sollten wir Hedda einfach mal danach fragen."

Arne zog eine Grimasse. „Klar, weil wir genau diejenigen sind, denen sie sich anvertrauen würde." Er klopfte sich auf die Oberschenkel und stand auf. „Lass die Polizei diese Arbeit machen, Kathrin. Wenn Hedda etwas mit der Sache zu tun hat, werden sie es herausbekommen."

„Du kneifst?"

„Ich bin nicht Philip Marlowe."

„Dennoch wäre es doch interessant zu wissen, ob …"

Noch bevor sie diesen Satz beendet hatte, setzte plötzlich das Spiel eines Pianisten ein. Auch kam ein Stewart herein und verkündete, dass die Polizei das Schiff soeben wieder freigegeben habe und es nun seine Fahrt über die Ems nach Delfzijl fortsetzen werde.

Arne nutzte diese Gelegenheit, um Kathrin kurz zuzunicken und zu verschwinden. Nach ein paar Takten schon verstummte das Piano wieder und Opa Herberts kratzige Stimme verkündete: „Mir wurde gerade zugetragen, dass das Büffet im Speisesaal angerichtet ist. Ich denke, eine Stärkung haben wir uns nach diesem ereignisreichen Tag redlich verdient." Dieser kurzen Ansprache folgte verhaltener Applaus sowie ein erneutes Einsetzen des Pianos, dann standen alle auf und machten sich auf den Weg in den neben dem Salon gelegenen Speisesaal.

Doch noch bevor sie den Speisesaal erreichte, gab Kathrins Smartphone plötzlich einen Signalton von sich, der üblicherweise eine Textnachricht ankündigte. In der Hoffnung, es möge etwas Aufmunterndes sein, nestelte sie das Smartphone aus ihrer kleinen Handtasche und rief die Nachricht auf. Im nächsten Moment jedoch schluckte sie schwer. Ein Absender, von dem lediglich die Telefonnummer, aber kein Name angegeben war, schrieb:

dies hier war der erste streich, doch der zweite folgt sogleich. Lass dir julian eine warnung sein.

Erschrocken hielt Kathrin für einen Moment die Luft an. Ihr Blick fiel auf Arne, der ebenfalls fassungslos auf sein Smartphone starrte. Hatte er etwa die gleiche Nachricht bekommen?

Kathrin lief zu ihm hinüber. Wortlos hielt sie ihm ihr Smartphone unter die Nase.

„Du auch?“, fragte er, als er sie gelesen hatte. Er zeigte ihr seine Textnachricht. „Exakt die gleiche Botschaft.“ Er lachte rau auf und schüttelte den Kopf. „Was für ein Vollpfosten! Da erlaubt sich bestimmt einer unserer lieben Verwandten einen Scherz mit uns.“

„Glaubst du?“ Kathrin saß der Schreck immer noch tief in den Knochen.

„Natürlich. Würde doch zu manchem hier passen. Die van Lessens waren schon immer für ihren ebenso schlechten wie schwarzen Humor bekannt.“ Er schob sie durch die Tür des Speisesaals. „Jetzt denk nicht mehr darüber nach, sondern lass dir das Essen schmecken. Es sieht fantastisch aus.“

Mit diesen Worten ließ er sie stehen und lief schnurstracks auf einen freien Platz an einem der runden Tische zu.

Kathrin schob ihr Smartphone in die Tasche zurück

und atmete ein paarmal tief durch. Vermutlich hatte Arne recht, dachte sie, die Nachricht sah tatsächlich sehr nach einem schlechten Scherz aus. Sie beschloss, sie genauso zu ignorieren, wie Arne es tat.

„Moin“, sagte sie nur wenig später und lächelte den fünf Herren und der Dame am Tisch ihrer Wahl freundlich zu. Eigentlich hatte sie auf den Tisch zusteuern wollen, an dem sich Arne soeben seinen Stuhl zurechtrückte. Dann jedoch war ihr Blick auf die abweisende Mimik ihrer Mutter gefallen, die zu den Leuten hier hinüberschaute, als wollte sie sie mittels Telepathie auslöschen. Also war dies eindeutig der bessere Platz.

„Moin“, erklang es sechsstimmig zurück. „Nett, dass Sie sich zu uns setzen, junge Frau“, fügte einer der Herren hinzu. Noch immer trugen alle sechs ihre Seemannskleidung, die sie bereits während ihrer Darbietung an der Schleuse angehabt hatten. Offensichtlich hatte Herbert van Lessen nur für seine Familie eine Kleiderordnung ausgerufen, was mit Sicherheit kein Zufall war.

„Ich dachte, ich lerne Sie mal ein bisschen besser kennen.“ Kathrin setzte sich an den mit acht Stühlen umstellten runden Tisch und legte sich sogleich ihre Serviette auf den Schoß. „Ich kleckere bei solchen Gelegenheiten ja immer gerne“, grinste sie. „Mein Name ist übrigens Kathrin van Lessen. Ich bin die Enkelin vom Chef.“

Nun stellten sich auch ihre Tischnachbarn vor. Kathrin hörte aufmerksam zu, merkte aber, dass sie die Hälfte der Namen am Ende der Vorstellungsrunde bereits wieder vergessen hatte.

„Vor allem mit Suppe hab ich da so meine Probleme“,

verkündete einer der Männer. Da er sich als Erster vorgestellt hatte, hatte Kathrin sich merken können, dass er Reemt Eeten hieß. „Meine Frau sacht schon immer Kleimors[3] zu mir."

„Büst ja ook een Kleimors", erwiderte prompt sein Sitznachbar. „Büst du all as Kind west. Hest sogar immer dien Söndagspakje fullkleit, so fell kunnst heel neet kieken.[4]"

Kathrin lächelte. Es kam viel zu selten vor, dass sie Plattdeutsch hörte. Als Kind hatte sie noch selbst diese Sprache gesprochen. Dadurch aber, dass sie schon so lange außerhalb von Ostfriesland lebte, kam sie kaum noch in den Genuss, es zu hören, geschweige denn zu sprechen. Gerade wollte auch sie sich in ihrer zweiten Muttersprache versuchen, als zu ihrer Enttäuschung einer der anderen Männer sagte: „Nun reden sie wieder Plattdeutsch. Dabei wissen sie doch genau, dass ich das nicht verstehe."

„Jo, aber Hochdeutsch können wir ja auch. Ist der jungen Dame bestimmt auch lieber."

„Ick proot aber ook Platt[5]", konnte sich Kathrin nicht verkneifen zu sagen und erntete dafür anerkennende Blicke.

„Da kiek an. Aber du büst ja ook mit uns Baas verwandt, dann sall dat woll angahn[6]", erwiderte Reemt, schwenkte dann jedoch sofort wieder ins Hochdeutsche um. „Ist ja

---

3 Dreckspatz, nur nicht so verniedlichend. Wörtlich übersetzt: Kleckerhintern.

4 Bist ja auch ein Dreckspatz. Bist du schon als Kind gewesen. Hast sogar deine Sonntagskleidung vollgekleckert, so schnell konnte man gar nicht gucken.

5 Ich spreche aber auch Platt.

6 Guck an. Aber du bist ja auch mit unserem Chef verwandt, dann kann das schon stimmen/so sein.

nett vom Chef, dass er uns eingeladen hat. Scheint aber wohl nicht jedem hier zu gefallen.“

„Es muss auch nicht jedem gefallen“, entgegnete Kathrin. „Hauptsache, Ihnen gefällt es bei uns. Und das will ich doch sehr hoffen. Es freut mich auf jeden Fall mächtig, Sie kennenzulernen.“ Sie beugte sich zur Seite, als nun der Kellner mit einer gefüllten Suppenschüssel kam und diese vor ihr abstellte. „Suppe gibt’s für alle gleich“, verkündete er. „Für Hauptgang und Dessert bedienen Sie sich dann bitte am Büffet.“

Kathrin nickte ihm dankbar zu. Als er alle Schüsseln verteilt hatte, sagte sie: „War ja wirklich gruselig heute, der Fund des Toten in der Schleuse.“ Prompt fiel ihr die ominöse Textnachricht ein, doch wischte sie diesen Gedanken sofort wieder beiseite.

„Kommt hier auch nich alle Tage vor“, nickte der am jüngsten aussehende Mann in der Runde. Kathrin schätzte ihn auf Anfang fünfzig und meinte, sich zu erinnern, dass er Joke hieß, was landläufig die Koseform von Johann war. „Mach gar nich dran denken, wie der da unten rumgepaddelt ist. Hat bestimmt bannich Angst gehabt. Ist ja nich gerade schön, wenn einem so ’ne Schiffsschraube entgegenkommt.“

Kathrin schluckte schwer und versuchte, die aufkommenden Bilder in ihrem Kopf zu verscheuchen. „Sie glauben, dass er noch gelebt hat, als er ins Becken fiel?“

„Hab nur gehört, wie der vollschlanke Polizist das zu dem anderen sachte.“ Als Kathrin ihn nun fragend ansah, fügte er hinzu: „War draußen noch eine rauchen. Nich, dass ich neugierich wär oder so.“

„Natürlich nicht. So wie alle hier“, grinste Kathrin, und Joke grinste zurück.

Reemt und seine Kollegen widmeten sich ihrer Kartoffelsuppe. Auch Kathrin löffelte für eine ganze Weile still vor sich hin, bis sie erneut ansetzte: „Ich frage mich nur, warum ihn jemand in der Schleuse versenkt hat. Ist doch klar, dass er da wieder auftaucht.“

„Vielleicht war's ja auch 'n Unfall“, erwiderte Joke. „Gibt ja immer wieder so Dösbaddeln, die mir nix, dir nix irgendwo reinfallen.“

„Aber ausgerechnet an der Schleuse? Ich weiß nicht. Scheint mir nicht ganz logisch zu sein, dass einer über die Absperrung klettert und dann ins Wasser fällt.“

„Mit duun Kopp viellicht[7]“, mutmaßte Joke.

„Oder Selbstmord“, bot Reemt einen weiteren Lösungsansatz an, um dann sogleich das Thema zu wechseln. „Ich geh dann mal ans Büffet“, vermeldete er. „Hab Granat[8] gesehen. Hab ich lang nich gegessen. Is ja richtich teuer grad. Mal gucken, ob ich noch was davon abkriech.“

„Oh, da muss ich auch mal gucken. Sieht ja alles ganz toll aus. Wie gut, dass meine Frau das nich sieht, hätte mir spätestens beim Dessert ständich auf die Finger gekloppt.“ Auch Joke erhob sich nun, und alle anderen taten es ihm gleich.

Damit war die Diskussion um den Toten wohl beendet. Doch Kathrin hatte irgendwie das Gefühl, dass diese Sache sie alle hier noch eine Weile beschäftigen würde.

---

[7] Mit besoffenem Kopf vielleicht

[8] Nordseekrabben

7

Solch ein Tagesausklang war genau nach Hauptkommissar Büttners Geschmack. Klammheimlich hatte er bereits gehofft, dass seine Leeraner Kollegin Sophie Reimers Kuchen dabei haben würde, hatte sie doch am Tag zuvor ihren fünfunddreißigsten Geburtstag gefeiert.

Und tatsächlich, als sie nun das Büro von ihm und Sebastian Hasenkrug betrat, stellte sie sogleich eine Dose mit diversen Stücken Butterkuchen auf den Tisch. Büttners Sekretärin Frau Weniger folgte mit drei Bechern Kaffee.

„Moin, werte Frau Kollegin", sagte Büttner und erhob sich von seinem Platz am Schreibtisch. Er schüttelte Sophie Reimers die Hand und gratulierte ihr nun auch persönlich zum Geburtstag, nachdem er es gestern bereits telefonisch getan hatte.

Auch Hasenkrug ließ sich eine erneute Gratulation nicht nehmen, nahm sie in den Arm und drückte ihr einen Kuss auf die Wange. „Von Tonja soll ich dir ebenfalls die allerliebsten Wünsche ausrichten. Sie hofft, dass du in den nächsten Tagen mal bei ihr vorbeischaust. Dann aber würde sie den Kuchen kredenzen, sagt sie." Hasenkrugs Lebensgefährtin und die junge Polizistin hatten sich angefreundet, und auch Hasenkrugs kleine Tochter Mara liebte die Kollegin ihres Vaters inzwischen abgöttisch.

„Schöne Idee", sagte Büttner. „Ich fürchte nur, dass Frau Reimers dazu keine Möglichkeit haben wird. Zumindest nicht in absehbarer Zeit."

„Ach so?" Sophie Reimers setzte sich an den Besprechungstisch und zwinkerte ihm zu. „Bisher war ich der Ansicht, über meine Terminplanung selber bestimmen zu können. Aber Sie werden mich sicherlich gleich darüber aufklären, was ich in den nächsten Tagen vorhabe." Sie griff nach einem Teller, tat ein ordentlich großes Stück Kuchen darauf und reichte ihn ihrem Kollegen. „Guten Appetit, wünsche ich."

Büttner strahlte. „Danke schön. Sie dürfen ruhig öfter unser Gast sein." Herzhaft biss er ein Stück ab und verdrehte selig die Augen. „Mmmh, köstlich. Selbst gebacken?"

„Ja. Aber nun verraten Sie mir doch mal, warum ich hier bin. Am Kuchen alleine kann es doch nicht liegen."

Büttner schüttelte den Kopf und sagte mit vollem Mund: „Nee, obwohl der als Grund schon ausgereicht hätte." Er schluckte den Bissen hinunter und spülte mit einem Schluck Kaffee nach. „Es geht um eine verdeckte Ermittlung."

„Eine verdeckte Ermittlung?" Auch Hasenkrug sah seinen Chef nun überrascht an. „Sie meinen doch nicht etwa das Schiff? Ich dachte, die Leiche habe nichts mit der Familie van Lessen zu tun. So zumindest mein Stand, als ich vorhin ins Kommissariat zurückkam."

Büttner fischte sich ein zweites Stück Kuchen aus der Plastikdose und legte es auf seinen Teller. „Das dachte ich zu diesem Zeitpunkt auch noch", erwiderte er.

„Aber? Ist zwischenzeitlich etwas passiert? Doch hoffentlich keine zweite Leiche?"

Sophie Reimers hob die Hand, um den Redefluss der beiden Herren zu stoppen. „Gerade habe ich im Internet von dem Toten in der Emder Seeschleuse gelesen. Reden Sie von diesem Fall?“

„Ja, richtig“, nickte Büttner. Er schilderte in kurzen Sätzen, was sie über das Opfer wussten.

„Und warum ist jetzt auf einmal alles ganz anders?“, ließ Hasenkrug nicht locker.

„Weil ich die letzten Stunden genutzt habe, um nachzudenken“, antwortete sein Chef. „Und das Ergebnis meiner Überlegungen lautet, dass an der Sache irgendetwas faul ist.“

„Aber die waren doch alle ganz friedlich auf dem Schiff.“

„Eben.“

„Hä?“

„Sie waren verdächtig friedlich. Auch taten sie alle so, als würde sie der Tote nicht tangieren. Was ja schon ein wenig seltsam ist. Denn wann, bitte schön, begegnet einem schon so mir nichts, dir nichts eine Leiche, wenn man nicht gerade bei der Mordkommission oder als Bestatter arbeitet?“

„Na ja“, wandte Hasenkrug ein, „zwar ist es nicht schön, eine Leiche vor den Bug gespült zu bekommen, aber wenn die van Lessens den Toten alle nicht kannten …“

„Und eben das glaube ich nicht“, meinte Büttner. „Ich habe mir die Personen in dem Salon noch mal vor meinem inneren Auge vergegenwärtigt und bin zu dem Ergebnis gekommen, dass ihre vermeintliche Gemütsruhe nur aufgesetzt war. Zumindest bei einigen von ihnen. So zum Beispiel bei dieser Helga van Lessen …“

„Sie meinen Hedda van Lessen.“

„Ja. Die stritt vehement ab, das Opfer schon mal gesehen

zu haben. Zu vehement für meinen Geschmack. Ihr ganzes Verhalten war reine Schauspielerei, und eine wenig überzeugende noch dazu."

„Ist denn inzwischen bestätigt, dass es ein Mord war?", fragte Sophie Reimers. „In der Zeitung stand, dass man von einem Gewaltverbrechen ausgehe, aber auch ein Unfall nicht ausgeschlossen werde."

„Ja. Ist bestätigt." Büttner stand auf, ging zum Schreibtisch und kam mit einem Aktendeckel zurück. Wortlos drückte er ihn seinem Assistenten in die Hand, der sogleich darin herumblätterte. „Laut Gerichtsmedizin hat der junge Mann einen Schlag mit einem dumpfen Gegenstand auf den Kopf bekommen und ist dann ins Schleusenbecken gestoßen worden, wo er ertrank. Wobei er vermutlich irgendwie in Kontakt mit einer Schiffsschraube geriet, die ihm den rechten Arm schredderte."

Sophie Reimers verzog gequält das Gesicht. „Hoffentlich hat er davon wenigstens nichts bemerkt." Sie zog die Schultern hoch, als würde sie frösteln, dann fragte sie: „Geht Doktor Wilkens davon aus, dass er unmittelbar an der Schleuse den Schlag auf den Kopf bekam? Oder ist er vom eigentlichen Tatort dorthin geschafft worden?"

„Aufgrund der Spurenlage ist davon auszugehen, dass alles an der Schleuse stattfand", sagte Hasenkrug, der den Obduktionsbericht und den Bericht der Spurensicherung rasch überflogen hatte. „Aber warum sollte ein Mitglied der Familie van Lessen so blöd sein, sein Opfer dem Rest der Familie quasi direkt vor die Füße zu spülen?"

„Genau das gilt es herauszufinden." Büttner stierte auf das letzte Stück Butterkuchen in der Dose. Ob irgendetwas dagegenspräche, dass er es …? Noch ehe er diesen Gedanken zu Ende geführt hatte, legte Sophie Reimers es ihm bereits auf den Teller. „Nicht, dass es hinterher heißt, Sie seien zu kurz gekommen“, flachste sie.

„Und Sie wollen jetzt, dass unsere Kollegin Reimers auf das Schiff geht, oder was haben wir uns unter diesen *verdeckten Ermittlungen* vorzustellen?“, wollte Hasenkrug wissen.

Büttner nickte, während er auf seinem Kuchen herumkaute. „Ich habe bereits alles geklärt. Das Schiff wird morgen Vormittag aus Delfzijl auslaufen und im Laufe des Tages in Groningen festmachen. Dort liegt es einen Tag lang und die Passagiere haben Landgang. Ein paar weitere Mitarbeiter steigen heute Abend in Delfzijl zu. Unter ihnen die Servicekraft Sophie.“

„Ich soll an Bord Essen auftragen und so?“ Sie schob zweifelnd die Lippe vor. „Keine Ahnung, ob ich das kann. Ich hab so was noch nie gemacht. Noch dazu in einer so piekfeinen Gesellschaft.“

„Klingt aber nicht so, als wären Sie mit der grundsätzlichen Idee nicht einverstanden“, stellte Büttner fest.

Sophie Reimers grinste. „Gegen ein paar Tage Ausflugsfahrt auf einem Schiff habe ich nichts einzuwenden. Klingt nach einer interessanten Abwechslung.“

„Okay.“ Mit dieser Antwort war Büttner mehr als zufrieden. Genau deshalb hatte er die Kollegin Reimers für diesen Einsatz ausgewählt. Sie neigte einfach nicht dazu, übermäßige Bedenken zu äußern, sondern gehörte zu den pragmatischsten Menschen, die er kannte. „Wir sollen an Bord noch Bescheid geben, wo genau Sie eingeteilt werden wollen. Der Einzige, der über diese Undercoveraktion Bescheid weiß, ist der Kapitän. Wenn Sie jetzt sagen, dass Sie lieber kochen oder putzen …"

„An der Bar wäre ein guter Platz", warf Sophie Reimers ein, die bei dem Wort „putzen" fast schmerzlich das Gesicht verzogen hatte. „Da erfährt man doch gemeinhin am meisten. Zumindest ist es im Fernsehen so, dass über den Barkeeper der ganze Seelenmüll seiner Gäste ausgeschüttet wird. Außerdem hatte ich schon mal einen Job, bei dem ich Cocktails mixen musste."

„Ich werde sehen, was sich machen lässt", nickte Büttner. „Danke schon mal, dass Sie dabei sind."

„Kein Ding."

„Und wie lange soll die Aktion laufen?", fragte Hasenkrug. „Das Schiff ist meines Wissens nur für fünf Tage unterwegs, da bleibt nicht viel Zeit für Ermittlungen. Gesetzt den Fall, dass es überhaupt etwas zu ermitteln gibt. Schließlich besteht ja immer noch die Möglichkeit, dass wir es mit einem ganz anderen Täter als einem van Lessen zu tun haben."

„Wenn wir es nicht überprüfen, werden wir es nicht herausfinden", antwortete Büttner. „Mein Bauchgefühl jedenfalls sagt mir, dass wir auf der richtigen Spur sind." Er sah seine Kollegin an und schüttelte unwillig den Kopf. „Zu blöd, dass man mich auf dem Schiff schon kennt. Das Essen, das gerade zum Büffet getragen wurde, als wir da waren, sah nicht schlecht aus. Sie sind ein echtes Glückskind. Ich hoffe, Sie sind sich dessen bewusst."

„Was mir die Entscheidung für den Undercovereinsatz nicht eben schwerer macht", grinste Sophie Reimers.

„Ein paar Brosamen werden ja wohl auch für das Personal abfallen."

„Ohne Ihnen zu nahe treten zu wollen, Chef", meinte Hasenkrug. „Aber welche Rolle hätten Sie denn auf dem Schiff wohl einnehmen sollen? Die des Vorkosters vielleicht?"

Anstelle einer Antwort schnaubte Büttner nur.

„Noch mal zu den van Lessens." Hasenkrug zog nachdenklich die Stirn in Falten. „Konnte denn inzwischen irgendein Bezug zwischen dem Opfer und der Familie hergestellt werden?"

„Nein."

„Nein?"

„Nein. Aber auf die Schnelle können wir natürlich auch unmöglich alle privaten und beruflichen Kontakte von rund dreißig Personen checken."

„Dann frage ich mich einmal mehr, wodurch sich Ihr Verdacht begründet, Chef. Doch wohl nicht nur auf komischen Blicken? Und vor allem frage ich mich, an welcher Stelle unsere Kollegin überhaupt anfangen soll zu graben, wenn es, außer dem vermeintlich auffälligen Verhalten Einzelner, nicht den geringsten Anhaltspunkt gibt."

Büttner beugte sich vor und sah seinem Assistenten fest in die Augen. „Wir haben nur wenige Tage Zeit, Hasenkrug. Wenn wir jetzt zu lange zögern, dann flattern die Familienmitglieder wieder in alle Richtungen davon. So komprimiert wie jetzt bekommen wir sie nie wieder."

„Verstehe", sagte Hasenkrug, sah jedoch alles andere als überzeugt aus.

„Ja, die Faktenlage ist tatsächlich etwas dünn", bemerkte

nun auch Sophie Reimers, nachdem sie sich die Akte angesehen hatte. „Aber ich kann Ihre Motivation, der Sache auf den Grund gehen zu wollen, schon verstehen, Herr Büttner. Besser, man schaut einmal mehr hin, als einmal zu wenig." Sie klappte den Aktendeckel zu und legte ihn auf den Tisch zurück. „Außerdem wollte ich die van Lessens schon immer mal kennenlernen."

„Der Name war Ihnen schon vor diesem Fall bekannt?", fragte Büttner.

„Ich wüsste nicht, wer den Namen in Ostfriesland nicht kennt", erwiderte sie, woraufhin sich Hasenkrugs Mundwinkel deutlich nach oben zogen. „Ich bin zwar noch nicht so lange hier, aber an denen kommt man ja nun wirklich nicht vorbei."

„Ach ja", sagte Büttner, nachdem er sich vernehmlich geräuspert hatte, „da ist noch eine Kleinigkeit."

„Und die wäre?"

„Ich habe dem Staatsanwalt gesagt, es gäbe konkrete Verdachtsmomente gegen diese Helga …"

„Hedda."

„Gegen Hedda van Lessen."

„Welche Verdachtsmomente?" Hasenkrug stand offensichtlich auf dem Schlauch. „Ich dachte, wir hätten nichts als Ihr Bauchgefühl."

„Ich hab ja auch nur gesagt, dass ich gesagt habe, wir hätten welche."

„Soll das heißen …?"

„Sollte Sie jemand danach fragen, dann leiern Sie bitte diese Liste herunter, Hasenkrug." Büttner drückte seinem Assistenten einen handgeschriebenen Notizzettel in die

Hand. „Ich hab mir mal Gedanken gemacht, wie so was aussehen könnte."

Hasenkrug warf einen kurzen Blick darauf und wiederholte dann: „Soll das heißen, dass …?" Er lehnte sich zurück und sah seinen Chef mit offenem Mund an. „Sie haben nicht wirklich Verdachtsmomente erfunden, um die Genehmigung für Sophies Einsatz zu bekommen, oder?"

„Sagen wir mal, ich habe den Ermittlungsergebnissen ein wenig vorgegriffen", antwortete Büttner.

„Ich fasse es nicht."

Nach kurzer Irritation gab sich Sophie Reimers deutlich unbeeindruckter vom nicht ganz sauberen Vorpreschen Büttners als ihr Kollege. „Dann sollten wir jetzt mal zusehen, dass wir ein paar dieser Verdachtsmomente erhärten können", meinte sie gelassen.

„Wir kommen in Teufels Küche, wenn das rauskommt", meldete Hasenkrug Bedenken an.

„Da könnten Sie recht haben. Deshalb ist es ja so eilig, dass wir etwas unternehmen." Büttner klopfte seinem Assistenten auf die Schulter. „Ich zähle auf Sie, Hasenkrug. Und natürlich auf Kollegin Reimers. Wenn das schiefgeht, können wir sonst alle auf dem Schiff putzen gehen. Und das nicht nur für vier Tage. Schließlich sind die van Lessens eine hochangesehene Familie, wie der Staatsanwalt nicht müde wurde zu betonen. Gerne hat er mir die Genehmigung zum Herumschnüffeln jedenfalls nicht gegeben."

Auf diese wenig beruhigende Bemerkung hin stand Hasenkrug auf und orderte bei Frau Weniger einen extrastarken Kaffee.

8

Bertchen van Lessen war viel zu früh am Yachthafen von Delfzijl eingetroffen. Natürlich war er das. Denn ganz egal, welchen Termin er auch hatte, stets bemühte er sich, mindestens eine halbe Stunde vor der Zeit da zu sein. Was ausschließlich daran lag, dass er schon seit Kindertagen immerzu Angst hatte, sich zu verspäten. *Pünktlichkeit ist das A und O im Leben, mein Junge*, hörte er die Stimme seines Vaters in seinem Kopf, sobald es darum ging, eine Verabredung wahrzunehmen.

Dutzende Male hatte es früher Prügel gesetzt, wenn herauskam, dass Bertchen unpünktlich gewesen war. Die erste Strafe hatte er als Vierjähriger kassiert, als er zu spät vom Kindergarten nach Hause kam, weil er mit einigen Freunden noch Fußball gespielt hatte. Im stockdunklen Keller hatte er sitzen müssen, und zwar für einen genauso langen Zeitraum, wie er sich verspätet hatte: siebzig Minuten. Eine Zeit, die ihm, der von jeher Angst im Dunkeln hatte, wie siebzig Jahre vorgekommen war. Durch die verschlossene Kellertür hatte er seine Mutter weinen und flehen hören, doch hatte sie gegen ihren despotischen Mann nichts ausrichten können.

Nachdem er seinen Kellerarrest einige Male abgesessen und begriffen hatte, dass es von nun an immer so sein würde, hatte Bertchen alles darangesetzt, pünktlich zu sein. Natürlich hatte das nicht immer geklappt, denn schließlich hing es ja nicht nur von einem selbst ab, ob es mit der Pünktlichkeit funktionierte oder nicht. Höhere Gewalt oder widrige Umstände aber kannte sein Vater nicht. Zu spät war zu spät, daran gab es nichts zu rütteln.

Bertchen wusste nicht mehr zu sagen, wie oft er bis zu seinem Auszug aus der elterlichen Wohnung Zeit im Keller verbracht hatte. Aber das war auch nicht mehr wichtig. Diese Zeit war vorbei. Was jedoch nicht vorbei war, war diese Macke, die er dadurch davongetragen hatte, und die ließ sich nicht so einfach abschalten. Nicht nur einmal hatte er sich vorgenommen, zu einem Termin unpünktlich zu kommen. Er bildete sich ein, dass es sich wie ein Triumph anfühlen müsste, derart gegen seinen Vater aufzubegehren. Doch hatte ihm sein tiefsitzendes Trauma trotz guter Planung in letzter Minute stets einen Strich durch die Rechnung gemacht. Die einzige Rebellion, die funktionierte, war die, viel zu früh anstatt pünktlich bei einem Termin zu sein. Bertchen fand, dass sich das auch schon ganz gut anfühlte.

Sein Magen knurrte, als ihm der Geruch von gebratenem Fisch in die Nase stieg. Bertchen, der, einen Pullover untergelegt, auf einem Betonpoller saß, beschloss, dass ein kleiner Snack bis zum Eintreffen des Schiffes seines Großvaters nicht schaden könne. Wer wusste schon zu sagen, wann genau es wieder etwas zu essen geben würde.

Bertchen stand auf, schlang den Pullover um seine Hüften und schlenderte zum Fischwagen hinüber. Auf Schildern wurden mit roter Schrift die Gerichte angepriesen, die es hier zu kaufen gab. Als sein Blick auf das Wort Kibbeling fiel, schlich sich ein Lächeln auf sein Gesicht und er wusste sofort, was er bestellen würde. Wie lange er den nicht mehr gegessen hatte!

Dabei gehörte das Verspeisen von Kibbeling mit Remouladensoße zu seinen schönsten Kindheitserinnerungen. Während seiner Schulzeit hatte er in den Sommerferien immer zwei Wochen bei seinen Großeltern verbringen dürfen. Auf einem der zahlreichen Ausflüge, die sie in die Niederlande gemacht hatten, hatte sein Großvater ihn aufgefordert, Kibbeling mit Pommes zu probieren. Es hatte köstlich geschmeckt. In den folgenden Jahren war das Essen der frittierten Fischfiletstücke zu einem Ritual geworden, und noch heute wurde es Bertchen bei der Erinnerung an diese schönen Momente mit seinem Opa Herbert ganz warm ums Herz.

Wie seltsam, dass er den Kibbeling in den letzten sieben Jahren, die er in den USA und Japan verbracht hatte, vollkommen aus seinem Gedächtnis gestrichen hatte. Bis zum heutigen Tag, da es ihn erstmals wieder in dieses kleine Beneluxland führte, hatte er nicht mehr an sein Lieblingsgericht gedacht. Nun aber stand er hier vor dieser Bude und die Bilder von damals waren wieder präsent. Es war schon seltsam zu erleben, welche Macht Erinnerungen hatten, selbst wenn man sie längst vergessen glaubte.

Mit jeweils einer Pappschale Kibbeling und Pommes sowie einer Dose Cola bewaffnet, lief Bertchen zu einer kniehohen Mauer, stellte seine Errungenschaften ab, setzte sich und begann zu essen. Genüsslich kaute er auf einem der panierten Fischstücke herum; der Geschmack war genauso, wie er sich ihm ins Gedächtnis gebrannt hatte.

Beinahe hätte er seiner Entscheidung, nach Holland zu kommen und an der Familienfahrt teilzunehmen, doch noch etwas Positives abgewinnen können, wenn nicht in diesem Moment ein Schatten auf sein Gesicht gefallen wäre und er beim Aufsehen seinen Onkel Morten hätte erblicken müssen.

„Moin, Bertchen", sagte Morten und reichte ihm die Hand. „Da bist du also tatsächlich hierhergekommen. Haben dich ja lange nicht zu sehen gekriegt. Aber verstehen kann ich dich ja, wenn ich an deine Eltern denke. Sind ja nicht gerade das, was man sich als Mutter und Vater wünscht, die beiden."

Beinahe hätte sich Bertchen angesichts dieser unverhohlenen Offensive verschluckt, konnte einen Hustenanfall jedoch gerade noch verhindern. „Es hat sich so ergeben", sagte er gedehnt. Er schob sich ein weiteres Stück Fisch in den Mund. „Ich dachte, ihr seid alle schon in Emden zugestiegen", schmatzte er.

„Nee. War mit meiner Yacht draußen bei den Inseln. Hab heute Mittag hier im Hafen festgemacht. Hätte es bis nach Emden nicht pünktlich geschafft. Wollte aber den Alten nicht verärgern." Er deutete in eine unbestimmte Richtung und sah dann auf seine Armbanduhr. „Pietro müsste auch gleich kommen."

„Hm." Einmal mehr fragte sich Bertchen, was er hier wollte. Weder zu Morten noch zu Pietro hatte er jemals ein besonders gutes Verhältnis gehabt. Genaugenommen war ihm vor allem sein Cousin Pietro, der um mehrere Ecken mit ihm verwandt war, mit seiner großspurigen Art immer ziemlich zuwider gewesen. Schon alleine die Tatsache, dass jemand, der den banalen Namen Peter zugedacht bekommen hatte, im Alter von zehn Jahren beschloss, von nun an nur noch auf den Namen Pietro zu hören, war ihm immer suspekt gewesen.

Pietro war nicht viel älter als Bertchen selbst. Leider hatte das dazu geführt, dass sie auf ein und dieselbe Schule gegangen waren. Niemand in seiner Familie hatte je mitbekommen, wie sehr Bertchen dort von Pietro und seinen Freunden gegängelt worden war. Heute würde man wohl sagen, er sei gemobbt worden, und das vom Feinsten. Irgendwann hatte sich Bertchen diesbezüglich seiner Mutter anvertrauen wollen. Die aber hatte nur den Zeigefinger auf den Mund gelegt und ihm damit zu verstehen gegeben, dass sie davon nichts wissen wollte. Natürlich nicht. Pietro hatte schon damals unter dem ganz besonderen Schutz von Onkel Morten gestanden; sich mit diesem anzulegen, hieß, sich auch mit Opa Herbert nicht gut zu stellen. Zu so viel Ungehorsam dem Familienoberhaupt gegenüber aber hatte sich noch nie jemand der lieben Verwandtschaft hinreißen lassen.

Und dann war da ja auch noch Arne, Mortens Sohn. Auch er war in etwa so alt wie Bertchen und auf eine ganz andere Art cool als Pietro. Wo Letzterer als Jugendlicher stets versucht hatte, besonders aufschneiderisch aufzutreten, war Arne stets Everybody's Darling gewesen. Zudem hatte Arne aufgrund seines guten Aussehens stets einen Schlag bei den Frauen gehabt, während Bertchen mit seinem von Akne zerfressenen Gesicht und der Brille mit Gläsern so dick wie Glasbausteinen allenfalls zur Belustigung der gleichaltrigen Mädchen hatte beitragen können.

Also hatte Bertchen sich lieber zu Hause hinter seinem Commodore 64 vergraben und sich zu dem Computerfreak entwickelt, der er heute war. Ein Computerfreak, der inzwischen eine ganze Menge Geld mit seinem Fachwissen verdiente. Vielleicht sollte er Pietro und Arne sogar dankbar sein, dass sie ihm keine andere Wahl gelassen hatten, als sich mit der Informatik auseinanderzusetzen, während sie selbst ein Leben geführt hatten, das sich so mancher Teenager erträumte. Doch saßen die Verletzungen, die vor allem Pietro ihm zugefügt hatte, zu tief. Im Gegensatz zu ihm war Arne nie gemein zu Bertchen gewesen, sondern hatte ihn stattdessen komplett ignoriert. Was auch nicht wirklich schmeichelhafter gewesen war.

„Hey, Bertchen, altes Haus, da hätte ich dich doch fast nicht erkannt! Bist du jetzt komplett erblindet, oder warum trägst du keine Flaschenböden mehr auf der Nase?“ Pietro war zu ihnen getreten, hatte sich eine Fritte vom Pappteller geklaut und in den Mund geschoben und brach nun in schallendes Gelächter aus. Seine Scherze jedenfalls hatten nichts an Intelligenz hinzugewonnen. Auch sah er genauso aus, wie Bertchen ihn sich vorgestellt hatte: schwarzer Anzug, offener weißer Hemdkragen, hinter die Ohren gegeltes Haar, Sonnenbrille. Der Prototyp eines Pseudochampions, der mit seiner zur Schau gestellten Überheblichkeit vermutlich darüber hinwegtäuschen musste, wie wenig sich bei ihm in Kopf und Hose abspielte.

„Na, Bertchen, wie lebt es sich da drüben bei den kleinen Asiatinnen?“, ließ Pietro nicht locker. „Die lassen doch bestimmt selbst dich ran, oder? Wie man hört, hast du ’nen guten Job, auf so was fahren die ab. Da kannst du auch bucklig und einäugig sein, ist denen scheißegal, solange du sie mit ordentlich Kohle versorgst." Wieder ließ Pietro sein abfälliges, grölendes Lachen hören.

Gerne hätte Bertchen etwas auf diese Frechheiten erwidert, schließlich hatte er sich fest vorgenommen, sich von diesem Widerling nichts mehr gefallen zu lassen. Doch fühlte er sich nun, da Pietro vor ihm stand, genauso hilflos wie damals in der Schule, wenn er zum Opfer seiner Gemeinheiten geworden war.

„Nun lass mal gut sein. Es gibt keinen Grund, hier gleich verbal aufeinander einzuprügeln wie die letzten Pennäler", wies Morten seinen Neffen zurecht, was die Sache für Bertchen jedoch nicht besser machte. Zum einen hatte nicht er auf jemanden eingeprügelt, sondern Pietro, aber das hatte Morten wohl übersehen. Zum anderen hatte er sich nie wieder von Pietro in die Enge drängen lassen wollen. Und schon gar nicht wollte er, dass ihn jemand wie Morten in Schutz nehmen musste. Aber es war zu spät. Er hatte versagt, wieder einmal. Dabei war er sich sicher gewesen, nach Jahren der Psychotherapie ein ganzes Stück selbstbewusster und erwachsener geworden zu sein. Nun ja, da hatte er sich wohl getäuscht. Als er nach dem nächsten Stück Kibbeling griff, hoffte er, dass niemand das Zittern seiner Hände bemerken würde.

„Oh, là, là, wer kommt denn da daher?!" Bertchen atmete erleichtert auf, als Pietro nun von ihm abließ und sich mit einem anerkennenden Pfeifen einer jungen, schlanken Frau zuwandte, die auf sie zugelaufen kam. Sie schien etwas zu suchen. „Können wir dir behilflich sein, du blonde Schönheit?" Pietro hauchte einen Kuss auf seine Handfläche und blies ihn dann symbolisch zu der Frau hinüber, die bei ihnen stehen geblieben war.

„Ja, ebenso wie Ihr Kuss könnten Sie sich verflüchtigen", zeigte sich die Frau schlagfertig. „Außerdem wüsste ich nicht, dass wir uns kennen." Sie musterte Pietro abfällig von oben bis unten. „Wäre mir auch ganz lieb, wenn das so bleiben würde."

Während Bertchen sich ein Grinsen nicht verkneifen konnte, hatte es Pietro offensichtlich die Sprache verschlagen. Vermutlich war er es nicht gewohnt, von einer Frau derart abgefertigt zu werden.

„Was grinst du denn so blöd, du kleiner Loser?!", fauchte Pietro ihn an.

„War das denn nicht witzig?", entgegnete Bertchen, ohne das Grinsen einzustellen. „Solch ein Konter dürfte doch ganz deinem Niveau entsprechen, Pietro." Wow! Es ging ja doch!

„Noch so eine Frechheit, du Würstchen, und ich …" Pietro ging drohend auf Bertchen zu, wurde jedoch von Morten am Ärmel seines Jacketts zurückgehalten. „Halt einfach mal die Luft an", sagte der ruhig.

„Warten Sie auch auf das Schiff?", wandte sich die Frau an Bertchen.

„Wenn Sie die *White Cloud* meinen, dann ja." Bertchen deutete aufs Wasser hinaus. „Sehen Sie, sie läuft schon ein." Er fragte sich, ob die Frau auch zu seiner Verwandtschaft gehörte, konnte sich jedoch nicht daran erinnern, sie jemals gesehen zu haben.

„Ah ja." Sie nickte zufrieden, dann streckte sie Bertchen die Hand hin. „Mein Name ist Sophie. Ich soll an Bord meinen Job antreten."

„Ach was!“ Pietro schnaubte abfällig. „Für eine Putze – oder was auch immer du bist – nimmst du dir aber reichlich viel raus.“

„Und für einen Mann – oder was auch immer Sie sind – haben Sie ...“ Sophie ließ ihren Blick für einen längeren Moment auf seinem Hosenschlitz ruhen. „Na ja, lassen wir das, bevor Sie noch anfangen zu weinen.“ Mit diesen Worten drehte sie sich um und lief in Richtung der Fischbude davon.

„Na, der werde ich's zeigen!“ Pietro kochte nun ganz offensichtlich vor Wut. „Die glaubt doch wohl nicht, dass sie auch nur eine Minute an Bord bleibt und ihren Job macht, wenn sie sich so aufführt! Dafür werde ich schon sorgen!“

„Vielleicht solltest du dich nicht immer wie ein billiger Abklatsch Casanovas aufführen“, erwiderte Morten. „Dann würde es vielleicht auch endlich mal mit den Frauen klappen. Die stehen eher auf nett, weißt du.“

„Ach ja, und du kennst dich damit aus, oder was?“

„Ja, das würde ich mal behaupten.“ Entweder mangelte es Morten nicht an Selbstbewusstsein oder er wollte seinen Neffen ganz bewusst provozieren. „Auf jeden Fall hat mich noch keine für eine Portion Kibbeling einfach stehen lassen.“

Okay, dachte Bertchen zufrieden, er will provozieren. Vielleicht, so beschloss er, konnte er Morten doch ganz gut leiden. Voller Genuss schob er sich das letzte Stück Fisch in den Mund.

9

„Na, der hat mir gerade noch gefehlt.“ Kathrin musterte die inzwischen sechs Personen, die an der Pier standen und darauf warteten, an Bord gelassen zu werden. Noch aber waren die Bootsmänner mit dem Anlegemanöver beschäftigt, sodass sie sich noch ein klein wenig gedulden mussten. „Ausgerechnet mein lieber Um-viele-Ecken-Cousin Pietro. Mir bleibt auch nichts erspart.“

„Stimmt, ich hatte auch gehofft, dass er nicht kommen würde“, seufzte Arne, der neben Kathrin an der Reling stand. „Wie mein Vater am Telefon sagte, hat Pietro sich sehr kurzfristig entschieden, mit uns die Tour zu machen. Vermutlich ist ihm erst in allerletzter Minute aufgegangen, dass sein Großonkel ihn ansonsten womöglich vom Erbe ausschließen könnte. Der Schnellste im Denken ist Pietro ja noch nie gewesen.“

„Und wer sind die drei Frauen?“, fragte Kathrin. „Müsste ich sie kennen?“

Arne schüttelte den Kopf. „Nee, die gehören nicht zur Familie. Ich nehme an, dass noch Personal an Bord kommt. Hab so was munkeln hören.“

„Bertchen läuft immer noch herum wie der letzte Nerd“, stellte Kathrin fest. „Wer, bitte schön, trägt denn heute noch beigefarbene Cordhosen zu hellblauem Oberhemd?

Und diese Schuhe! Unglaublich, dass es so was überhaupt noch zu kaufen gibt."

„Er *ist* der letzte Nerd", erwiderte Arne. „Und die dürfen anziehen, was sie wollen. Wie man hört, ist Bertchen ein echtes Computergenie. Hab ihn mal gegoogelt. Ist ein gefragter Mann in seiner Branche. Lebt manchmal in den USA, meistens aber in Japan. Muss unendlich viel Kohle verdienen."

„Dann könnte er sich ja auch vernünftige Klamotten leisten", meinte Kathrin trocken. „Und einen Friseur. So findet er doch nie eine Frau."

„Na ja, wenigstens war er im Gegensatz zu Pietro nie ein Arschloch", stellte Arne fest. „Ist ja auch schon eine ganze Menge wert."

„Da hast du auch wieder recht. Guck mal, jetzt kommen sie an Bord. Sieh dir Pietro an. Der ist sich nicht zu doof, die Frauen beiseitezurempeln … Ich glaub's ja nicht! Der Blonden versetzt er sogar einen Rippenstoß. Ganz dicht ist der wirklich nicht."

„Bestimmt geht er schnurstracks in den Salon, um sich bei dem Alten einzuschleimen. Komm, das sollten wir uns nicht entgehen lassen", forderte Arne sie auf. „Wenn schon Familie, dann bitte die volle Dröhnung. In Sachen Erbschleicherei können wir von Pietro ganz sicher noch was lernen."

„Ups!" Kaum dass Kathrin und Arne die Stahltreppe vom Ober- zum Unterdeck betreten hatten, wären sie fast in eine junge Frau gerannt, die ihnen, zwei Stufen auf einmal nehmend, entgegenkam. „Gerade erst angekommen und schon auf der Flucht?", fragte Kathrin grinsend, als die Frau ein *Tschulligung* murmelte und sich die blonden, im steifen Wind wehenden Haare aus dem Gesicht strich. Kathrin und Arne traten einen Schritt zurück, sodass ihr Gegenüber die letzten Stufen nehmen konnte und jetzt alle drei auf dem Oberdeck standen.

„Nee“, grinste die Frau, „ich wollte nur die Zeit nutzen, mich gleich mal ein wenig ortskundig zu machen. Ich glaube kaum, dass mir dazu in den nächsten Tagen viel Zeit bleibt.“

„Verstärken Sie das Serviceteam?“, fragte Arne.

„Ja. Ich bin Sophie. Mit mir sollten Sie sich gut stellen, denn ich werde in den nächsten Tagen Ihre Cocktails mixen.“

„Freut mich, ich bin Kathrin“, stellte sich Kathrin nun ihrerseits vor und schüttelte ihr die Hand. „Und dies hier ist Arne. Wir können uns ruhig duzen, wenn du magst. Wir gehören zu den van Lessens. Falls du also Hilfe brauchst, sag einfach Bescheid.“

Die Frau wirkte für einen Moment irritiert. „Wenn ich Hilfe brauche?“

Kathrin lachte. „War nur so dahingesagt. Aber die van Lessens sind ein ganz spezielles Völkchen, weißt du? Da kann ein wenig Beistand nicht schaden.“

Nun lachte auch Sophie. „Sind das nicht alle Familien?“

„Vermutlich. Nur kenne ich mich bei anderen nicht so gut aus.“

„Und nicht bei jedem Familienausflug wird auch gleich eine Leiche gefunden“, ergänzte Arne.

Sophies Blick schnellte hoch. „Wie bitte?“

„Heute Vormittag, in der Emder Seeschleuse. Ich dachte, es hätte sich bereits herumgesprochen.“

„Ähm …nee." Sophie zog die Stirn in Falten und schüttelte den Kopf. „Bei mir ist jedenfalls nichts angekommen." Sie stutzte und schaute Arne von unten herauf skeptisch an. „Oder bist du bei den van Lessens für die geschmacklosen Witze verantwortlich?"

Arne grinste und hob die Hand zum Schwur. „Kein Witz. Eine echte Leiche. Ein junger Mann; er trieb bäuchlings im Schleusenwasser."

Als Kathrin bestätigend nickte, schluckte Sophie und sagte: „Ach herrje, das ist ja furchtbar. Ich hoffe nur, dass es für diese Ausflugsfahrt kein schlechtes Omen ist."

„Du bist abergläubisch?", fragte Arne.

„Nicht wirklich. Aber man kann ja nie wissen. War denn die Polizei schon da?"

„Ja, sicher." Kathrin schaute sie tadelnd an. „Oder glaubst du, wir haben die Leiche einfach beiseitegeschoben und unsere Fahrt fortgesetzt, als wäre nichts gewesen?"

„Sorry, nein, natürlich nicht. War eine blöde Frage. Ist denn schon klar, wie die Leiche dahingekommen ist? War es ein Unfall?"

„Keine Ahnung." Kathrin beugte sich zu Sophie vor und raunte ihr zu: „Irgendwie schienen die Kommissare aber von Mord auszugehen. Das zumindest habe ich ihren Worten entnommen. Nach einigem Hin und Her haben sie das Schiff wieder freigegeben. Was aber nun letztlich aus der Geschichte wird, werden wir wohl aus der Zeitung erfahren."

„So, und nun entschuldige uns, bitte, Sophie." Arne schien es plötzlich eilig zu haben und sprang bereits die Stufen hinunter. „Soviel ich weiß, gibt es bald Abendessen.“ Er blieb unten stehen und rieb sich den Bauch. „Ich habe einen Mordshunger. Muss wohl an der Seeluft liegen. Schließlich war das Büffet heute Mittag auch nicht gerade schlampig.“

Kathrin wunderte sich, dass Arne plötzlich anfing, vom Essen zu reden. Er sollte eigentlich wissen, dass es frühestens in einer Stunde aufgetragen würde. Warum also hetzte er so? So wichtig konnte ihm das Beobachten von Pietro doch nicht sein. Aber um das herauszufinden, musste sie ihm wohl folgen. Sie schenkte Sophie ein zerstreutes Lächeln, dann machte auch sie sich Richtung Salon auf den Weg.

Sophie Reimers hätte zu gerne noch ein wenig länger mit Kathrin über den Leichenfund geplaudert, schließlich konnte sie mit den Ermittlungen gar nicht schnell genug beginnen. Fünf Tage waren eine verdammt knappe Zeit, um etwas Brauchbares herauszufinden. Zumal die Indizienlage aus nicht mehr bestand als Büttners Bauchgefühl. Noch hatte sie keine Ahnung, wie sie es anstellen sollte, die van Lessens zum Reden zu bringen, ohne dass ihre Neugier womöglich zu auffällig wirkte. Aber wenn sich alle als so redselig herausstellten wie Kathrin und Arne, dann würde sie schon sehr bald eine Menge erfahren. Und wenn sie dem Geplauder an der Bar mit ein paar Cocktails noch ein wenig nachhalf …

Sie warf einen Blick auf die Uhr. Ihren Dienst an der Bar würde sie in neunzig Minuten antreten müssen. Zeit genug, schon mal ein paar Bekanntschaften zu schließen. Mit Pietro van Lessen, diesem Aufschneider, hatte sie ja bereits das Vergnügen gehabt. Ihr Gefühl sagte ihr, dass sie ihm besser aus dem Weg ging. Der Rempler, den er ihr auf der Gangway versetzt hatte, war ihr Warnung genug gewesen. Es stand allerdings zu befürchten, dass er sie nicht in Ruhe lassen würde. Sie kannte diese Typen. Wenn die sich in ihrer Eitelkeit gekränkt sahen, wurden sie unberechenbar. Aber gut, sie hatte nicht vor, sich von ihm blöd anquatschen zu lassen. Er würde schon sehen, was er davon hatte, wenn er ihr auch weiterhin querkam.

„Hi."

Sophie, die nachdenklich an der Reling lehnte, drehte sich um. Vor ihr stand ein Mann um die vierzig. Er trug einen Frack, der hier an Deck reichlich deplatziert wirkte, und lächelte sie mit einem etwas seltsamen Gesichtsausdruck an. In der Hand hielt er eine Zigarette, die er sich jetzt zwischen die Lippen steckte. Den Kopf gesenkt, die Hände schützend um ein Feuerzeug gelegt, zündete er sie an.

„Hi", erwiderte sie zurückhaltend. Sie musterte ihn prüfend, doch machte er, als er wieder aufsah, keine Anstalten, noch etwas zu sagen. „Gehören Sie auch zu den van Lessens?", trat sie die Flucht nach vorne an. „Dann entschuldigen Sie bitte, ich bin gleich weg. Ich wollte nur noch ein wenig die frische Luft genießen, bevor ich den Abend hinter der Bar verbringe."

Er hob beruhigend die Hand, wobei der Ärmel seines Fracks verrutschte und zu Sophies Erstaunen den Blick auf ein Tattoo preisgab, das ein wenig an das Gemälde *Der Schrei* von Edvard Munch erinnerte und alles andere als ansprechend aussah. Sophie fragte sich, wie solch ein Tattoo zu einem Pianisten im Frack passte. Andererseits: Hatte heute nicht schon fast jeder unter vierzig eine Tätowierung vorzuweisen? „Kein Problem, ehrlich. Und nein, ich gehöre nicht zu den van Lessens. Mein Name ist Marcel. Ich bin der Bordpianist." Er nahm einen Zug seiner Zigarette und kniff ein Auge zu, als ihm der Rauch hineingeriet. „Du heißt nicht zufällig Sophie?"

„Doch, wieso?"

„Dann sucht man unten nach dir."

„Man sucht nach mir? Warum das denn?"

„Es geht wohl ums Einkleiden. Deine beiden Kolleginnen haben ihre Dienstklamotten bereits bekommen. Ich dachte, ich sag's dir mal."

„Ach so, ja. Gut, dann werde ich wohl lieber mal runtergehen. Scheint alles recht straff organisiert zu sein auf diesem Dampfer."

„Nicht anders als auf anderen Schiffen", bemerkte Marcel. „Aber du warst wohl noch nicht oft auf einem Schiff beschäftigt?"

„Nein", beeilte sich Sophie zu sagen. „Normalerweise bin ich eher eine Landratte. Aber ein wenig Abwechslung ist ja manchmal auch ganz schön." Sie seufzte innerlich. So brachte sie das Gespräch nicht weiter. Nach kurzem Zögern fiel sie also mit der Tür ins Haus und fragte: „Weißt du mehr über die Leiche, die man in der Schleuse gefunden hat? Ist ja ganz schön gruselig, oder? Warst du schon an Bord, als man sie fand? Ich war total schockiert, als ich gerade davon erfahren habe."

„Ja, war kein schöner Anblick, als man den Kerl aus dem Wasser gezogen hat. Hab nur mitbekommen, dass es sich um einen gewissen Julian Steckenbach handelt."

„Und?"

„Und was?“

„Hat der was mit den van Lessens zu tun?“

„Wie kommst du denn darauf?“ Marcel sah sie lauernd an. „Behauptet das jemand, oder was?“

„Nee. Ich dachte nur. Könnte ja sein, wenn sie ausgerechnet den van Lessens vors Schiff gespült wird.“ Als Marcel nun wieder diesen seltsamen Gesichtsausdruck aufsetzte, sagte sie schnell: „Na ja, ist ja auch nicht mein Job, darüber nachzudenken. Ich gehe dann lieber mal nach unten und lasse mich einkleiden.“ Ohne eine Antwort des Bordpianisten abzuwarten, schlug sie den Weg zum Unterdeck ein.

Ein Blick in den Salon sagte ihr, dass dort fast die ganze Familie versammelt sein musste. Rund dreißig Personen saßen auf den Bänken und an der Bar verteilt. Pietro gab den großen Unterhalter, indem er dem alten, Zigarre rauchenden van Lessen in irrwitziger Lautstärke irgendeinen schmutzigen Witz aufs Ohr drückte. Als die Pointe kam, hielten sich die Lacher in Grenzen. Auch der Patriarch, der, so stellte Sophie fest, alles andere als gesund aussah, verzog keine Miene. Stattdessen flüsterte er Kathrin etwas in Ohr, woraufhin die aufstand und zur Bar hinüberlief. Als der Barkeeper aufblickte und dabei zufällig in Sophies Richtung sah, machte sie ihm Zeichen, dass sie gleich bei ihm sein würde. Er nickte, sah dabei jedoch wenig begeistert aus. Was nur allzu verständlich war, denn schließlich würde er an diesem Abend Überstunden machen müssen, um sie in den Job einzuweisen. Blieb also zu hoffen, dass sie sich nicht allzu dämlich anstellen würde. Es war etliche Jahre her, dass sie in einer Kneipe gejobbt hatte. Ob sie überhaupt noch ein vernünftig gezapftes Bier oder einen schmackhaften Cocktail zustande brachte? Nun, sie würde sich zweifelsohne konzentrieren müssen. Nebenbei auch noch den geführten Gesprächen zu lauschen, würde nicht ganz einfach sein.

„Immer noch ohne Schürze?“ Marcel war zu ihr getreten und sah sie mit hochgezogener Braue an. Er roch nach Zigarettenrauch. „Fast könnte man annehmen, dass du keinen Bock auf den Job hast.“ Er deutete mit einem Fingerzeig über die Schulter. „Falls du den Weg zur Kleiderausgabe suchst, da geht’s lang.“

„Danke, ich wollte gerade fragen“, log Sophie. „Ist alles ein wenig unübersichtlich hier. Spielst du heute Abend auch?“

„Ja, natürlich. Wer sollte den Job denn wohl sonst machen.“

Okay, genug gefragt. Bevor sie noch anderen unangenehm auffallen würde, kümmerte sie sich nun wohl besser um die Formalitäten. Die beiden Frauen, die mit ihr an Bord gekommen waren, kamen ihr bereits voll ausstaffiert entgegen. Immerhin lächelten sie freundlich, die Stimmung konnte also so mies noch nicht sein.

Nun denn, sprach sie sich Mut zu. Auf in den Kampf!

10

Nachdem seine Kollegin Sophie Reimers sein Büro verlassen hatte, um sich schnellstmöglich auf den Weg nach Delfzijl zu machen, war Hauptkommissar David Büttner nach Hause gefahren, hatte seine Frau Susanne ins Restaurant *Strandlust* eingeladen und sich mit ihr und Hund Heinrich auf den Weg an die Knock gemacht. Und das ausnahmsweise einmal nicht, weil ihn der Hunger plagte, sondern weil er das Gefühl hatte, am äußersten Westzipfel Ostfrieslands seinem neuen Fall etwas näher zu sein und sich besser auf ihn konzentrieren zu können.

Als sie nun die *Strandlust* betraten, stellte sich heraus, dass wegen einer größeren geschlossenen Gesellschaft noch kein Tisch für sie frei war. Rund eine Stunde würden sie warten müssen, was, wie Susanne sogleich betonte, vor dem Essen die Chance bot, sich ein wenig am Deich die Beine zu vertreten. Sie zeigte sich überrascht, als Büttner ihr mit einem entschiedenen Kopfnicken zustimmte und sogleich dem Ausgang zustrebte.

„Was ist los mit dir, David?“, fragte sie und sah ihn prüfend an, als sie gemeinsam das Lokal durch die Terrassentür verließen. „Du stimmst, ohne zu murren, einem Spaziergang zu?“ Sie blickte zum Himmel hinauf. „Und das, obwohl ganz offensichtlich gerade Regen aufzieht? Muss ich mir Sorgen machen?“

Büttner hob einen Stock auf und schleuderte ihn für Heinrich Richtung Sandstrand. Er überlegte, ob er seiner Frau von dem neuen Fall erzählen sollte. Schließlich war er sich nach wie vor nicht sicher, ob es sich überhaupt um einen Fall handelte. Nein, korrigierte er sich selbst. Natürlich handelte es sich bei dem Tod Julian Steckenbachs um ein Tötungsdelikt, denn das hatte die Gerichtsmedizin ja eindeutig festgestellt. Ob dieses Tötungsdelikt jedoch tatsächlich etwas mit der Familie van Lessen zu tun hatte, stand nach wie vor in den Sternen. Neue diesbezügliche Hinweise hatten sie bisher jedenfalls nicht bekommen.

„David? Alles okay? Du wirkst so abwesend.“

„Ähm … ja. Entschuldige.“ Er räusperte sich. „Wir haben heute eine neue Leiche … also einen neuen Fall auf den Tisch bekommen.“

Susanne nickte. „Der Tote in der Schleuse. Ich hab davon im Radio gehört. Habt ihr schon eine Spur?“

„Nein. Ja. Hm. Es ist kompliziert.“ Noch während Büttner darüber nachdachte, wie genau er seiner Frau von der Sache berichten sollte, ohne dabei aus ermittlungstaktischen Gründen zu viel zu verraten, fiel sein Blick über die Emsmündung hinweg auf das gegenüberliegende Ufer. Er deutete auf die in leichtem Dunst liegende Bebauung auf der niederländischen Seite. „Das dort hinten ist Delfzijl“, erklärte er.

„Danke für die Info, aber das war mir bekannt.“

„Wenn mich nicht alles täuscht, hält sich dort unser Mörder auf.“

„In Holland?“ Susanne kniff die Augen zusammen, als könnte sie auf diese Art den Mörder dort drüben spazieren gehen sehen. „Sind wir deswegen hier?“

„Nicht nur. Sagen wir mal so, ich wollte das Schöne mit dem Nützlichen verbinden.“

„Ich wüsste nicht, was du hier ausrichten kannst, wenn sich dein Mörder auf der anderen Seite der Ems herumtreibt.“ Sie bückte sich, um den Stock aufzunehmen, den Heinrich ihr vor die Füße gelegt hatte. Irgendwie war das Stück Holz in der Zwischenzeit gewachsen, stellte Büttner fest. Vermutlich hatte Heinrich sein ursprüngliches nicht gefunden, oder dieses hier hatte ihm ganz einfach besser gefallen als das andere.

„In Delfzijl dürfte gerade das Passagierschiff festgemacht haben, auf dem das Familienfest der van Lessens stattfindet.“ Er blieb stehen, zog ein kleines Fernglas aus der Jackentasche und suchte den Horizont ab. Zwar war Delfzijl tatsächlich nicht weit entfernt, aber doch weiter, als er angenommen hatte. Zumindest zu weit für sein Amateurfernglas. Außerdem war die Sicht nicht allzu gut. Die *White Cloud* jedenfalls konnte er nicht ausmachen. Schade eigentlich. Er hatte gehofft, dem Treiben auf dem Schiff von hier aus ein wenig zusehen zu können, wenn er sich schon vor Ort nicht blicken lassen konnte. War vielleicht ein wenig naiv gewesen, wie er sich jetzt eingestehen musste.

„Die van Lessens von der Werft?“, unterbrach Susanne seinen Gedankengang.

„Ja.“ Büttner beschloss, sich nicht mehr zu wundern, dass alle außer ihm mit diesem Namen etwas anfangen konnten.

„Und was haben die mit eurer Leiche zu tun?"

„Das wüsste ich auch gerne. Zumindest war es ihr Schiff, das zu dem Zeitpunkt die Schleuse passierte, als der Tote sich entschloss, aus den Tiefen des Wassers emporzusteigen."

„Hm. Ich sehe noch nicht ganz, warum das die van Lessens zu Mördern macht", erwiderte Susanne unumwunden.

„Ich auch nicht. Deshalb geht gerade meine Kollegin Sophie Reimers an Bord und verdingt sich dort als Bardame."

„Du sprichst in Rätseln."

„Ich … Oh, bitte entschuldige." Büttners Handy hatte angefangen zu schrillen. Er zog es aus der Jackentasche und sagte nach einem Blick auf das Display: „Ja? Hasenkrug?"

„Moin, Chef", kam es vom anderen Ende zurück. „Die Kollegen sind jetzt mit einer ersten Überprüfung der an Bord anwesenden Gäste durch. Ich dachte, ich teile Ihnen mal das Ergebnis mit, damit Sie heute Nacht etwas zum Grübeln haben."

„Sehr entgegenkommend", brummte Büttner. „Und?"

„Bei den meisten haben wir nichts gefunden. Scheint eine saubere Familie zu sein. Bis auf diese Hedda van Lessen, eine Enkelin des Patriarchen. Sie arbeitet im Finanzgeschäft und ist nach einem gefloppten Deal vor drei Jahren von einigen Kunden verklagt worden, wegen angeblicher Untreue. Kam aber nichts dabei heraus, sie wurde von allen Vorwürfen freigesprochen."

„Was ja nicht heißt, dass sie nichts verbrochen hat", konstatierte Büttner.

„Richtig. Es war ihr nur nichts nachzuweisen."

„Ermordet hat sie aber noch niemanden?"

„Zumindest nicht, dass wir es wüssten."

„Okay. Trotzdem sollten wir an ihr dranbleiben. Schließlich geht es auch bei den van Lessens um jede Menge Geld." Büttner bückte sich, um erneut Heinrichs Stock aufzuheben und ihn wegzuschleudern. „Was ist mit den anderen?"

„Ähnlich wie Hedda erging es Pietro van Lessen. Auch er musste sich mal wegen Untreue verantworten, das ist allerdings schon rund sieben Jahre her. Hinzu kommen mehrere Anzeigen wegen Körperverletzung nach Prügeleien in gewissen Etablissements."

„Etablissements?", hakte Büttner nach.

„Bordelle. Scheint sich beim Liebesspiel nicht immer unter Kontrolle zu haben, der Kerl. Ist hier und da schon rausgeflogen und hat Hausverbot. Beim letzten Gerichtsurteil verhängte der Richter eine Bewährungsstrafe. Er hatte eine junge Frau nach einer Feier bei Freunden übel zugerichtet."

„Eine Vergewaltigung?"

„Die Frau hat ausgesagt, freiwillig mit ihm nach Hause gegangen zu sein. Der Akt an sich ist dann aber wohl aus dem Ruder gelaufen. Sie trug schwere Verletzungen davon."

„Er wird mir nicht sympathischer", bemerkte Büttner. „Gibt es sonst noch ähnliche Früchtchen in der Familie?"

„Keine uns bekannten. Aber einer der auf dem Schiff anwesenden Werftmitarbeiter hat was auf dem Kerbholz. Johann Bruhns, genannt Joke. Als Joke ist er auch etlichen unserer Kollegen aus der Drogenfahndung bekannt. Sie hatten ihn öfter wegen diverser Verstöße gegen das Betäubungsmittelgesetz zu Gast. Was nicht ganz uninteressant ist."

„Inwiefern?“, wollte Büttner wissen.

„Ich habe jetzt den abschließenden Bericht der Rechtsmedizin vorliegen. Auch unser Opfer, Julian Steckenbach, war synthetischen Drogen jedweder Art gegenüber nicht abgeneigt. In seinem Blut befand sich wohl ein interessanter Cocktail mehrerer Substanzen. Allerdings hat nichts davon zu seinem Tod geführt, sondern nach dem Schlag auf den Kopf allenfalls unterstützend gewirkt. Bei der Drogenfahndung jedenfalls ist auch er kein Unbekannter.“

„Klingt so, als würde auf unsere Kollegin Reimers eine Menge Arbeit zukommen“, meinte Büttner. Er zog sich die Kapuze über den Kopf, als nun, getrieben von kräftigen Windböen, ein Regenschauer auf sie hinabging. Weder Susanne noch Heinrich schien dies in irgendeiner Form zu stören, sie liefen unbeirrt weiter in nördlicher Richtung den Deich entlang.

„Ich fürchte, das war noch nicht alles“, erwiderte Hasenkrug.

„Was denn noch? Der Anteil polizeilich auffälliger Personen erscheint mir, gemessen an der Größe der Reisegruppe, jetzt schon sehr hoch.“

„Da gibt es noch den Klavierspieler.“

„Was für einen Klavierspieler?“

„Marcel Rittmers.“

„Marcel Rittmers?“ In Büttners Kopf schrillten die Alarmglocken, doch wusste er den Namen nicht einzuordnen.

„Er hat vor zwölf Jahren seinen Bruder erstochen und dann das Haus über ihm abgefackelt.“

„Ach ja, der.“ Büttner nickte. Es war einer seiner ersten Fälle in Ostfriesland gewesen. Totschlag im Affekt und fahrlässige Brandstiftung hatte es damals geheißen; ein vorsätzlicher Mord war Rittmers nicht nachzuweisen gewesen, obwohl vieles darauf hindeutete. „Und der spielt jetzt Klavier? Wie passt denn das zusammen?“, wunderte er sich. „Wenn ich mich richtig erinnere, war er ein ziemlich brutaler und auch uneinsichtiger Knochen.“

„Aber auch immer musikalisch. Hat schon als Fünfjähriger am Klavier gesessen, steht in seinen Akten. Später hat er in einer Band Keyboard gespielt. Vielleicht hat er sogar im Knast musiziert, das ließe sich herausfinden. Jedenfalls hat er, nachdem er aus dem Knast entlassen wurde, keinen Job gefunden. Also verdingt er sich mal hier, mal da als Pianist.“

„Und ausgerechnet den engagiert Herbert van Lessen für seine Familienfeier?“

„Er ist ein sehr guter Pianist. Warum also nicht?“

„Trotzdem wüsste ich dazu gerne den Hintergrund. Zum Beispiel, ob Herbert van Lessen weiß, mit wem er es zu tun hat. Hat er ihn selber engagiert oder kam Rittmers über eine Agentur? Überprüfen Sie das doch mal, Hasenkrug.“

„Sie glauben aber nicht wirklich, dass der Alte einen Auftragskiller engagiert hat, um Julian Steckenbach um die Ecke zu bringen, und ihn als Dank dafür jetzt als Bordpianist beschäftigt, oder?“

„Wie Sie wissen, gibt es nichts, was es nicht gibt, Hasenkrug.“

„Und wenn sich der Mörder von Steckenbach nun tatsächlich ganz woanders herumtreibt als auf diesem Schiff? Noch deutet jedenfalls nichts darauf hin …“

„Das weiß ich“, schnitt Büttner ihm das Wort ab. „Keiner hält Sie davon ab, noch in diverse andere Richtungen zu ermitteln, Hasenkrug. Haben Sie denn zwischenzeitlich überprüft, warum Steckenbach überhaupt in Emden war? Wollte er sich vielleicht mit jemandem treffen?“

„Wir sind dran. Gestaltet sich jedoch schwierig, weil wir bei ihm nur die Brieftasche gefunden haben. Ein Smartphone hatte er leider nicht bei sich. Ansonsten hätten wir wenigstens seine letzten Kontakte überprüfen können. Die Kollegen in Georgsmarienhütte sind gerade in seiner Wohnung. Vielleicht werden die ja fündig. Immerhin haben sie schon herausgefunden, dass er IT-Experte ist. Arbeitet für ein kleineres Software-Unternehmen.“

„Gut. Haben Sie Kollegin Reimers schon über den Stand der Dinge informiert?“

„Nein. Ich wollte zuerst mit Ihnen reden. Aber ich rufe Sophie sofort an.“

„Machen Sie das, dann kann sie ihren ersten Abend an der Bar schon dazu nutzen, ein wenig Licht ins Dunkel zu bringen. Viel Zeit bleibt ihr ja nicht. Ich wünsche einen schönen Feierabend, Hasenkrug, falls Sie heute noch dazu kommen.“

„Habe heute Babydienst“, verkündete sein Assistent. „Mache mich dann auch gleich auf den Weg. Viel Spaß noch an der Knock, Chef!“

„Woher wissen Sie denn … Hallo?“ Hasenkrug hatte aufgelegt. Büttner war sich sicher, ihm nichts von seinem Ausflug an die Knock verraten zu haben. Schließlich hatte auch er selbst diesen Entschluss erst auf dem Weg nach Hause gefasst. Woher also wusste sein Assistent, dass er hier war? Manchmal war Hasenkrug ihm unheimlich.

„Und? Mörder gefasst?“, fragte Susanne, als Büttner wenig später wieder zu ihr aufschloss.

„So gut wie." Büttner strich Heinrich, der ihm um die Beine sprang, abwesend über den Kopf, dann warf er einen Blick auf die Uhr. „Ist die Stunde denn nicht bald rum? Ich habe Hunger."

„Ein bisschen wirst du noch aushalten müssen." Sie deutete auf eine dunkle Wolkenwand, die der Wind auf sie zutrieb und die einen noch heftigeren Regenguss ankündigte, als sie ihn bereits jetzt erlebten. „Allerdings wäre ich dafür, dass wir uns irgendwo unterstellen oder uns zumindest ins Auto setzen. Ich habe nämlich keine Lust, nachher völlig durchnässt am Tisch zu sitzen."

„Wer hat das schon", nickte Büttner. Er pfiff nach Heinrich, der einer schreienden Möwe hinterherjagte, und sie machten sich auf den Rückweg zur *Strandlust*.

11

Das Abendessen war verdammt gut. Marcel Rittmers konnte sich nicht erinnern, sich jemals von einem so schmackhaft gefüllten Büffet bedient zu haben. Herbert van Lessen ließ sich diesen Familienausflug wirklich etwas kosten. Aber er hatte ja auch seine Gründe dafür. Gründe, die den Alten immerhin dazu veranlasst hatten, ihn, Marcel, zu diesem Trip mit an Bord zu nehmen. Und das wollte schon was heißen, denn mit dieser Entscheidung sammelte er bei seiner versnobten Familie ganz gewiss keine Beliebtheitspunkte. Allerdings war Herbert van Lessen ja auch nicht von dem Wohlwollen seiner Verwandtschaft abhängig. Eher verhielt es sich umgekehrt. So mancher hier an Bord wartete nur darauf, dass der Patriarch endlich das Zeitliche segnen würde, weil er oder sie hoffte, nach seinem Tod ein möglichst großes Stück vom Erbe abzubekommen. Und das nicht etwa, weil sie den Hals nicht vollbekommen konnten. Nein, vielmehr verhielt es sich so, dass der ein oder andere hier an Bord bis über die Hutschnur verschuldet war und ohne eine Finanzspritze schon bald seine private Insolvenz würde anmelden müssen. Das zumindest hatte der Alte ihm gesteckt. Wenn er daran dachte, welch ein erfolgreicher Unternehmer Herbert van Lessen in den letzten Jahrzehnten gewesen war, erstaunte es ihn schon, wie viele Mitglieder seiner engsten Verwandtschaft das geschäftliche Geschick des Firmengründers anscheinend nicht in den Genen hatten. Nur leider hatten einige der hier Anwesenden genau das wohl zu spät begriffen und sich mit zum Teil völlig irrwitzigen Geschäftsideen oder angeblich todsicheren Anlagestrategien in den Ruin gestürzt. Vermutlich jedoch würden sie sich lieber in der Ems ertränken, als ihr Scheitern zuzugeben. Also hielten sie die Klappe und taten so, als sei alles in bester Ordnung, in der Hoffnung, der Patriarch würde sie in seinem Testament ausreichend bedenken und bis zu seinem Tod nichts von ihrem Missgeschick erfahren. Doch damit lagen sie völlig falsch. Wenn sie auch nur ahnten, wie genau der Alte informiert war und was er vorhatte, dann hätten sie die Lösung mit der Ems vermutlich längst gewählt.

Beim Gedanken daran, wie sich die Welt da draußen das Maul zerreißen würde, wenn die Wahrheit über die so geachtete Familie van Lessen ans Licht käme, schlich sich ein breites Grinsen auf Marcels Gesicht. Er schaute sich im Speisesaal um, der von Gesprächen und Gelächter erfüllt war. Wenn so mancher, der sich gerade auf Herberts Kosten den Bauch vollschlug, wüsste, aus welchem Grund der Pianist tatsächlich an Bord war, dann würde ihm das Lachen – und gewiss auch das gute Essen – im Halse stecken bleiben. Leider gab es aber auch für Marcel ein Problem, mit dem er nicht gerechnet hatte: Joke Bruhns.

Marcel war sich, als er den Job als Pianist annahm, sicher gewesen, dass er in seinem anderen Leben, wie er es nannte, mit keinem der Passagiere etwas zu tun gehabt hatte. Denn was, bitte schön, hätte ein Mann wie er wohl mit

Leuten wie den van Lessens zu schaffen? Unterschiedlichere Lebenswege konnte es kaum geben. Hier die steinreiche Unternehmerfamilie, da der Junge aus so prekären Verhältnissen, dass häufig selbst die sozialen Underdogs einen weiten Bogen um ihn gemacht hatten. Niemand an Bord würde ihn also erkennen.

Dabei hatte Marcel irgendwann geglaubt, dass alles gut werden würde. Nie würde er den Moment vergessen, in dem er als kleiner Junge zum ersten Mal die Tasten eines Klaviers hatte berühren dürfen. Noch heute breitete sich in seinem Körper ein warmes Gefühl aus, wenn er an diesen Abend zurückdachte.

Es war im Sommer gewesen, zu Hause hatte es wieder einmal Zoff gegeben. Aber das war nichts Neues, denn Zoff gab es bei den Rittmers quasi vierundzwanzig Stunden am Tag. Wenn es jedoch mal wieder unerträglich wurde, rannte Marcel stets zur Haustür hinaus und trieb sich in den Straßen seines Viertels herum, ganz egal zu welcher Tages- oder Nachtzeit. Einem Viertel, das in Emden berüchtigt war für genau solch heruntergekommenes Pack wie die Rittmers.

Eine zerbeulte Bierdose vor sich her kickend, streifte der kleine Marcel an jenem Abend durch die Gassen, bis er durch das Fenster einer Spelunke hindurch plötzlich das Klavierspiel hörte. Es waren Klänge, wie er sie in dieser Gegend noch nie vernommen hatte. Laute Rockmusik und Heavy Metal gab es genauso wie Schlager oder Seemannslieder. Niemals aber, seit Marcel denken konnte, hatte ein Mann an dem alten Klavier in der Kneipe gesessen und gespielt. Marcel kannte das Klavier, aus dem der ihm unbekannte

Mann die schönen Melodien zauberte. Natürlich kannte er es, schließlich hatte es schon immer an genau dem Platz gestanden, an dem es auch an diesem besagten Abend stand.

Kleine Jungen haben in Kneipen nichts verloren, das hatte ihm seine Mutter immer wieder eingeschärft. Aber das, was seine besoffene Mutter ihm zu sagen hatte, hatte ihn noch nie interessiert. Also überlegte er nicht lange und ging zur Kneipentür hinein und auf direktem Wege zum Klavier. Kaum einer interessierte sich für ihn, weil in diesem Stadtviertel sich nie irgendwer für den anderen interessierte, solange es bei diesem nichts zu holen gab.

„Moin, mien Jung", begrüßte ihn der fremde Mann am Klavier und lächelte ihn freundlich an, ohne dabei in seinem Spiel innezuhalten. „Gefällt dir die Musik?"

Marcel nickte stumm.

„Ich mache gleich Pause. Wenn du willst, zeige ich dir dann ein bisschen, wie es geht."

Marcel hatte diesen Tag noch heute als den schönsten seines Lebens in Erinnerung. Regelmäßig war er nach diesem Abend zu dem Mann gegangen, und zum ersten Mal hatte er das Gefühl gehabt, irgendetwas richtig zu machen. Bis zu diesen Treffen mit dem Pianisten namens Bruno hatte Marcel noch nie ein Lob bekommen für das, was er tat. Ganz im Gegenteil hatte er es seinen stets betrunkenen Eltern nie recht machen können, auch wenn er sich noch so viel Mühe gab. Bruno aber hatte ihm stets versichert, dass er Talent habe. Also hatte er sich angestrengt, mit jeder Klavierstunde, die Bruno ihm bei sich zu Hause gab, stets noch ein bisschen besser zu werden. Ja, gelobt zu werden, war ein ganz wunderbares Gefühl.

Dank des Klavierspiels, das ihm auch heute noch so viel Kraft und Zuversicht gab, hatte Marcel sich in den folgenden Jahren langsam, aber sicher herausgearbeitet aus dem Sumpf, in dem er lebte. Sogar in der Schule war er fleißig, und das so lange, bis selbst seine Lehrer ihn nicht mehr als asozialen Nichtsnutz beschimpften, sondern sich eingestehen mussten, dass er das Zeug hatte, ein brauchbarer Mensch zu werden, wie sie es nannten.

Ein Teil seines neuen Lebens war auch Joke Bruhns gewesen. Erstmals hatten sie sich getroffen, als Marcel seine Ausbildungsstelle bei den Emder Nordseewerken antrat. Schweißer war er geworden und mächtig stolz darauf. Denn weder seine Eltern noch seine Geschwister hatten jemals eine Ausbildung abgeschlossen. Den Gesellenbrief in der Hand zu halten, war für Marcel die verdiente Anerkennung für das gewesen, was er in den letzten Jahren entgegen aller Widerstände geleistet hatte. Joke war nach fünf Jahren gemeinsamer Arbeit auf die Werft der van Lessens gewechselt, Marcel war bei den Nordseewerken geblieben. Ihrer Freundschaft hatte das nicht geschadet, sie waren auch weiterhin gemeinsam regelmäßig um die Häuser gezogen. Alles war in Ordnung gewesen – bis zu diesem schicksalhaften Tag des Brandes.

Immer noch wachte Marcel nachts schweißgebadet auf, wenn er in seinen häufig vorkommenden Albträumen das brennende Haus vor sich sah. Es hatte doch nur eine Überraschungsparty zu Ehren seines Bruders werden sollen, der an diesem Tag dreißig Jahre alt wurde. Eine Überraschung, kein mörderisches Inferno.

Sie hatten sich kurz zuvor nach langen Jahren Sendepause gerade wieder angenähert. Sein Bruder war den Weg gegangen, der für die Rittmers vermeintlich per Geburtsrecht vorgezeichnet war: Schule abgebrochen, im Morast aus Alkohol, Drogen und Gewalt versunken, in den Knast gewandert. „Wenn du es geschafft hast", so hatte Joke zu Marcel gesagt, „dann schafft dein Bruder es auch." Joke Bruhns war es dann auch gewesen, der Marcels Bruder – nach Absprache mit Herbert van Lessen – nach seiner Entlassung aus dem Gefängnis eine zweite Chance gegeben hatte. Er hatte ihm einen Job als Lagerarbeiter bei den van Lessens verschafft, in dem er sich gut machte. Die Brüder hatten sich wieder besser verstanden, weil sie nun beide eine Perspektive hatten, und unternahmen viel gemeinsam.

„Moin." Marcel wurde aus seinen Gedanken gerissen, als Joke sich mit einem gut gefüllten Teller neben ihn an den runden Tisch setzte. Im Schlepptau hatte er seinen Kumpel Reemt Eeten.

Marcels Herz schlug schneller. Bis zu diesem Zeitpunkt hatte er gehofft, dass Joke ihn ignorieren würde. Als Joke an der Schleuse aufs Schiff gekommen war, hatten sie plötzlich voreinander gestanden. Keiner von ihnen hatte etwas gesagt, sie waren nach dem ersten Schrecken stumm aneinander vorbeigelaufen. Marcel hätte sich gewünscht, dass es für den Rest der Fahrt so geblieben wäre.

„Und? Ist ja ein komischer Zufall, dass wir uns hier treffen, wa?", meinte Joke, nachdem er bei einer der Servicekräfte ein Pils geordert hatte.

Ein Zufall? Marcel linste möglichst unauffällig zu Herbert van Lessen hinüber, der einen Tisch weiter saß und sich mit seinem Enkel, diesem verschrobenen Bertchen, unterhielt. Als hätte er Marcels Blick bemerkt, sah der Alte nun auf und musterte die Zusammenkunft an ihrem Tisch aufmerksam. Wie immer jedoch konnte man aus seinem Blick keine Gefühlsregung herauslesen. Marcel hätte viel dafür gegeben, jetzt seine Gedanken lesen zu können.

„Eine wirklich interessantes Aufeinandertreffen hier", meldete sich Reemt Eeten zu Wort, ohne jedoch zu erläutern, was genau er damit meinte. „Aber schön Klavierspielen kannst du, Marcel, das muss man dir lassen. Nett vom Alten, dass er dir noch eine Chance gibt, nach allem, was gewesen ist."

Nach allem, was gewesen ist? Marcel war sich ziemlich sicher, dass Joke seinem Freund längst seine eigene Variante der damaligen Ereignisse eingeimpft hatte. Es war kaum vorstellbar, dass Reemt keine Ahnung hatte, was in der Nacht, als Marcels Bruder starb, wirklich vorgefallen war. Eigentlich war es Marcel auch egal, wer hier was wusste, solange sie ihn nur in Ruhe ließen und nicht auf die Idee kamen, diese alte Geschichte noch einmal aufzuwärmen. Was geschehen war, war geschehen, daran gab es nichts zu rütteln. Keiner würde die Uhren zurückdrehen und im Nachhinein irgendetwas ändern können. Marcel hatte mit der Vergangenheit abgeschlossen, und er wünschte sich, Joke hätte es auch. Aber danach sah es leider nicht aus, denn warum sonst hätte er sich zu ihm an den Tisch gesetzt? Doch wohl kaum, damit sie Frieden schlossen, dazu war zu viel zwischen ihnen zerbrochen. Eine Art Burgfrieden aber wäre schön gewesen. Marcel hatte keine Lust mehr auf all das. Er wollte einfach nur sein Leben leben, nicht mehr und nicht weniger.

„Warum bist du hier?“, fragte Joke mit gesenkter Stimme. Aus seinem Blick sprach das pure Misstrauen.

„Ich spiele Klavier“, antwortete Marcel.

„Ich will wissen, warum du wirklich hier bist!“, zischte Joke. Anscheinend musste er an sich halten, nicht mit der Faust auf den Tisch zu schlagen, denn seine Hand zuckte ein paarmal und umklammerte nun, wohl in einer Art Übersprunghandlung, so fest die Serviette, dass die Knöchel seiner Finger weiß hervortraten.

„Was glaubst du denn, warum ich hier bin?“, stellte Marcel die Gegenfrage, bereute dies jedoch sogleich, denn er hatte sich fest vorgenommen, sich nicht von Joke provozieren zu lassen.

„Sach du's mir!“

„Irgendwas wird sich der Alte schon dabei gedacht haben, mich zu engagieren.“ Marcel spürte Wut in sich aufsteigen, aber er beschwor sich, sie unter Kontrolle zu halten. „Ich nehme an, er tat es, weil ich ein wirklich guter Klavierspieler bin.“ Er schaute auf. „Ich hatte im Knast viel Zeit zu üben, weißt du.“ Er atmete tief durch, bevor er mit möglichst ruhiger Stimme hinzufügte: „Außerdem hatte ich keine Ahnung, dass du an Bord sein würdest. Scheint mir nicht logisch, bei einer Familienfeier der van Lessens.“

„Ich glaub dir kein Wort“, zischte Joke. „Irgendwas heckt ihr doch aus, der Alte und du.“

„Der Alte und ich?“ Marcel tat überrascht. Er hatte keine Ahnung, wie Joke auf die Idee kam, er könne mit Herbert van Lessen unter einer Decke stecken. Hatte er von irgendetwas Wind bekommen?

„Ich würde ja auch gerne mal wissen, warum wir überhaupt an Bord sind“, meldete sich Reemt Eeten erneut zu Wort. „Kaum vorstellbar, dass der Alte nur nett sein will. Okay, ist kein schlechter Kerl, unser Chef. Aber lädt er deshalb gleich ein paar einfache Arbeiter zur Familienfeier ein? Nee, wohl kaum. Muss also irgendwas dahinterstecken, von dem wir nichts wissen. Und mir dämmert auch so langsam, was es sein könnte.“

„Mit mir jedenfalls hat es nichts zu tun“, erklärte Marcel. Konnten die ihn nicht einfach nur mit dem Scheiß in Ruhe lassen?

„Noch liegen wir im Hafen.“ Joke sah ihn auffordernd an.

„Und?“

„Denk dir was aus, was du dem Alten sachst. Auf jeden Fall ist für dich hier Schluss, verstanden?“

„Sagt wer?“

„Du solltest besser tun, was Joke dir sacht, sonst …“ Reemt machte eine unmissverständliche Geste mit der Hand.

„Ihr habt doch echt den Schuss nicht gehört. Geht mit eurer Paranoia woanders hausieren.“ Marcel spürte, dass er seine aufgestaute Wut bald nicht mehr würde kontrollieren können. Er schob seinen Teller beiseite, stand auf und sagte ruhig: „Einen schönen Abend noch.“

Bevor er den Speisesaal verließ, ging Marcel noch einmal zum Büffet und füllte sich ein paar Köstlichkeiten auf einen Teller. Wenn man ihn hier nicht in Ruhe ließ, dann würde er eben im Salon weiteressen. Er hatte gesehen, wie die Neue, Sophie hieß sie ja wohl, in Richtung Bar ging. Sie war ihm sympathisch. Vielleicht ergab sich ja die Gelegenheit zu einem Gespräch.

12

Hedda van Lessen, Pietro van Lessen, Johann Bruhns und Marcel Rittmers. Nach dem Telefonat mit Sebastian Hasenkrug sagte Sophie Reimers diese vier Namen immer wieder im Geiste vor sich hin. Marcel Rittmers und Pietro, mit denen sie bereits gesprochen hatte, konnte sie ein Gesicht zuordnen, den anderen beiden nicht. Inzwischen hatte sie, in ein schwarzes Hemd, schwarze Hose und weiße Hüftschürze gekleidet, an der Bar Posten bezogen und ließ sich vom Barkeeper in ihren Job einweisen.

Nach dem Abendessen, das sich über mehrere Stunden hingezogen hatte, standen Cocktails bei den van Lessens und ihren Gästen hoch im Kurs. Nach ihrer ersten arbeitsintensiven Stunde hinter der Bar war sich Sophie Reimers sicher, dass sich die Geburtstagsschar vorgenommen hatte, die gesamte Karte durchzuprobieren. Einige bestellten ihr Mixgetränk explizit mit einer doppelten Portion Alkohol. Entweder weil sie vorhatten, Herbert van Lessen noch vor seinem absehbaren Ableben finanziell zu ruinieren, oder weil sie sich geschworen hatten, dieses Beisammensein im trauten Familienkreis allenfalls im Zustand geistiger Umnachtung über sich ergehen zu lassen.

Obwohl sie die Nacht im Hafen von Delfzijl verbringen würden, hatte der Patriarch die Order ausgegeben, dass keiner das Schiff verlassen dürfe. Zum Ausgehen würden sie am nächsten Abend in Groningen noch genug Zeit haben, hatte er nach dem Essen mit seiner kratzigen, aber nichtsdestotrotz autoritären Stimme verkündet. Der erste Abend an Bord gehöre allein der Familie. Wer sich dieser Anweisung – er hatte tatsächlich das Wort *Anweisung* verwendet! – widersetze, der brauche gar nicht erst zurück an Bord zu kommen. Außer einem unterdrückten Raunen war auf diese klare Ansage hin nichts zu hören gewesen, was Sophie Reimers zu dem für sie enttäuschenden Schluss hatte kommen lassen, dass es sich bei der so hochangesehenen Familie der van Lessens augenscheinlich um eine Sippe von Feiglingen und Speichelleckern handelte.

Als besonders widerlich hatte sich in der Kürze der Zeit der älteste Sohn des Patriarchen, Bert van Lessen, herausgestellt. Schwerfällig wie ein Sack Zement hing er auf seinem Barhocker und kippte einen Whisky nach dem anderen in sich hinein. Obwohl Sophies Bluse gemäß der vorgegebenen Kleiderordnung bis zum Hals zugeknöpft war, wandte er seinen glasigen Blick kaum einmal von ihrem nicht vorhandenen Dekolleté ab. Selbst wenn er sein Glas an die wulstigen Lippen setzte, starrte er noch mit einem Auge über den Rand zu ihr hinüber. Normalerweise hätte Sophie ihm längst eine klare Ansage gemacht, doch hätte das mit Sicherheit für Aufhebens gesorgt, was sie in der jetzigen Situation ganz gewiss nicht gebrauchen konnte.

Neben Bert van Lessen hatte bis vor wenigen Minuten seine Frau Enna gesessen; die aber hatte es von einer Sekunde auf die andere vom Hocker auf die Bodenbretter geschlagen, woraufhin sie von ein paar noch nüchternen

Verwandten wortlos unter den Armen gefasst und abtransportiert worden war. Bis auf ein allgemeines Schulterzucken hatte dieser Zwischenfall keine Reaktionen nach sich gezogen. Enna würde vermutlich bis zum nächsten Morgen in der Kabine ihren Rausch ausschlafen und sich dann zum Frühstück den ersten Drink gönnen. So zumindest hatte es Kathrin Sophie mit einem Augenzwinkern anvertraut, als sie sich ihre zweite Piña colada bei ihr abholte.

Vertieft in die Zubereitung eines Sex on the Beach, schnappte Sophie Reimers plötzlich den Namen Marcel Rittmers auf. Bemüht, sich ihre Neugier nicht anmerken zu lassen, lauschte sie einem Gespräch, das unmittelbar in ihrer Nähe zwischen zwei ihr noch unbekannten Personen stattfand.

„Was sich der Alte wohl dabei gedacht hat, ausgerechnet diesen Schwerverbrecher zu engagieren", meinte eine Frau mittleren Alters zu einer älteren Frau. Sie hatte nicht eben leise gesprochen und schaute unverhohlen zu dem Pianisten hinüber, der sie jedoch entweder ignorierte oder sehr vertieft in sein Spiel war. Mit gesenktem Kopf saß er da und spielte eine Ballade, die Sophie zwar bekannt vorkam, deren Titel ihr jedoch entfallen war.

„Ach, Hedda", seufzte die ältere Frau, die sich bereits seit geraumer Zeit an einem Glas Champagner festhielt, „du weißt doch, wie der gute Opa Herbert tickt. Je tiefer ein Mensch im Dreck gewühlt hat, desto mehr fühlt er sich zu ihm hingezogen. Womöglich ist der Kerl ein Spross von einem der schlichten Herren dort drüben, die ja auch nicht gerade der feinen Gesellschaft angehören." Sie nickte mit einem abschätzigen Blick zu den Werftarbeitern hinüber. „Ein bisschen Klagen und Betteln und das Beschwören einer schweren Kindheit reichen bei dem Alten doch aus, um jedes Kroppzeug von der Straße zu holen. Dass er es allerdings so weit kommen lässt und einen Mörder engagiert, ist neu. Wird wirklich Zeit, dass er das Zepter an jemand anderen übergibt. Er scheint nicht mehr zurechnungsfähig zu sein. Fehlt nur noch, dass der Gewaltverbrecher nachts in unsere Kabinen kommt und uns alle abmurkst." Die Frau unterstrich ihren letzten Satz, indem sie sich mit der flachen Hand über den Hals fuhr.

„Oder er brennt das ganze Schiff ab", erwiderte Hedda und schnaubte verächtlich. „Mit Brandstiftung kennt er sich ja bestens aus, wie man hört."

Das ist auch nicht viel schlimmer, als Leute mit miesen Tricks um ihr mühsam Erspartes zu bringen, lag es Sophie Reimers auf der Zunge, doch biss sie sich auf die Unterlippe und machte sich an den nächsten Cocktail. Das also war Hedda van Lessen. Aus dem Augenwinkel beobachtete sie die Frau genauer. Schlank, blond, gutaussehend. Ihr verkniffener Gesichtsausdruck aber verriet ihre Unzufriedenheit. Auffallend oft sah sie zu Arne hinüber, der sich in einer Sitzgruppe am Eingang des Salons angeregt mit Kathrin unterhielt. Hedda sah nicht so aus, als würde sie die Vertrautheit zwischen den beiden gutheißen. Ganz im Gegenteil schien sie kurz davor zu sein aufzuspringen und die beiden zur Rede zu stellen. Warum auch immer. Sophie vermutete Eifersucht. Doch konnte man auf die eigene Cousine, die sich mit dem eigenen Cousin unterhielt, tatsächlich eifersüchtig sein? Nun, sie würde sicherlich noch herausfinden, was es mit dieser offensichtlichen Feindseligkeit auf sich hatte.

Das Klavierspiel setzte aus, keiner applaudierte. Marcel verließ stumm auf den Boden starrend den Salon. Von allen Seiten verfolgten ihn verstohlene Blicke. Noch während er zur Tür lief, fingerte er in der Tasche seines Fracks nach Zigaretten und schob sich eine in den Mund. Erneut fiel Sophie Reimers das Tattoo auf seinem Unterarm auf. Nach allem, was Hasenkrug ihr über ihn berichtet hatte, verwunderte es sie nicht mehr, dass Marcel sich eines hatte stechen lassen. In dem Milieu, in dem er vor seinem Aufenthalt im Knast verkehrte, ging ein Mann ohne eines dieser oft gruselig oder brutal anmutenden Statements nicht als echter Kerl durch. Sophie fragte sich, was seine ehemaligen Wegbegleiter wohl sagen würden, wenn sie Marcel hier im Frack am Flügel sehen könnten. Ob sie wussten, was er jetzt so trieb? Sie beschloss, sich mit ihm bei nächster Gelegenheit nochmals zu unterhalten. Sie musste einen Weg finden, das Thema möglichst unauffällig nicht nur auf seine Vergangenheit, sondern erneut auch auf den Toten in der Schleuse zu lenken.

Nach rund einer Viertelstunde kam Marcel von seiner Zigarettenpause zurück. Gleich nach ihm betraten Pietro und Morten den Salon. Sie sahen alles andere als glücklich aus, sondern vielmehr so, als hätten sie sich gerade erst ganz furchtbar aufregen müssen. Pietro schlug sogar mehrmals mit der rechten Faust auf die Handfläche seiner linken Hand, wobei er Marcel hasserfüllt auf den Rücken stierte. Offensichtlich hatte es dort draußen Streit gegeben.

Die beiden folgten Marcel zum Flügel. Kaum dass der sich wieder gesetzt hatte und die Schöße seines Fracks nach hinten über die Klavierbank strich, beugte Pietro sich zu Marcels Ohr vor und raunte irgendetwas hinein. Zunächst noch reagierte Marcel gelassen. Er lockerte seine Finger, bevor er dazu ansetzte, die erste Melodie zu spielen. Als nun aber Pietro erneut etwas zu ihm sagte, haute er mit seinen Fingern plötzlich derart in die Tasten, dass der Salon von einer Kakophonie disharmonischer Töne erfüllt wurde.

Nicht nur die Mehrzahl der Gäste zuckte ob dieser unerwarteten Vergewaltigung ihres Gehörs zusammen, auch Pietro fuhr erschrocken auf. Als Marcel ihn nun spöttisch angrinste, starrte er ihn für einen Augenblick mit wutverzerrtem Gesicht an, ließ dann jedoch sichtlich widerwillig von ihm ab.

Instinktiv blickte Sophie Reimers zu Herbert van Lessen hinüber. Wie würde er auf diesen Streit reagieren? Der aber saß unbeteiligt in seinem Sessel, paffte seine Zigarre und unterhielt sich mit seinem Enkel Bertchen. Seinem Gesichtsausdruck war nicht anzusehen, ob ihn die unschöne Szene am Flügel in irgendeiner Weise irritiert hatte. Vielmehr hatte es den Eindruck, als hätte er die Auseinandersetzung gar nicht mitbekommen, was nur schwer vorstellbar war.

„So, mein schönes Kind, dann mach mir mal einen letzten Drink“, lallte Bert van Lessen über die Theke. Er beugte sich vor, rülpste einmal laut und sagte mit gesenkter Stimme: „Und wenn du hier fertig bist, dann können wir zwei es uns doch gemeinsam noch ein bisschen gemütlich machen, was meinst du?“

Beim Anblick des feisten Mannes, dessen Wangen bei jeder Bewegung hin und her schlabberten wie die Lefzen eines Hundes, verspürte Sophie nicht wenig Lust, ihn am

Schopf zu fassen und seinen Kopf mit einem kräftigen Stoß auf den Tresen zu donnern. Stattdessen aber lächelte sie zuckersüß und flötete: „Verlockendes Angebot. Aber … Nein." Sie schob eine Schale mit Erdnüssen zu ihm rüber und sagte gleichbleibend freundlich: „Bedienen Sie sich. Ich nehme an, dass sie in etwa Ihrem Format entsprechen, nicht wahr?"

„Hä? Versteh ich jetzt nicht." Bert van Lessen schien tatsächlich über ihre Bemerkung nachzugrübeln, denn er legte die Stirn in Falten und sah sie nachdenklich an. Dann tippte er sich an die Stirn und setzte ein breites Grinsen auf. „Aaah", lallte er und wedelte mit dem Zeigefinger vor Sophies Nase herum, „du bist ja eine ganz Schlimme!"

Sophie hatte keine Ahnung, was genau er mit dieser Bemerkung ausdrücken wollte, aber es war ihr auch egal. Ohne ihn noch eines weiteren Blickes zu würdigen, wandte sie sich Hedda zu, die nervös mit den Fingern auf den Tresen trommelte und reichlich angefressen aussah. „Darf's noch was sein?", fragte Sophie.

„Whisky. Aber doppelt."

„Aber, Kind, du bist doch schwanger!", rief die ältere Dame, mit der sich Hedda gerade noch über den Pianisten mokiert hatte.

„Ein Grund mehr", erwiderte Hedda, wobei ihre Tonlage eine Oktave tiefer sackte. Als Sophie sie fragend ansah, schob sie ihr Gesicht vor, riss die Augen auf und keifte: „Hast du ein Problem damit, oder was?"

Noch bevor Sophie auf diese Frage reagieren konnte, rief erneut die Frau von hinten: „Aber das Baby nimmt doch Schaden, Hedda, nun sei doch vernünftig! Was soll denn bloß Arne dazu sagen, wenn du sein ungeborenes Kind …“ Weiter kam sie nicht, denn Hedda schoss nun zu ihr herum und zischte wutentbrannt: „Noch ein Wort, Tante Margot, und ich dreh dir deinen verschrumpelten Hals um, okay?! Ich brauche keinen Babysitter, damit das mal klar ist!“

„Aber, Kind, ich wollte doch bloß …“

„Whisky, verdammt! Wird’s bald!“ Hedda hatte sich wieder zur Theke gedreht und funkelte Sophie aus wutsprühenden Augen hasserfüllt an. Dann schrie sie für alle hörbar in den Raum: „Und dann sorgt ihr gefälligst dafür, dass dieser verdammte Mörder da“, sie zeigte mit spitzem Finger zum Pianisten, „dass dieser verdammte Mörder da mit seinen völlig talentfreien Darbietungen aufhört! Es ist eine Schande, dass so was wie der sich hier überhaupt durchschnorren darf!“

Noch während Heddas Frontalangriff hatte Marcel abrupt aufgehört zu spielen. Er saß, die Hände im Schoß, auf seiner Klavierbank und schaute die aufgebrachte Frau scheinbar gleichgültig an. Schwer zu sagen, was er in diesem Moment dachte.

Im Salon herrschte Stille. Gebannt starrten alle auf den Pianisten. Auch Sophie gelang es nicht, ihren Blick von ihm abzuwenden. Was würde er tun?

Nichts. Marcel Rittmers senkte den Blick und schlug den ersten Takt einer Ballade an, als hätte es die Verbalattacke auf ihn nie gegeben. Eine Geste, die Hedda alles andere als beruhigte. Ihre Stimme überschlug sich, als sie Sophie nun erneut anfauchte: „Los, gib mir einen Whisky! Oder am besten zwei, damit ich dem Mörder einen davon ins Gesicht schütten kann!“

Sophie überlegte, was nun zu tun sei, kam jedoch zu dem Schluss, dass es sie nichts anging, wenn Hedda ihr ungeborenes Kind mit Alkohol vergiftete. Schließlich gab es genug Verwandtschaft im Raum, die sie zur Besinnung bringen konnte. Unter ihnen der Kindsvater, der zwar kopfschüttelnd zu ihnen herüberschaute, jedoch keine Anstalten machte, Hedda von ihrem geplanten Tun abzuhalten. Stattdessen zog er schließlich eine entnervte Grimasse und setzte sein Gespräch mit Kathrin fort. Sein Interesse an Mutter und Kind schien kein vitales zu sein.

„Hey, hast du Tomaten auf den Ohren, oder was? Ich will einen Whisky, aber zack, zack! Sonst sorge ich dafür, dass mein Großvater nicht nur den Exknacki am Piano feuert, sondern auch dich. Was glaubst du eigentlich, wer du bist, dass du …"

Sie hielt in ihrem Gezeter abrupt inne, denn nun legte sich eine knochige Hand auf ihre Schulter. In einem ersten Reflex versuchte Hedda, sie abzuschütteln. Als sie jedoch sah, zu wem diese Hand gehörte, wechselte ihr Gesichtsausdruck von einem Moment auf den anderen von bockig auf jovial und sie schnurrte: „Oh, Opa Herbert! Was für eine Überraschung! Du möchtest sicherlich auch etwas trinken, nicht wahr? Was darf ich dir denn bestellen?"

„Wenn du dich und dein Kind umbringen willst, dann tu es, Hedda", lautete die Antwort des Patriarchen. „Wenn du aber meinst, meine Gäste und das Personal beleidigen zu müssen, dann bist du hier nicht willkommen. Ich hoffe, wir haben uns verstanden." Der Patriarch drehte sich um, ohne eine Reaktion abzuwarten, und humpelte auf seinen Stock gestützt zur Tür hinaus.

Bis das *Tock-Tock* seines Stockes nicht mehr zu hören war, herrschte erneut Stille im Salon. Hedda stand wie vom Donner gerührt da und konnte offensichtlich nicht fassen, was gerade geschehen war. Vor allem gefiel es ihr anscheinend ganz und gar nicht, dass nun die Blicke aller Anwesenden auf ihr ruhten, die einen spöttisch, die anderen hämisch. Nur von Verständnis oder gar Mitleid war keine Spur zu sehen.

Sophie rechnete damit, dass die so gedemütigte Frau erneut ausrasten würde, doch da hatte sie sich getäuscht. Wie ein geprügelter Hund zog Hedda den Kopf ein und machte sich ebenfalls auf den Weg nach draußen.

„Gott sei Dank, die sind wir los", murmelte eine Stimme in Sophies Nähe, hier und da war ein erleichterter Seufzer zu hören. Bereits kurze Zeit später nahmen die Unterhaltungen wieder an Fahrt auf, bis im Salon ein einziges Stimmengewirr herrschte. Gesprächsstoff gab es hier ja schließlich genug.

Marcel spielte daraufhin in aller Seelenruhe sein Programm runter, als wäre nichts gewesen. Bert van Lessen orderte noch drei weitere letzte Whiskys, bevor er Sophie mit öliger Stimme seine Kabinennummer ins Ohr lallte und zur Tür hinausschwankte. Die Plätze im Salon lichteten sich nun zusehends, und es dauerte nur noch gut eine halbe Stunde, bis auch der letzte Gast sich zurückzog.

Während das Servicepersonal für Ordnung und Sauberkeit sorgte, beschloss Sophie, noch ein wenig frische Luft zu schnappen. Rasch mixte sie für sich einen Caipirinha, dann ging sie in ihre Kabine, um sich eine Jacke zu holen, denn draußen war es unangenehm frisch.

Als sie das Außendeck am Heck betrat, bemerkte sie die Silhouette eines Mannes, der an der Reling stand und rauchte. Aufgrund der dürftigen Beleuchtung konnte sie nicht erkennen, um wen genau es sich handelte. Als der Mann ihre Schritte hörte, drehte er sich so abrupt um, als fürchtete er einen Angriff aus dem Hinterhalt. „Ach, du bist es", sagte er, und Sophie meinte, aus seiner Stimmlage so etwas wie Erleichterung herauszuhören. Es war Marcel Rittmers, der nach wie vor seinen Frack trug. Um den Hals hatte er sich einen dicken Wollschal geschlungen.

„Alles in Ordnung?", fragte sie, als sie neben ihm stand.

„Ja, was soll sein?" Er nahm einen Zug seiner Zigarette und blies mit einem kräftigen Stoß den Rauch aus, der sich daraufhin mit der Dampfwolke der Atemluft vermischte.

„Du wirkst ein wenig gehetzt."

Marcel zuckte mit den Schultern, erwiderte jedoch nichts.

„Was waren denn das für Typen, die da vorhin ihren Auftritt hatten?", wagte Sophie sich hervor, nachdem sie einen ersten Schluck ihres Cocktails genommen hatte.

„Welche Typen?"

„Die dich am Flügel blöd angequatscht haben."

„Ach, die." Marcel machte eine wegwerfende Handbewegung. „Unwichtig."

Sophie beschloss, aufs Ganze zu gehen. „Und wieso beschimpft dich Hedda van Lessen als Mörder? Die scheint doch nicht mehr alle Tassen im Schrank zu haben. Fantasiert da in ihrem Frust irgendwas vor sich hin und …"

„Es stimmt", unterbrach Marcel sie, klang dabei jedoch so unaufgeregt, als würde er übers Wetter quatschen.

„Bitte, was?“, spielte Sophie die Unwissende.

„Es stimmt, dass ich im Knast saß.“

„Oh.“

„Schockiert?“ Zum ersten Mal, seit sie hier draußen standen, drehte Marcel sich zu ihr um und sah ihr direkt ins Gesicht.

„Überrascht“, erwiderte Sophie. „Du bist wirklich … ein Mörder?“

„Das Urteil lautete auf Totschlag“, antwortete er ausweichend.

„Weiß der Patriarch davon?“

„Du bist ziemlich neugierig.“

„Interessiert. Also?“

„Du meinst Herbert van Lessen? Natürlich weiß er es. Jeder hier weiß es. War klar, dass meine Anwesenheit nicht jedem gefallen würde.“

„Ist aber cool, dass er dich trotzdem engagiert hat“, stellte Sophie fest.

„Ja. Der Alte ist korrekt. War er schon immer. Gibt jedem eine Chance. Hat nur ein wenig Pech mit seiner Brut. Sind fast alle total missraten, Söhne wie Enkelkinder. Keine Ahnung, was bei denen schiefgelaufen ist.“

Sophie überlegte, wie es ihr gelingen konnte, mehr aus dem Mann herauszubekommen. Sicherlich würde sie in den nächsten drei Tagen nicht mehr oft die Gelegenheit haben, ihn alleine zu erwischen. „Kalt hier oben“, stellte sie fest, um das Gespräch irgendwie am Laufen zu halten.

„Könnte dran liegen, dass Herbst ist.“ Marcel deutete mit einer Kopfbewegung auf ihr Glas. „Oder daran, dass du einen eisgekühlten Cocktail trinkst.“

Sophie erkannte ihre Chance. „Wenn du mir Gesellschaft leistest, würde ich uns auch einen Grog oder Glühwein machen. Alleine trinken ist irgendwie doof."

„Okay", biss er zu ihrer Verwunderung sofort an.

„Echt?"

„Klar, warum nicht? Die Nacht ist doch noch lang, und ich brauche nach solch einem Abend sowieso 'ne Weile zum Runterkommen."

„Prima", strahlte Sophie. „Grog oder Glühwein?"

„Grog. Mit doppelt Rum."

„Okay. Dann warte hier, ich bin gleich zurück."

Sophie machte sich auf den Weg zurück an die Bar. Das lief ja wie geschmiert! Jetzt brauchte sie nur schnell eine Strategie, wie sie die entscheidenden Fakten aus ihm herauskitzeln konnte. Und das, ohne zu wissen, was genau die entscheidenden Fakten eigentlich waren. Immerhin war es ja gut möglich, dass er mit dem Toten in der Schleuse gar nichts zu tun hatte. Und wenn doch, dann würde er es ihr wohl kaum so mir nichts, dir nichts auf die Nase binden. Na ja, sie würde schon einen Weg finden, schließlich war sie in geschickter Gesprächsführung nicht ganz ungeschult.

In der Bar angekommen, machte sie sich am Wasserkocher zu schaffen und fischte eine Flasche Rum aus dem Regal. Von der Mikrowelle ließ sie lieber die Finger, denn die Erfahrung hatte gezeigt, dass mikrowellenerwärmter Grog ganz furchtbar zu schäumen anfing, sobald man Zucker hineintat.

Für sich selbst goss Sophie nur wenig Rum ins Glas, schließlich wollte sie nüchtern bleiben. Für Marcel aber nahm sie die dreifache Menge. Alkohol löste bekanntlich die Zunge, und genau das war es, was sie bei dem Pianisten jetzt brauchte. Jetzt noch zwei Löffel und ein paar Päckchen Zucker in die Jackentasche geschoben …

Eine der Servicekräfte zwinkerte ihr verschwörerisch zu, als sie mit den Gläsern Grog in der Hand Richtung Ausgang lief. Vermutlich nahm sie an, dass Sophie ein Date hatte. Um sie in dem Glauben zu lassen und ein Stück weit sicherzustellen, dass Marcel und sie nicht gestört wurden, zwinkerte Sophie mit einem breiten Grinsen auf dem Gesicht zurück.

Fröhlich vor sich hin pfeifend, lief sie die Stahltreppe zum Deck hinauf und hielt in der Dunkelheit nach Marcel Ausschau, doch war der nirgends zu sehen. Ob er womöglich ein gemütlicheres Plätzchen für sie gesucht hatte?

„Marcel?“, rief sie mit gedämpfter Stimme. „Marcel, bist du da?“

Keine Antwort.

Sie lief zum Deck am Bug des Schiffes, doch war er auch dort nicht zu entdecken. Schöner Mist! Dann hatte er sie wohl versetzt. Und was machte sie nun mit dem Grog? Das Einfachste würde wohl sein, ihn einfach über die Reling zu kippen. Doch gerade, als sie das Glas anhob, hörte sie etwas entfernt Schritte.

„Marcel?“ Als er auch diesmal nicht antwortete, machte sie erneut kehrt, um zu ihrem ursprünglichen Platz zurückzugehen. Inzwischen hatten sich ihre Augen an die Dunkelheit gewöhnt, dennoch konnte sie den Pianisten nirgends ausmachen. Stattdessen aber gewahrte sie am Boden vor der Reling eine Erhebung, von der sie meinte, dass sie zuvor nicht dagewesen war. Als sie nur noch wenige Schritte von dieser Erhebung entfernt war, stockte ihr der Atem. Da lag doch … ein Mensch?

„Marcel?“, hauchte sie entsetzt.

Sie zuckte zusammen, als die Schiffsglocke just in diesem Moment zwei kurz aufeinanderfolgende Schläge tat. Es war, als würde jemand die Totenglocke läuten.

13

Kathrin van Lessen stand über die Reling gebeugt da und schaute nach unten. Wie viele andere, die sich an Deck versammelt hatten, war auch sie viel zu dünn gekleidet. Sie hatte einen markerschütternden Schrei und den sich daran anschließenden Tumult an Deck gehört, war aus dem Bett gesprungen und im Mantel nach oben gerannt. Das Erste, was sie gesehen hatte, war ein Mann in Polizeiuniform. Er war ihr auf der Stahltreppe, die zum Sonnendeck am Heck führte, entgegengekommen und hatte ihr mit ausgebreiteten Armen prompt den Weg versperrt. All das Protestieren hatte nichts genützt. Der Beamte hatte irgendetwas auf Holländisch gebrabbelt und sie mit sanfter Gewalt zum Rückzug gezwungen.

Rund zwanzig Personen standen nun auf dem höher gelegenen Deck am etwas zurückgesetzt gebauten Heck des Schiffes und versuchten, über die Reling nach unten linsend, einen Blick auf die Geschehnisse zu erhaschen. Allenthalben war unterdrücktes Gemurmel zu hören. An der Pier parkten zwei Streifenwagen mit dem Schriftzug *Politie* sowie ein Rettungswagen. Ihr blinkendes Blaulicht spiegelte sich flackernd in den Pfützen und tauchte die Szenerie an Bord in ein gespenstisches Licht.

„Fast könnte man das Ganze für eine Inszenierung halten“, murmelte Kathrin. Sie zitterte, da sie unter ihrem Mantel lediglich ein Longshirt trug, während ihre Beine nackt in ihren halbhohen Stiefeln steckten. Arne, der sich mit dem Anziehen entweder deutlich mehr Zeit gelassen hatte oder aber noch gar nicht ausgezogen gewesen war, legte ihr einen Arm um die Schultern und zog sie an sich. „Was meinst du mit Inszenierung?“, hakte er nach.

„Erst die Leiche in der Schleuse, dann noch eine hier an Deck. Und das alles in nicht einmal vierundzwanzig Stunden. Das kann doch kein Zufall sein. Gerade kam mir der Gedanke, dass vielleicht Opa Herbert dahintersteckt.“

„Wie jetzt?“ Als sie zu ihm aufblickte, sah Arne sie an, als zweifelte er an ihrem Verstand. „Du glaubst doch nicht tatsächlich …“

„Quatsch“, winkte Kathrin rasch ab. „Das war natürlich nur so dahingesagt. Daran, dass die Leichen echt sind, besteht ja wohl kein Zweifel.“

Arne grinste. „Ein wenig makaber wäre es ja schon, wenn Opa Herbert zwei Leichen produzieren ließe, nur um uns zu unterhalten. Aber eigentlich gibt es nichts, was ich dem alten Haudegen nicht zutrauen würde.“

„Nun wirst du aber geschmacklos.“ Kathrin schaute wieder nach unten. Normalerweise gehörte sie nicht zu den Gaffern, die sich an dem Unglück anderer ergötzten. Normalerweise aber war sie von derartigen Geschehnissen auch nicht unmittelbar betroffen. Bei dem Gedanken, dass der Pianist womöglich ermordet worden war, jagten ihr eisige Schauer über den Rücken. „Glaubst du, dass ihn jemand umgebracht hat?“

Arne zuckte die Schultern. „Keine Ahnung. Wäre reine

Spekulation. Andererseits: Warum sollte ein Mann wie Marcel Rittmers einfach tot umkippen? Er hat auf mich nicht gerade kränklich gewirkt."

„Wenn du mich fragst, sah er sogar aggressiv gesund aus", meinte Kathrin. „Als ich ihn zum ersten Mal sah, hab ich mich noch gefragt, ob er gerade aus dem Urlaub kommt, so braungebrannt wie er war. Nee, nee, der strotzte vor Gesundheit, das hat man gleich gesehen."

„Also wohl doch Mord", konstatierte Arne.

„Wenn es so ist, dann reise ich sofort ab." Kathrin bemerkte, dass sich ihre Stimme nun leicht hysterisch anhörte. „Kein Mensch hält mich auf einem Schiff, auf dem ein Mann umgebracht wurde. Nicht mal Opa Herbert."

„Nun warte doch erst mal ab, was die da unten sagen."

Zwischenzeitlich waren mehrere Personen in weißen Schutzanzügen eingetroffen, die wohl die Aufgabe hatten, Spuren zu sichern. Einer von ihnen saß über den Toten gebeugt und fingerte an ihm herum. Vermutlich der Rechtsmediziner, wie Kathrin annahm. Ein weiterer Mann in Zivil spazierte, den Kopf gesenkt, die rechte Hand zur Faust geballt und an den Mund gelegt, an Deck auf und ab. Er sah sehr nachdenklich aus. Kathrin hielt ihn für den leitenden Kommissar. Die ganze Szenerie erschien Kathrin so unwirklich, wie etwas, was sie sonst nur aus dem Fernsehen kannte.

Sie fragte sich, was die Frau von der Bar dort unten zu suchen hatte. Sophie hieß sie ja wohl. Sie saß etwas abseits auf einem Stuhl und hatte die Arme vorm Körper verschränkt. Niemand schien sie zu beachten, während sie selbst einen sehr konzentrierten Eindruck machte und alles, was an Deck geschah, genau beobachtete.

„Nun hab ich's ihnen gesagt", hörte Kathrin ihre Cousine Hedda verkünden. Sie musste gerade erst hier oben angekommen sein, denn bislang hatte Kathrin sie noch gar nicht wahrgenommen. Ihre Haare waren zerzaust, ihre Klamotten unpassend zusammengewürfelt. So nachlässig zurechtgemacht hatte Kathrin sie noch nie gesehen. Vermutlich pfiff sie ausnahmsweise auf ihr Erscheinungsbild, solange sie hier oben nur ja nichts verpasste.

„Das hast du richtig gemacht", antwortete nun Kathrins Mutter Margot, die sich ebenfalls Zeit gelassen hatte, zu ihnen zu stoßen. „Bei diesem Personal weiß man doch schließlich nie, was das für welche sind. Bestimmt hat Herbert die Bardame genauso von der Straße gelesen wie diesen toten Klavierspieler. Nun sieht er ja, was er davon hat."

Kathrin zog die Stirn in Falten und drehte sich zu den beiden um. „Darf man erfahren, worüber ihr sprecht?"

„Wüsste nicht, was dich das angeht", erwiderte Hedda, ohne den Blick von Arne zu wenden, den sie mit schmalen Augen von oben bis unten musterte. „Nun sag bloß, du warst noch gar nicht im Bett, Arne", sagte sie schnippisch.

„Wüsste nicht, was dich das angeht", konterte der und wechselte sogleich das Thema: „Eigentlich könnte uns doch irgendwer mal ein Heißgetränk kredenzen, wenn wir uns hier schon die Füße in den Bauch stehen."

„Gute Idee, mein Lieber", säuselte Hedda. „Nur leider ist unsere Bardame anderweitig beschäftigt."

„Einen Kaffee kann ich mir auch selber machen, dafür brauche ich keine Barkeeperin", mischte sich Kathrin ein.

„Gerade hast du dich doch noch so brennend für sie interessiert", grinste Hedda.

„Hä? Ich hab sie nicht einmal erwähnt. Du solltest deinen Rausch ausschlafen, Hedda. Alkohol kann wirklich tückisch sein", ätzte Kathrin, die auf das hirnlose Geschwafel ihrer Cousine zu dieser späten Stunde nicht die geringste Lust verspürte.

„Doch, hast du. Du wolltest wissen, worüber deine Mutter und ich gesprochen haben."

„Und was hat das mit der Barkeeperin zu tun?"

„Hallo? Dass wir von ihr gesprochen haben, vielleicht? Du raffst auch gar nichts, oder?"

„Und was, bitte schön, gibt es da zu *raffen*?"

Hedda sah effektheischend von einem zum anderen, dann holte sie einmal tief Luft und sagte auftrumpfend: „Wenn ihr mich fragt, dann ist diese Sophie die Mörderin von dem Klavierfritzen. Und genau das habe ich auch gerade einem der Polizisten gesagt. Er fand meine Theorie sehr interessant."

„Kaum vorstellbar. Kein Mensch findet deine Theorien interessant", konnte Kathrin es sich nicht verkneifen zu sagen.

Arne hingegen fragte: „Und worauf stützt sich dein Verdacht? Oder geht es mal wieder nur darum, dass du grundsätzlich alle, die weniger vermögend sind als die van Lessens, für unwürdiges und kriminelles Pack hältst?"

Hedda war bei Arnes wenig schmeichelhafter Bemerkung kurz zusammengezuckt, fing sich jedoch sogleich wieder. „Ich hab sie gesehen."

„Wobei hast du sie gesehen? Wie sie den Mann ermordete?"

„Sie hat sich mit dem Pianisten unterhalten. Genau an der Stelle, an der er jetzt liegt. Gleich darauf war er tot. Das nenne ich mal eine klare Sache."

„Und ich nenne es allenfalls vage Indizien. Da wollen wir doch mal hoffen, dass die Polizei mehr von Kriminalistik versteht als du“, erwiderte Arne verächtlich. „So. Jetzt brauche ich wirklich einen Kaffee.“ Er drehte sich um und lief gleich darauf die Treppe hinab. Hedda stieß ein verächtliches Schnauben hervor und ging zu Pietro hinüber, der unweit an der Reling stand und offensichtlich versuchte, das Geschehen auf dem Sonnendeck via Smartphone als Video festzuhalten.

Auch Kathrin hatte genug gehört und wandte sich wieder dem Geschehen auf dem unteren Deck zu. Anscheinend hatte der Rechtsmediziner seine Untersuchungen abgeschlossen, denn er befand sich bereits auf der Gangway und stieg gleich darauf in ein Auto. Zwei Männer waren dabei, den Leichnam in einen Zinksarg zu legen, während die Mannschaft der Spurensicherung nach wie vor um sie herumwuselte.

Das Denunziantentum Heddas schien Wirkung gezeigt zu haben, denn gerade fasste ein Polizist Sophie auf einen Wink des Kommissars hin unter dem Arm und schob sie zur Treppe, die hinab in den Salon führte. Sophie ließ dies widerstandslos mit sich geschehen, ihr Gesichtsausdruck verriet keinerlei Emotionen. Entweder war sie total abgebrüht oder aber sie war sich keiner Schuld bewusst und daher der Überzeugung, dass sie bald wieder auf freiem Fuß sein würde.

Kathrin wusste nicht zu sagen, wie sie selbst in einer solchen Situation reagiert hätte. Vermutlich hätte sie in dem Bewusstsein, zu Unrecht beschuldigt zu werden, Rotz und Wasser geheult. Insofern schien ihr Sophies Reaktion echt cool zu sein.

Oder war die Barkeeperin womöglich nur so gelassen, weil sie wusste, dass man sie zu Recht beschuldigte?

Das zeitgleiche Piepsen mehrerer Smartphones lenkte Kathrin vom Geschehen ab. Genauso wie offensichtlich bei Pietro und Hedda, die jetzt auf ihre Displays schauten, hatte sich auch in ihrer Jackentasche eine Textnachricht angekündigt. Was wurde das denn? Doch nicht etwa ein fröhlicher Familienchat mit heiteren Fotos vom Tatort?

Kathrin grinste. Zuzutrauen wäre es ihren Verwandten durchaus, schließlich konnte es für viele unter ihnen nicht geschmacklos genug zugehen. Bereits im nächsten Augenblick aber verging ihr das Grinsen, als sie auf dem Display las:

dies hier war der zweite streich, doch der dritte folgt sogleich. Lass dir julian und marcel eine warnung sein.

„Boah, ey, wie dämlich muss man eigentlich sein, um sich solch unterirdisch schlechte Scherze auszudenken!", hörte sie Hedda zu Pietro sagen. Aus Heddas Stimme war ein deutliches Zittern herauszuhören, doch war sich Kathrin nicht sicher, ob dieses in der Kälte oder in der Nachricht begründet lag. Sie ging von Ersterem aus, denn gleich darauf fingen die beiden lautstark an zu lachen und Pietro sagte: „Ich wusste ja immer, dass unsere Familie aus lauter Idioten besteht. Aber kaum, dass man glaubt, es habe jede Peinlichkeit schon gegeben, tut sich eine neue auf."

Auch wenn Kathrin ihrem Cousin ungern recht gab, war an dieser Aussage etwas Wahres dran. Sie beschloss, sich endlich schlafen zu legen. Ein mulmiges Gefühl aber blieb.

14

Der Kollege machte seinen Job gründlich, das stand außer Frage. Aber ob sie in einer solchen Situation genauso reagiert hätte? Gut, natürlich hätte auch Sophie eine Zeugin, die den Notruf betätigt hatte, zum Sachverhalt befragt. Aber ob sie Hedda van Lessen unter gegebenen Umständen Glauben geschenkt hätte, nur weil diese behauptete, dass die Zeugin, die mit dem Opfer kurz vor seinem Tod gesehen worden war, dieses auch auf dem Gewissen habe? Zumal bis zu dem Zeitpunkt ihrer Behauptung alles andere als feststand, dass es sich in diesem Fall überhaupt um ein Tötungsdelikt handelte? Wohl eher nicht. Der niederländische Kollege aber hatte es zumindest in Erwägung gezogen und sie in Gewahrsam nehmen lassen, wie er es nannte. Und das war auch gut so.

„Darf ich fragen, was Sie mit Ihrem Auftritt bezwecken?" Der Kommissar, der um die vierzig Jahre alt sein mochte, hatte sich ihr nach einem kurzen Telefonat zugewandt, das er in einer für Sophie völlig unverständlichen Sprache geführt hatte. Sie hatten sich in einen winzig kleinen, schmucklosen Raum neben der Küche zurückgezogen, der, wie der Kapitän dem Kommissar mitgeteilt hatte, als Sanitätsraum genutzt wurde. Entsprechend standen in ihm auch nur zwei Stühle und eine gepolsterte Liege, auf der sich Sophie im Schneidersitz niedergelassen hatte. Die Wand gegenüber der Liege schmückte ein knallroter Medikamentenkasten mit einem weißen Kreuz darauf. Mehr nicht.

„Wie kommen Sie darauf, dass ich irgendetwas bezwecke?“, stellte Sophie die Gegenfrage. Sie war froh, dass ihr Kollege so gut Deutsch sprach. Zwar hatte er diesen typisch niederländischen Akzent, doch schien er ihre Sprache fließend zu beherrschen.

„Ich hatte nicht den *indruk*, dass Sie sich ungern von meinen Kollegen abführen ließen. Im Gegenteil wirkten Sie ganz zufrieden.“

„Vielleicht wollte ich einfach nur mit Ihnen alleine sein.“ Sophie schluckte. Das hatte sie doch gar nicht sagen wollen! Was sollte das werden? Ein billiger Flirt? Sie spürte, wie ihr das Blut ins Gesicht schoss.

Zu ihrer Erleichterung brach der Kommissar in Gelächter aus. „Das, *mevrouw* … äh …“

„Reimers.“

„Das, *mevrouw* Reimers, wäre mir eine Ehre. Nur leider glaube ich es Ihnen nicht.“

Während er noch lachte, sah Sophie Reimers ihn von unten herauf verstohlen an. Irgendwie gefiel er ihr. Hochgewachsen, athletische Figur, blondes, welliges Haar, kantige Gesichtszüge. Entfernt erinnerte er sie an Rudi Carrell, obwohl er bei genauerem Hinsehen nicht wirklich viel Ähnlichkeit mit ihm hatte.

„Also?“, fragte er, nachdem er sich wieder beruhigt hatte. „Was ist der wirkliche Grund dafür, dass wir hier alleine sind?“

Während Sophie sich noch ihre Worte zurechtlegte, fügte er hinzu: „Sie haben uns die ganze Zeit über sehr konzentriert beobachtet. Fast schien es mir, als wären Sie …"

„Eine Kollegin?", schlug Sophie lächelnd vor. Sie fingerte in ihrer Jackentasche nach ihrem Dienstausweis, reichte diesen zu ihm rauf und streckte dann die Hand aus. „Sophie Reimers. Kriminalpolizei Leer. Angenehm."

Nachdem er den Ausweis studiert hatte, erschien auf dem Gesicht des Kommissars ein Lächeln, bei dem sich in seinen Wangen zwei tiefe Grübchen zeigten. Er gab ihr die Hand und stellte sich nun seinerseits vor: „Arie van Dijk. Angenehm. Darf ich fragen, was Sie hier an Bord machen? Die Zeugin bezeichnete Sie als … Bardame?"

„Ja, ich mixe Cocktails", nickte Sophie. „Eigentlich aber bin ich als verdeckte Ermittlerin eingesetzt."

Arie van Dijk hob erstaunt die Brauen, sagte aber nichts, sondern wartete auf ihre Erklärung.

Sophie Reimers berichtete in kurzen Sätzen, warum sie hier war.

„Noch ein Toter?", fragte van Dijk.

„Ja. Hauptkommissar Büttner – er leitet die Mordkommission in Emden – glaubt, dass die Familie van Lessen etwas mit dem Mord an Julian Steckenbach zu tun hat. Nur hat er für diesen Verdacht keine Beweise. Deshalb hat er mich gebeten, mich hier ein wenig umzuhören."

„Weiß an Bord jemand davon?"

„Nur der Kapitän."

„Hm." Van Dijk überlegte einen Augenblick, dann sagte er: „Wir müssen auf jeden Fall verhindern, dass Sie auffliegen. Ich schlage also vor, dass ich jetzt meine Kollegen rufe und Sie abführen lasse.“ Er grinste. „Auf unserem Revier ist es *lekker warm*. Guten *koffie* haben wir auch. Es wird Ihnen gefallen.“

„Und dann? Wie bringen Sie mich wieder zurück, ohne dass jemand Verdacht schöpft?“

„Das sehen wir dann. Erst mal müssen wir schauen, ob es sich beim Tod von Marcel Rittmers überhaupt um ein Tötungsdelikt handelt. Unser Rechtsmediziner jedenfalls geht derzeit von einer natürlichen Todesursache aus.“

„Ach so?“

„Ja. Herzanfall.“

„Daran glaube ich nicht. Zu viel Zufall.“ Die Polizistin schüttelte den Kopf. „Die Frage ist, was nun mit dem Schiff passiert. Wenn es nach mir ginge, würde ich es gerne weiterfahren lassen.“

„Weiterfahren lassen?“ Van Dijk sah sie erstaunt an. „Unter diesen Umständen? Ich habe Order gegeben, dass es seine Fahrt nicht fortsetzen darf, bis wir Genaueres von der Rechtsmedizin wissen. Natürlich verlässt in der Zwischenzeit niemand das Schiff.“

„Ja, das war auch mein erster Gedanke.“ Sophie Reimers nickte. „Aber nun wäre es mir lieber, der Mörder, wenn es ihn denn gibt, würde sich in Sicherheit wiegen. Und dazu gehört, dass die van Lessens heute früh wie geplant nach Groningen fahren.“

„Damit der Mörder womöglich noch einen weiteren Mord begehen kann?“

„Das wäre ein Risiko, ja. Dennoch halte ich es für die beste Lösung. Die Leute sind redseliger, wenn Normalität herrscht. Wenn sie sich aber gegenseitig misstrauen, weil sie unter sich einen Mörder vermuten, sagt keiner mehr ein Wort."

Arie van Dijk schien nicht überzeugt. „Können wir das Gespräch, wie vorgeschlagen, auf dem Revier fortsetzen? Dort können wir alles in Ruhe besprechen. Und für den wirklichen Mörder, wenn es ihn denn gibt, sieht es auch dann schon so aus, als könnte er sich in Sicherheit wiegen. Schließlich haben wir ja schon eine Verdächtige festgenommen."

„Das können wir gerne so machen. Ein bisschen Zeit haben wir ja sowieso noch. Wenn wir jetzt schon mit dem Ergebnis der Obduktion um die Ecke kämen, wäre es in höchstem Maße unglaubwürdig."

„Gut. Dann machen wir es so. Wenn wir zu dem Ergebnis kommen, dass wir das Schiff weiterfahren lassen, dann reicht es, dass es der Kapitän in ein paar Stunden erfährt. So lange bleiben meine Leute an Bord."

Sophie Reimers war ein Gedanke gekommen: „Was halten Sie davon, wenn ich die leitenden Ermittler, meine Kollegen Büttner und Hasenkrug, zu unserer Besprechung hinzubitte? Es steht mir in diesem Fall sowieso nicht zu, solch schwerwiegende Entscheidungen im Alleingang zu treffen."

„Sie verwechseln da etwas, *mevrouw* Reimers. Die Entscheidungen treffen nicht Sie, sondern wir, denn wir befinden uns auf niederländischem Staatsgebiet."

„Das ist richtig." Sophie Reimers zwinkerte ihm zu. „Aber die Holländer sind doch ein aufgeschlossenes Völkchen und nehmen ein bisschen Unterstützung in der Entscheidungsfindung doch bestimmt gerne an."

„Darüber reden wir am besten im Auto“, wich Arie van Dijk nach kurzem Grübeln einer Entscheidung aus. „Wenn Sie nichts dagegen haben, würde ich dann gerne zum Revier fahren. Ich brauche dringend *een kopje koffie*.“

„Einverstanden.“ Sophie erhob sich von der Liege, dann kreuzte sie die ausgetreckten Arme vor dem Bauch. „Die Handschellen, bitte“, sagte sie mit einem Lächeln.

15

„Hab ich ja gleich gesagt, dass auf diesem Schiff etwas nicht mit rechten Dingen zugeht“, erklärte Hauptkommissar David Büttner. Während sein Assistent Sebastian Hasenkrug den Wagen steuerte, sah er sich die niederländische Landschaft an, die an ihnen vorüberzog. Um für die Fahrt nach Groningen gut gerüstet zu sein – man konnte ja nie wissen, wie lange man irgendwo im Stau stand, so sein Credo – hatte er sich ein paar Schokoriegel als Wegproviant eingepackt. Gerade hatte er nach dem zweiten Riegel gegriffen und kaute nun genüsslich auf einem abgebissenen Stück herum.

„Nun mal langsam, Chef“, entgegnete Hasenkrug. „Unsere derzeitige Info ist, dass dieser Klavierspieler eines natürlichen Todes gestorben ist. Dass auf dem Schiff etwas faul ist, ist also noch nicht bewiesen. Zumal wir auch in der Angelegenheit Julian Steckenbach noch nicht vorangekommen sind.“

„Wie auch immer. Irgendeinen Grund wird Kollegin Reimers schon haben, uns nach Holland einzubestellen. Außerdem macht sich dieser Aktionismus ganz gut beim Staatsanwalt. Erst vorhin fragte er nach dem Stand der Ermittlungen, und ich konnte ihm mitteilen, dass es ein zweites Opfer gibt. Ist doch auch schon ganz erfreulich.“

„Wenn Sie sich da mal nicht in irgendwas verrennen, Chef." Sie fuhren jetzt nach Groningen rein, und in den nächsten Minuten konzentrierte sich Hasenkrug auf sein Navigationsgerät. „Na, da hoffen wir mal, dass das Kommissariat nicht in der autofreien Zone liegt", sagte er, als überall die Hinweisschilder auftauchten, dass das Stadtzentrum für den Autoverkehr gesperrt sei. „Da kann man sich nämlich ganz schön die Hacken abrennen, wenn man ungeschickt parkt."

„Was für eine bescheuerte Idee, ein ganzes Stadtzentrum zu sperren." Büttner sah seinen Assistenten so bitterböse an, als wäre es dessen Idee gewesen, diese verkehrsberuhigende Maßnahme umzusetzen.

Hasenkrug lachte. „Für Bewegungsmuffel, wie Sie einer sind, mag das angehen. Die Holländer aber sind bekanntlich leidenschaftliche Radfahrer. Und für die war die Sperrung genau die richtige Maßnahme."

„Waren schon immer ein seltsames Völkchen, die Holländer", behauptete Büttner.

„Ich würde es eher fortschrittlich nennen. Ah, gucken Sie mal!" Hasenkrug deutete auf sein Navi. „Ich glaube, Sie haben Glück. Der Weg zum Revier führt am Zentrum vorbei." Er grinste seinen Vorgesetzten an: „Und, was machen die Kenntnisse der holländischen Sprache?"

„Wieso?"

„Weil wir gleich mit einem holländischen Kollegen sprechen werden?"

„Sie machen Witze, Hasenkrug. Der wird doch hoffentlich Deutsch können."

„Da habe ich so meine Zweifel. Die jüngere Generation

lernt nicht mehr automatisch Deutsch in der Schule, wie es früher einmal war."

„Irgendwie muss sich Kollegin Reimers ja auch mit ihm verständigt haben. Und ich glaube kaum, dass sie des Niederländischen mächtig ist. Obwohl … Diese Frau ist ja immer für Überraschungen gut. Na ja, aber in diesem Fall hätten wir ja dann schon mal unsere Dolmetscherin dabei. Kein Grund also, dass ich meine eingerosteten Brocken Holländisch wieder hervorkrame."

„Wir sind da", verkündete Hasenkrug. „Und hier ist auch schon ein Parkplatz. Sie haben Glück, Chef. Kein längerer Fußweg."

„Das will ich Ihnen auch geraten haben." Schnell schob sich Büttner das letzte Stück seines Schokoriegels in den Mund, dann stieg er aus. Er ließ seinen Blick den kargen Bau hinaufwandern. Architektonisch erinnerte nichts an die schmucken kleinen Backsteinhäuschen mit den großen Fenstern, die man hier sonst überall sah. Vielmehr war dieses Gebäude einfach nur ein mehrstöckiger Klotz ohne jeden Charme, wie es sie auch in Deutschland zu tausenden gab.

Ihr holländischer Kollege erwartete sie bereits unten am Empfang, sodass sie vom Portier nach einer kurzen Ausweiskontrolle gleich durchgewinkt wurden. „Hallo", strahlte sie ein großgewachsener blonder Mann an und schüttelte ihnen die Hand. Er stellte sich ihnen als Arie van Dijk vor, und auch Büttner und Hasenkrug nannten ihre Namen. „Ihre Kollegin wartet oben auf uns. Sie hat mir bereits alles zu Ihrem Fall erzählt. Aber darauf kommen wir ja gleich noch zu sprechen."

Zu Büttners Leidwesen mussten sie bis ins Büro des

Kommissars, das in der zweiten Etage lag, vier Treppen hinaufsteigen. Van Dijk hatte nicht einmal gefragt, ob sie den Aufzug nehmen sollten, sondern war zielgerichtet die Stufen hinaufgespurtet. Oben angekommen, war sich Büttner nicht sicher, ob ihm dieser Mann besonders sympathisch war. Immerhin aber sprach er fließend Deutsch. Ein so schlechter Mensch konnte er also nicht sein.

„Moin." Sophie Reimers stand von ihrem Stuhl auf, als ihre Kollegen das Büro des *Commissaris Arie van Dijk* betraten, wie es auf einem Schild an der Tür hieß. „Schön, dass Sie da sind. Was Sie im Übrigen vor allem den neuen Erkenntnissen zu verdanken haben, die gerade hereingekommen sind und ein ganz neues Licht auf die Sache werfen."

„Bitte", sagte nun Arie van Dijk und deutete auf vier Stühle, die um einen Tisch herum standen, „setzen Sie sich doch. *Koffie* kommt gleich."

Die Polizisten nahmen Platz, und nur wenig später erschien eine Frau mit einem Tablett in den Händen. Büttner, der immer noch mit seiner Atmung zu kämpfen hatte, war besänftigt, als die Frau außer dem Kaffee auch eine Schale mit Honigwaffeln auf den Tisch stellte.

„Wie ist der Stand der Dinge?", kam Hasenkrug gleich zur Sache. „Haben Sie das Schiff seine Fahrt fortsetzen lassen?"

„Ja, die *White Cloud* ist auf dem Weg nach Groningen", bestätigte Sophie Reimers. „Arie und ich … Also Kollege van Dijk und ich waren uns schließlich einig, dass man die Passagiere auf diese Weise am besten in Sicherheit wiegt."

„Die Passagiere gehen derzeit davon aus, dass Marcel

Rittmers eines natürlichen Todes gestorben ist", ergänzte van Dijk. „Meine *collegas* haben dies auf meine Anweisung hin an der einen oder anderen Stelle immer wieder durchblicken lassen, bevor sie das Schiff verlassen haben. Der eigentliche Täter dürfte sich also erst mal in Sicherheit wiegen."

„Der eigentliche Täter?", hakte Büttner nach. „Gibt es denn inzwischen Hinweise, dass der Pianist ermordet wurde?"

Van Dijk nickte. „Ja. Zunächst war unser Rechtsmediziner der Ansicht, Rittmers sei eines natürlichen Todes gestorben. Beim genaueren Hinsehen aber hat er einen *Steek* gefunden."

„Einen Steg?", wunderte sich Büttner, während sein Assistent gleichzeitig sagte: „Einen Einstich?" Er schaute abwechselnd van Dijk und Reimers an. „Was meinen Sie mit Einstich? Ein Messer?"

Büttner, der froh war, von seinem Übersetzungsfehler ablenken zu können, ließ die Waffel, die er gerade zum Mund führte, sinken und verdrehte die Augen: „Wohl kaum. Oder glauben Sie vielleicht, ein Rechtsmediziner würde bei einer Obduktion mal eben eine klaffende Wunde übersehen, Hasenkrug?" Er wandte sich an van Dijk: „Ich nehme an, Sie meinen eine Spritze oder Ähnliches?"

„Ja, genau", sagte stattdessen Sophie Reimers. „Ein Einstich am hinteren Oberarm, dem der Arzt zunächst keine Bedeutung beigemessen hat, weil er ihn für eine harmlose Hautveränderung hielt. Vermutlich hat sich auch unser Täter darauf verlassen, dass den Einstich an dieser Stelle niemand beachten würde."

„Und was wurde eingespritzt?“

„Das können wir nur vermuten“, antwortete Arie van Dijk. „Es muss zum sofortigen Herzstillstand geführt haben. Nachweisbar ist es aber nicht mehr.“

„Kaliumchlorid?“, vermutete Hasenkrug.

„Ja, möglich. Aber da ist noch was.“ Der *Commissaris* nahm einen Plastikbeutel in die Hand, in dem ein Smartphone steckte. „Dies ist Rittmers Gerät. Wir haben es gecheckt und dabei diese Textnachricht gefunden: ‚dies hier war der erste streich, doch der zweite folgt sogleich. Lass dir julian eine warnung sein.‘ Er erhielt sie, kurz nachdem man Julian Steckenbach gefunden hatte. Und bevor Sie jetzt fragen, wer der Absender war: Wir können ihn nicht ermitteln. Die Nachricht wurde von einem Prepaid-Handy verschickt. Wir haben versucht, es zu orten, ohne Erfolg. Es ist abgeschaltet. Gut möglich, dass sich Rittmers nicht an die Warnung gehalten hat und deshalb sterben musste.“

Daraufhin herrschte im Raum erst einmal Schweigen. Dann aber sagte Büttner: „Also haben wir es jetzt tatsächlich mit einem Mordfall auf dem Schiff zu tun.“ Er atmete erleichtert aus. „Da wird der Staatsanwalt doch ganz zufrieden mit uns sein.“

„Ich fürchte fast, der wird erst zufrieden mit uns sein, wenn wir den Täter gefasst haben“, dämpfte Sophie Reimers seine Freude.

„Apropos: Dafür bräuchten wir dich wieder auf dem Schiff, Sophie“, stellte Hasenkrug fest. „Gibt es diesbezüglich schon einen Plan?“

„Ist ja nicht schwierig.“ Van Dijk nahm einen Schluck Kaffee, bevor er erläuterte: „Die Passagiere gehen davon aus, dass es keinen Mord gibt. Also gibt es auch keine Mörderin. In logischer Folge wird Sophie aus dem Polizeigewahrsam entlassen und kehrt an Bord zurück."

„Wann?"

„Sobald die *White Cloud* in den Groninger Hafen einläuft." Van Dijk sah auf die Uhr an der Wand. „Das wird in ungefähr drei Stunden der Fall sein. Ab heute Abend kann Sophie wieder Cocktails mixen, und keiner an Bord wird sich irgendetwas dabei denken. Der *kapitein* ist bereits informiert." Er grinste. „Und falls an Bord noch ein weiterer Mord geschieht, sind wir auch schneller vor Ort. Hier in Groningen ist das Schiff gut aufgehoben."

„Es wird aber morgen bereits nach Lemmer weiterfahren", gab Hasenkrug zu bedenken. „Dann ist es Ihrem direkten Zugriff wieder entzogen."

„Darüber denken wir morgen nach. Je nachdem, was Sophie bis dahin hat rausfinden können, setzen wir das Schiff fest oder nicht."

„Gut. Ich denke, dass wir zunächst noch einmal den eventuellen Tathergang rekapitulieren sollten", meinte Büttner. „Bisher hatten wir ja noch keine Gelegenheit, ausführlich darüber zu reden. Vielleicht erst mal zur Spurensicherung. Konnte irgendetwas sichergestellt werden?"

„Endlos viele unterschiedliche Finger- und Fußabdrücke", seufzte van Dijk. „Außerdem ohne Ende DNA-Spuren. Keine Chance, daraus den Täter abzuleiten. Inzwischen haben wir den Frack, den der Pianist zur Tatzeit getragen hat, genauer untersucht. Die Einstichstelle ist auch hier deutlich zu sehen, wenn man weiß, wonach man sucht. Unsere Annahme, dass man dem Opfer eine Spritze verpasst hat, kann also als gesichert gelten. Ansonsten haben wir nichts, was uns weiterhelfen würde."

„Irgendwelche Zeugen?"

„Keiner, der irgendetwas gesehen haben will."

Sophie zog eine Grimasse. „Bis auf Hedda van Lessen, natürlich."

„Inwiefern?", wollte Hasenkrug wissen.

„Sie war es, die behauptet hat, sie habe mich mit Marcel Rittmers an Deck gesehen. Daraus hat sie dann geschlossen, dass nur ich es gewesen sein kann, die ihn umgebracht hat."

„Stimmt das denn?"

„Dass ich ihn umgebracht habe?"

„Haha. Nee, dass du mit ihm an Deck warst."

„Ja, ich hab ihn zufällig dort getroffen, als ich nach dem Dienst noch ein wenig frische Luft schnappen wollte. Es war ziemlich kalt, und da habe ich ihm vorgeschlagen, dass ich uns noch einen Grog mache. Ich wollte die Gelegenheit nutzen, um ihn ein wenig auszuquetschen. Ich bin dann runter an die Bar. Als ich wiederkam, lag er am Boden."

„Wie lange warst du an der Bar?"

„Maximal zehn Minuten. Eher weniger, denke ich."

„Und als Sie zurück an Deck kamen, war da nur der tote Rittmers?", fragte Büttner.

„Ja." Sophies Augen verengten sich zu schmalen Schlitzen. „Allerdings habe ich Schritte gehört … Als ich zurück an Deck kam, war Marcel nicht mehr da. Es war ziemlich dunkel. Ich kann also nicht mit Sicherheit sagen, ob er schon dagelegen hat. Ich bin dann aufs Vorderdeck, weil ich dachte, er hätte vielleicht einfach nur einen Ortswechsel vorgenommen. Als ich dort nach ihm rief, hörte ich dann diese Schritte, die sich entfernten."

„Was für Schritte? Laute? Leise?"

„Schnell waren sie auf jeden Fall. Klackernd. Also vielleicht eher die einer Frau. Aber natürlich gibt es auch Männerschuhe, die klackernde Geräusche machen." Sophie Reimers griff nach der Kanne und schenkte allen Kaffee nach, dann sagte sie: „Was mich irritiert, ist der Schrei."

„Welcher Schrei?"

„Eine Frau hat entsetzt aufgeschrien."

„Sie wird sich beim Anblick der Leiche erschrocken haben", schlussfolgerte Büttner. „Gemeinhin ergeht es Normalsterblichen so, wenn sie mit frei herumliegenden Toten konfrontiert werden. Vor allem Frauen können dann ganz schön laut werden."

„Ja. Danke für die Belehrung." Sophie Reimers lehnte sich in ihrem Stuhl zurück, verschränkte die Arme und sah von einem zum anderen. „Ich habe mich von der Leiche nicht wegbewegt. Und zwar so lange, bis der Notarzt eintraf, den ich selbst gerufen hatte. Noch weit bevor der Arzt eintraf, hörte ich plötzlich diesen Schrei."

„Von dem im Übrigen die meisten der anderen Passagiere aufgewacht sind", warf Arie van Dijk ein. „Hierzu gibt es eine ganze Reihe übereinstimmender Zeugenaussagen."

„Aber warum sollte jemand einfach so anfangen zu schreien?", fragte Büttner. „Das ergibt keinen Sinn. Kann Sie jemand dort unten auf dem Deck mit dem Toten gesehen und angenommen haben, Sie hätten ihn soeben umgebracht? Diese van Lessen zum Beispiel. Wie hieß sie noch gleich?"

„Hedda?“, schlug Hasenkrug vor.

„Ja, genau. Schließlich war sie es auch, die Sie bei der Polizei angeschwärzt hat.“

„Allerdings behauptet sie, erst von dem Schrei geweckt worden zu sein“, gab van Dijk zu bedenken.

„Was ja nicht stimmen muss“, erwiderte Büttner. „Oder kann das jemand bezeugen? Jemand, der mit ihr in einer Kabine schlief zum Beispiel?“

„Nein. Sie war alleine in der Kabine. Zumindest laut Belegungsplan. Wer sich dort des Nachts mit wem amüsiert, weiß man natürlich nicht“, meinte Sophie. „Was mich irritiert, ist ihre Behauptung, sie habe mich zusammen mit Rittmers an Deck gesehen. Wie kann das sein, wenn sie angeblich in ihrer Kabine war?“

„Wenn jemand mit ihr in der Kabine war, dann müsste der es bestätigen können“, konstatierte Büttner.

„Eine diesbezügliche Zeugenaussage, die in diesem Fall zugleich ein Alibi für Hedda van Lessen wäre, gibt es aber nicht“, stellte van Dijk fest.

„Von woher kam denn der Schrei?“, fragte Hasenkrug. „Konntest du ihn irgendwie orten?“

Sophie überlegte einen Augenblick. „Schwer zu sagen. Aber wenn ihr mich so fragt, dann kam er eher von drinnen als von draußen. Hätte jemand auf dem Deck geschrien, dann hätte es sich meiner Ansicht nach klarer anhören müssen.“

„Gut. Der Sache sollten wir auf den Grund gehen“, meinte Büttner. „Haben Sie denn irgendetwas Auffälliges beobachtet, bevor Rittmers an Deck ging? Hatte er mit irgendwem Streit?“

„Ja.“ Sophie nickte. „Einen ziemlich heftigen sogar, würde ich annehmen. Nach einer Zigarettenpause kam er in den Salon zurück, dicht gefolgt von Pietro und Morten van Lessen, dem jüngsten Sohn des Patriarchen. Pietro war ziemlich sauer. Worum es bei dem Streit ging, sollten wir beizeiten noch herausbekommen."

„Sonst nichts?"

„Es schien nicht bei allen der geladenen Gäste auf Zustimmung zu stoßen, dass der Alte einen Exknacki als Pianisten engagiert hat. Hier und da habe ich entsprechende Bemerkungen aufgeschnappt, unter anderem von Hedda van Lessen, die sich mit ihrer Tante Margot van Lessen ziemlich lautstark direkt neben mir an der Bar darüber empörte. Kaum vorstellbar aber, dass sie Rittmers deswegen gleich umbringen."

„Mir ist diese Hedda van Lessen auffallend oft im Spiel", stellte Büttner fest. „Sie sollten sie im Auge behalten, wenn Sie wieder auf dem Schiff sind. Vielleicht schaffen Sie es ja, Hedda in ein Gespräch zu verwickeln. Würde mich interessieren, was die Dame zu dem Todesfall zu sagen hat."

Sophie rollte mit den Augen. „Ja, das wird sicher lustig. Sie ist sich nämlich zu fein dafür, mit dem Fußvolk zu reden. Das hat sie mir bereits deutlich zu verstehen gegeben."

„Einen Versuch ist es wert", ließ Büttner nicht locker. „Waren denn alle Gäste an Deck, als die Polizei eintraf?"

„Nein. Die meisten hatten sich nach eigenen Angaben erst nach dem Schrei an Deck eingefunden", antwortete van Dijk. „Sie wollten alle einen Logenplatz am Fundort der Leiche haben, manche haben sogar Fotos mit ihrem Smartphone gemacht." Er machte vor seinem Gesicht einen Scheibenwischer. „*Gekken* gibt es ja leider überall."

Büttner hob fragend die Brauen, worauf Hasenkrug übersetzte: „Er meint Bekloppte."

„Sie sind ein verdammter Streber, Hasenkrug."

„Wir haben Sie dann aufs Oberdeck verfrachtet", fuhr van Dijk unbeeindruckt fort. „Bis auf vier Gäste waren alle anwesend. Auch das Personal war komplett angetreten."

„Und wer fehlte?"

Van Dijk schaute auf seine Notizen, die vor ihm lagen. „Enna van Lessen. Aber die können wir ausschließen. Die lag so … wie sagt man … betrunken im Bett, dass wir sie nicht einmal mit Rütteln wachbekommen haben. Außerdem ihr Mann Bert van Lessen. Zunächst hat er behauptet, in der Kabine bei seiner Frau gewesen zu sein. Sein Bett allerdings war unberührt. Auf die Frage, wo er sich stattdessen herumgetrieben hat, haben wir noch keine Antwort bekommen. Ebenso hat sich sein Sohn Bertchen nicht an Deck blicken lassen."

„Bertchen?" Büttner hob überrascht die Brauen. „Ist auch ein Kind an Bord?"

Sophie Reimers schüttelte den Kopf. „Nein. Bertchen ist Ende dreißig. Ein etwas schräger Typ. Für die Party seines Großvaters ist er aus Tokio angereist, wo er als IT-Experte ein gefragter Mann ist. Er ist in Delfzijl mit mir zugestiegen, genau wie Morten und Pietro van Lessen. Bertchen behauptet, von all dem Trubel an Deck nichts mitbekommen zu haben, weil er sich auf das Programmieren einer Software konzentriert habe. Ich bin sogar geneigt, es ihm zu glauben. Vielmehr Nerd als der kann man kaum sein."

„Und die vierte fehlende Person?"

„Femke van Lessen, die Schwiegertochter vom Alten und

die Mutter von Hedda. Eine etwas abgedrehte Frau, wenn Sie mich fragen. Sehr nett, aber wohl auch hochgradig naiv. Angeblich hatte sie Stöpsel in den Ohren und hat deshalb nichts mitbekommen, bis ihre Tochter Hedda sie weckte."

„Hat Hedda das bestätigt?"

„Ja", antwortete van Dijk. „Allerdings schien sie zunächst ziemlich überrascht zu sein, als ihre Mutter das behauptete. Bestätigt hat sie es dann aber."

„Scheint mir ein illustres Völkchen zu sein, die van Lessens", konstatierte Büttner. „Zusammenfassend muss ich leider feststellen, dass für den Mord immer noch jeder der Passagiere infrage kommt. Vom Personal mal ganz abgesehen. Nur weil einer mit allen anderen nach dem Mord an Deck war, heißt es ja noch nicht, dass er unschuldig ist." Sein Magen meldete sich unüberhörbar zu Wort, woraufhin er sagte: „Mir wäre wohler, wenn ich etwas zu essen bekäme, bevor das Spektakel weitergeht. Gibt es hier in der Nähe ein gutes Restaurant? Habe lange keine Spesen mehr geltend gemacht."

Arie van Dijk grinste und erhob sich von seinem Platz. „Nicht nur eins, Herr Kollege. Bitte folgen Sie mir in die wunderbare Groninger Altstadt." Als er Büttners skeptischen Blick sah, zwinkerte er ihm zu und sagte: „Ist auch nicht weit zu laufen."

16

Hedda saß mit übereinandergeschlagenen Beinen im Stuhl und schaute gelangweilt von einem zum anderen. Ihr Blick blieb an Arne hängen. „Ich weiß wirklich nicht, warum es nötig ist, hier draußen in der Kälte zu sitzen. Es dürfte doch wohl sonnenklar sein, dass wir es hier mit einem Scherzbold zu tun haben. Ich meine, welcher Mörder verschickt denn ein und dieselbe Drohung gleich an mehrere Personen? Ist doch alles plemplem."

„Immerhin sind zwei Menschen tot", erwiderte Arne. „Die Drohungen einfach als plemplem abzutun, erscheint mir vor diesem Hintergrund ein wenig … nun ja … gewagt."

Hedda schüttelte die blonden Locken. „Wie du siehst, leben wir alle noch. Wo also ist das Problem?"

„Woher willst du denn wissen, ob nicht auch dieser Julian und Marcel diese Warnung bekommen haben?", ließ Arne nicht locker. „Und die sind jetzt bekanntermaßen tot."

Pietro fuchtelte mit seinem Finger in der Luft herum. „Nun mal langsam, Sportsfreund! Soeben haben wir freie Fahrt bekommen, weil die Polizei von einem natürlichen Tod ausgeht. Von Mord kann also keine Rede sein. Ist doch alles Gewäsch."

Hedda nickte. „Genau. Mag ja sein, dass man diesen Steckenbach ermordet hat, aber was hat das mit uns zu tun? Wir kannten den ja noch nicht mal."

„Bist du sicher?", mischte sich erstmals Kathrin ins Gespräch, seit sie sich zu viert mit jeweils einer Tasse Kaffee in der Hand in die hinterste Ecke des Sonnendecks zurückgezogen hatten. „Mir schienst du ziemlich erschrocken zu sein, als du Steckenbach da unten in der Schleuse gesehen hast."

„Was redest du denn da für einen Müll!" Hedda zog die Nase kraus und schaute sie an wie ein lästiges Insekt. „Lass mal deine Augen untersuchen, die Sehkraft lässt nach im Alter, weißt du."

Arne seufzte entnervt. „Nun hört doch mal mit diesem ewigen Gezicke auf! Hier geht es gerade um Wichtigeres, als um eure Befindlichkeiten. Wir sollten uns lieber fragen, wie wir nun mit diesen verdammten Textnachrichten umgehen. Hat irgendwer eine Ahnung, ob sie außer uns noch andere bekommen haben?"

Die Antwort war allgemeines Schulterzucken. „Logisch wäre es, wenn zumindest Bertchen sie bekommen hätte", meinte Kathrin dann. „Immerhin gehört er auch zu Opas Enkeln. Man müsste ihn mal fragen."

„Bei diesem Irren halte ich es für wahrscheinlicher, dass er sie verschickt hat", erwiderte Pietro.

„Dennoch sollten wir ihn mal danach fragen", schloss sich Arne Kathrins Meinung an.

„Und wenn er uns dann gleich alle abmurkst, weil wir ihm auf die Schliche gekommen sind?" Hedda fasste sich an die Kehle, als würde sie dort bereits die Kälte der Klinge spüren.

„Jetzt bleibt mal auf dem Teppich!“ Arne klang ungeduldig. „Was hätte denn Bertchen für einen Grund, uns zu drohen? Er hat ja nicht mal Interesse am Erbe.“

Pietro lachte bitter auf. „He, Arne, merkst du noch was? Julian und Marcel hatten auch kein Interesse am Erbe – oder zumindest keine Chance darauf –, und trotzdem sind sie mausetot. Es geht eben nicht immer nur ums Geld, auch wenn sich unsereiner das nur schwer vorstellen kann. Wirklich interessant, dass es für dich anscheinend nur dieses eine Motiv geben kann. Klingt fast, als hättest du dir das alles ausgedacht.“

„Red keinen Quatsch! Du hast sie doch nicht alle.“

Pietro redete ungerührt weiter: „Vielleicht haben wir es ja aber nicht mit einem Motiv zu tun, sondern einfach nur mit einem Bekloppten. Rache für eine schlechte Kindheit oder so. Dieses Täterprofil würde auf Bertchen passen. Keiner weiß das besser als ich, schließlich hab ich ihn ja ständig gemobbt.“ Er grinste breit in die Runde, als wäre das etwas, worauf man besonders stolz sein konnte.

„Wir könnten zur Polizei gehen“, schlug Kathrin vor. „Was soll denn schon passieren, wenn wir es alle gemeinsam tun?“

„Was soll das bringen? Nun mal ehrlich.“ Pietro sah sie an wie ein unverständiges Kind. „Noch mal für kleine Mädchen: Die bei der Polizei gehen gar nicht von einem Mord aus. Warum also sollten sie dieser dämlichen Textnachricht irgendeine Bedeutung beimessen? Die lachen uns doch aus, weil wir auf diesen Dummejungenstreich hereinfallen.“ Er winkte mit der Hand ab. „Nee, nee, da bin ich raus. Wenn ihr euch unbedingt blamieren wollt, dann bitte ohne mich.“

„Also, wenn ich der Mörder wäre, der diese Drohungen schreibt, dann würde ich mir selbst auch eine schicken, das ist ja wohl klar“, meinte Hedda. „Stell dir vor, es rennt tatsächlich einer damit zur Polizei und die kontrollieren alle Smartphones. Wenn du dann der Einzige bist, der keine Nachricht bekommen hat, bist du doch sofort verdächtig.“

„Interessanter Gedanke. Fast könnte man meinen, du hättest dir diesen Spaß mit uns gemacht“, erwiderte Pietro. „Wenn es so ist, dann sag's besser gleich, Hedda, du verplemperst sonst nur unsere Zeit.“

Hedda zog eine Grimasse, dann sagte sie: „Ich bin dafür, dass wir abstimmen.“

„Worüber denn?“ Kathrin sah sie zweifelnd an.

„Na, darüber, ob wir etwas in Sachen Polizei unternehmen oder nicht. Mir ist kalt. Ich will hier nicht ewig sitzen und über dummes Zeug mit euch diskutieren.“

Arne nahm einen Schluck Kaffee und schüttelte dann den Kopf. „Also, ich kann mir nicht helfen, aber je länger wir über die Sache reden, desto widersinniger erscheint sie mir.“ Er schaute sich in alle Richtungen um, als würde er jemanden suchen. „Womöglich hat unser Großvater die *Versteckte Kamera* eingeladen und macht sich gerade einen Spaß daraus, dass wir hier sitzen und uns wegen einer Textnachricht ins Hemd machen.“

Die anderen lachten befreit auf. „Ja“, meinte Pietro, „ich gebe dir ja nicht gerne recht, aber diese Theorie erscheint mir um vieles logischer, als dass jemand solch eine bescheuerte Drohung an uns verschickt und sie noch dazu ernst meint.“

„Und? Was schlägst du vor?“, fragte Kathrin.

„Sag ich doch: Wir vergessen den Mist." Er grinste. „Zumindest bis zur nächsten Leiche. Dann können wir ja erneut diskutieren."

„Haha, wie witzig du bist." Hedda erhob sich aus ihrem Stuhl und schlug die Arme vor dem Körper zusammen. „Damit dürfte die Sache ja wohl klar sein. Ich brauch jetzt was Warmes. Sonst habe ich spätestens morgen eine fette Erkältung."

Als nun auch Pietro und Arne aufstanden, tat Kathrin es ihnen gleich. Sie war geneigt, das Ganze als schlechten Scherz anzusehen. Doch fühlte sie sich alles andere als wohl in ihrer Haut.

17

Herbert van Lessen schlug ohne Vorwarnung so hart mit der Faust auf den festlich gedeckten Tisch, dass Geschirr und Gläser schepperten. Von einem Moment auf den anderen herrschte Grabesstille im Raum. „Ich will wissen, was da vorgefallen ist!", donnerte er mit erstaunlich klarer Stimme los. „Und glaubt mir, ich werde euch so lange auf den Wecker gehen, bis klar ist, warum Marcel Rittmers sterben musste. Wer auch immer für seinen Tod verantwortlich ist, der wird dafür geradestehen müssen." Er musterte einen nach dem anderen, woraufhin viele den Kopf senkten, dann beugte er sich vor und sagte mit warnendem Unterton: „Keiner hier kann auch nur auf einen Cent meines Erbes spekulieren, solange ich nicht weiß, wer Marcel das angetan hat. Mein Testament habe ich in diesem Sinne gleich heute Morgen neu aufsetzen und zur Unterschrift per Kurier bringen lassen. Sollte ich sterben, bevor ich die Wahrheit erfahre, bleibt es dabei, dass jeder Einzelne von euch sich sein Erbe in den Allerwertesten stecken kann. Der- oder diejenige aber, der mir und der Polizei den feigen Mörder präsentiert, wird fein raus sein. Ich hoffe, das ist angekommen." Nach einem nochmaligen Blick in die Runde ließ er sich in seinen Stuhl zurücksinken und sagte: „Und nun lasst es euch schmecken!"

Nach dieser unerwarteten Ansprache herrschte für einige

Minuten Stille im Speisesaal. Bislang war die Stimmung beim Mittagessen trotz des schrecklichen Vorfalls recht ausgelassen gewesen. Teils, weil es so manchem Gast egal war, ob es einen Klavierspieler namens Marcel Rittmers gab oder nicht, teils, weil man froh war, es nicht mit einem Mord zu tun zu haben, wie sie es von den Polizisten mehrfach bestätigt bekommen hatten.

Umso überraschender war für viele die Ankündigung des Patriarchen gekommen, dass es sich, entgegen der Aussage der Polizei, nun doch um einen Mord handeln sollte. Außerdem forderte der Alte jeden Einzelnen zu offenem Denunziantentum auf. Ob ihm klar war, was er damit anrichtete? So, wie einige der van Lessens gestrickt waren, würde es sich so mancher von ihnen nicht nehmen lassen, ohne Rücksicht auf Verluste den einen oder anderen beim Alten anzuschwärzen. Ein wenigstens ansatzweise harmonisch verlaufender Familienausflug dürfte damit endgültig ein frommer Wunsch bleiben.

Und dann waren da ja noch diese Textnachrichten. Vor dem Hintergrund dessen, dass nun ganz offensichtlich auch ihr Großvater der Ansicht war, es habe ein zweites Tötungsdelikt gegeben, bekamen sie nochmals eine ganz andere Bedeutung. Konnten Kathrin und all die anderen Adressaten jetzt immer noch getrost darauf vertrauen, dass es sich bei ihnen um einen harmlosen Scherz handelte? Selbst wenn die Polizei davon ausging, dass Marcel eines natürlichen Todes gestorben war, dann musste dies ja keine in Stein gemeißelte Wahrheit sein. Denn gab es nicht auch Morde, bei denen selbst die Rechtsmediziner keine Todesursache nachweisen konnten?

Kathrin fragte sich, ob womöglich auch Marcel nach dem Auffinden Julian Steckenbachs solch eine Nachricht bekommen hatte. Womöglich hatte auch er sie nicht ernst genommen. Oder aber er hatte sie ernst genommen, sich womöglich gegen die unverhohlene Drohung zur Wehr setzen wollen und hatte dies jetzt mit dem Leben bezahlt. Ob er vielleicht sogar herausbekommen hatte, wer hinter dieser Nachricht steckte?

Kathrin hatte keine Ahnung, was sie jetzt tun sollte. Sie fröstelte bei dem Gedanken daran, was in den kommenden Tagen auf sie zukommen würde.

Angestrengt lauschte sie in den Raum hinein, um zu erfahren, wie ihre Verwandtschaft auf die Ansprache ihres Opas reagierte. Hinter vorgehaltener Hand waren nach den ersten Schrecksekunden vereinzelt die Wörter *senil* oder *plemplem* zu hören. Doch war das ganz sicher zu kurz gegriffen. Denn genau das war der Alte bestimmt nicht. Irgendetwas musste ihn also dazu veranlasst haben, bezüglich des Ablebens von Marcel Rittmers zu einem anderen Ergebnis zu kommen als die Polizei – und ganz offensichtlich ja auch als die Rechtsmedizin. Nur, was konnte das sein? Hatte er womöglich dieselbe Nachricht bekommen wie seine Enkel? Oder wollte er sich nur einfach nicht mit dem Gedanken abfinden, dass ein so junger Mann von einer Sekunde auf die andere an Herzversagen starb?

Kathrin starrte auf ihren Teller, auf dem der Kellner gerade eine Schale mit Suppe abstellte. Er wünschte ihr einen guten Appetit – nun, der war ihr soeben gründlich vergangen. Möglichst unauffällig ließ sie ihren Blick durch den Saal wandern. Die meisten ihrer Verwandten löffelten schweigend ihre Suppe in sich hinein. Nur vereinzelt tuschelte jemand mit seinem Tischnachbarn. Opa Herberts Worte hatten ihre Wirkung ganz offensichtlich nicht verfehlt.

„Möchte mal wissen, ob der Alte einen konkreten Verdacht hat“, meinte schließlich Reemt Eeten, der mit seinen Kumpanen erneut zusammen mit Kathrin an einem Tisch saß. „Ist ein alter Fuchs, der Senior, der redet so was doch nicht einfach mal so daher.“ Er nahm sich ein Stück Baguette und tunkte es in die Suppe, bevor er hinzufügte: „Ist ja kein so schöner Gedanke, dass unter uns ein Mörder ist.“

„Wer weiß“, nickte Joke Bruhns, „womöglich ist das so ’n Bekloppter, der Stimmen im Kopp hört oder so und dann wahllos auf jemanden einsticht. Vor so was kannste nie sicher sein.“

„Wenn einer auf Marcel eingestochen hätte, hätte es Blut geben müssen“, gab Kathrin zu bedenken, nicht zuletzt, um sich selbst zu beruhigen. „Gab es aber nicht. Wir haben ihn doch alle gesehen; er lag da, als würde er schlafen. Keine Spur von Gewalt. Insofern weiß ich nicht, wie Opa zu dem Schluss kommt …“

„Scheint auf jeden Fall mächtig sauer zu sein, der Chef“, meinte Reemt Eeten. „Weiß vielleicht mehr als wir und die Polizei. Aber dann soll er es doch einfach sagen. Ist schon ’ne komische Nummer, das mit dem Erbe. Man könnt’ meinen, er hätte es drauf angelegt.“

„Wie meinst du denn das jetzt? Dass er da seine Finger im Spiel hat, oder was?“ Joke schüttelte den Kopf. „Glaub ich ja im Leben nicht, dass der jemanden umbringen lässt.“

„So war es ja auch nicht gemeint.“

„Also muss es doch jemand anderes gewesen sein. Aber

wer?“ Joke sah sich im Saal um, als würde er hoffen, den Mörder zu entdecken.

Kathrin hob beschwichtigend die Hand. „Gut möglich, dass Opa nur provozieren will. Das würde zu ihm passen. Er hat es schon immer verstanden, seine Familie bei Laune zu halten. Und nach diesem Auftritt wird so mancher, der auszubrechen drohte, wieder bei Fuß stehen. Ich denke, dass seine Ansprache genau das bezwecken sollte.“ Sie *hoffte*, dass es so war. Denn darauf, mit einem Mörder auf einem Schiff eingesperrt zu sein, hatte sie nun wirklich keine Lust.

„Weiß gar nicht, warum Opa Herbert ein solches Theater um einen Sozialfall macht“, hörte Kathrin ihre Cousine Hedda am Nebentisch sagen. Anscheinend versuchte auch sie, sich die Sache schönzureden. „Außerdem kommt es ja durchaus vor, dass mal jemand einfach so tot umkippt. Ist in meinem Bekanntenkreis schon zweimal passiert.“

„Könnte auch an deiner Gegenwart liegen“, murmelte jemand, den Kathrin nicht sehen konnte. „Da würde ich mich auch lieber aus dem Staub machen.“

„Hast du nicht heute Nacht noch behauptet, die Barkeeperin habe Marcel auf dem Gewissen?“, fragte Arne, der an demselben Tisch saß wie Hedda.

„Das war doch nur so dahingesagt“, winkte die ab.

„Dafür hast du sie aber ganz schön in die Scheiße geritten“, mischte sich Arnes Vater Morten ein. „Ich würde mal sagen, da ist eine Entschuldigung fällig. Vielleicht in Form eines Cocktails?“

Hedda sah ihren Onkel an, als hätte der ihr ein unmoralisches Angebot gemacht. „Hey“, rief sie empört, „was soll denn das jetzt? Ich soll mich bei so einer entschuldigen, oder was? Davon träumste aber. Die kann doch froh sein, wenn sie diesen Job überhaupt weitermachen darf, nach allem, was gewesen ist."

„Hallo? Hedda? Jemand zu Hause?" Arne klopfte sich mit der Faust an den Schädel. „Die Frau ist unschuldig, okay? Kein Grund also, warum sie nicht mehr an der Bar arbeiten sollte. Wenn eine geht, dann bist es ja wohl du. Es zeugt nicht gerade von einem guten Charakter, irgendwen bei der Polizei anzuschwärzen, ohne auch nur den Hauch eines Beweises zu haben."

Hedda verzog spöttisch das Gesicht. „Dass ausgerechnet du das Wort *Charakter* überhaupt in den Mund nimmst, ist ja schon verwunderlich, nach allem, was du mir angetan hast."

„Oh Gott, nun kommen mir aber die Tränen." Arne warf seine Serviette auf den Tisch und stand auf. „Mir ist jetzt echt der Appetit vergangen. Ihr findet mich an der Bar." Bevor er ging, wandte er sich noch mal an Hedda und sagte so laut, dass man es auch an den Nachbartischen hören konnte: „Es wäre schön, wenn du mich in den nächsten Tagen an Bord nicht mehr ansprechen würdest, Hedda. Mir wird schon übel, wenn ich dich nur sehe. Versprüh dein Gift also woanders, okay?!"

Das hatte gesessen! Wieder verstummten sämtliche Gespräche, bis Pietro in den Raum rief: „Na, Hedda, läuft wohl nicht so, wie du es dir ausgedacht hast. Solltest dir nächstes Mal vorher überlegen, ob du dich von einem Mann schwängern lässt, nur um zukünftig die große Lady spielen zu können. Nun sitzt du da mit deinem Balg, und keiner will es haben. Wie blöd muss man sein." Es folgte teils gehässiges, teils verlegenes Gelächter, woraufhin Hedda wutschnaubend, aber ohne eine Erwiderung aus dem Speisesaal rannte.

Kathrin reichte es. Auch sie schmiss ihre Serviette auf den Tisch und stand auf. Wenn das Schiff nicht gerade in Fahrt wäre, wäre sie just in diesem Moment auf nimmer Wiedersehen an Land gegangen. Diese Familie war ja noch viel schlimmer, als sie sie in Erinnerung hatte. Wie hatte sie nur auf die blöde Idee kommen können, sich auf diesen Ausflug überhaupt einzulassen? Sobald der Dampfer in Groningen anlegte, würde sie von Bord gehen. Zeit also, die Koffer zu packen.

„Bleib hier!“, donnerte die Stimme ihres Großvaters durch den Raum, als sie bereits an der Tür angekommen war. „Ich muss mit dir reden, Kathrin. Um zwanzig Uhr im Salon. Und wage es ja nicht, nicht zu erscheinen. Du würdest es bereuen.“

Kathrin stand wie vom Donner gerührt da. Was, bitte schön, hatte denn das jetzt schon wieder zu bedeuten? Wie glühende Pfeile bohrten sich die Blicke der ganzen Verwandtschaft in ihren Rücken. Natürlich fragten sich jetzt alle, warum der Patriarch ausgerechnet sie zu einer Unterredung beorderte. Nun, das fragte sie sich auch. Für einen Moment überlegte sie, ihrem Großvater kontra zu geben, denn schließlich hatte er sie nicht herumzukommandieren wie einen dummen Backfisch. Andererseits war da auch diese Neugierde auf das, was er ihr nach allem, was passiert war, so Wichtiges zu sagen hatte. Nach einem kurzen inneren Ringen siegte schließlich die Neugier. Ohne sich umzudrehen, hob sie die Hand zum Zeichen, dass sie verstanden hatte. Dann machte sie sich schleunigst davon.

18

Was war das nur alles für eine verdammte Scheiße! Es wurde wirklich höchste Zeit, dass der Alte ins Gras biss, es war ja nicht mehr auszuhalten mit ihm!

Bert van Lessen tobte innerlich vor Wut. „So nah dran gewesen, sind wir", fauchte er seinen Sohn an und hielt ihm Daumen und Zeigefinger, die einen schmalen Spalt formten, dicht vors Gesicht. „So nah dran. Und nun? Soll dein stundenlanges Einschleimen etwa umsonst gewesen sein? Hach!" Er donnerte mit der Faust gegen die Kabinentür. „Es ist einfach zum Kotzen mit dem Alten! Der soll mir in den nächsten Stunden bloß nicht unter die Augen kommen. Könnte sonst sein, ich mache Hackfleisch aus ihm."

„Könntest du mal ein bisschen leiser sprechen?", kam es jämmerlich aus Richtung des Bettes. „Ich habe furchtbare Kopfschmerzen."

„Dann geh in die Bar und sauf einen Schnaps, Enna! Hilft doch sonst auch immer!" Auf gar keinen Fall wollte Bert diese Unterredung mit seinem Sohn irgendwo dort draußen fortsetzen, wo die Wände Ohren zu haben schienen. Hier quatschte doch jeder über jeden, und vor allem versuchte jeder, den anderen zu übervorteilen, wenn es darum ging, in der Gunst des senilen Alten ein paar Stufen emporzuklettern. Nein, der einzige Ort, an dem man zumindest ansatzweise sicher war, war die eigene Kabine. „Und du", er stach seinem Sohn mit dem Zeigefinger gegen die Brust. „Du sagst mir sofort, was du herausgefunden hast."

„Was ich herausgefunden habe? Worüber denn?" Bertchen senkte eingeschüchtert den Kopf.

Sein Vater beugte sich so weit vor, dass sein Gesicht beinahe das seines Sohnes berührte. „Bist du blöd, oder was? Was der Alte mit der Firma vorhat, will ich wissen. Hast du ihm unser Konzept vorgestellt? Hat er dir nun endlich mal einen Job angeboten? Deswegen hab ich dich schließlich herkommen lassen, schon vergessen?"

„Ja." Bertchen nickte. „Ja. Ich denke, wir sind auf einem guten Weg."

„Auf einem guten Weg? Sag mal, spreche ich Chinesisch, oder was? Hast du den Job, oder nicht?"

„Noch nicht. Aber wir sind …"

„Auf einem guten Weg, ja, ja, ich weiß." Bert van Lessen legte den Kopf in den Nacken und warf die Arme in die Luft, als würde er den Himmel um Beistand anflehen. „Mein Gott, womit hab ich dich bloß verdient! In einer halben Stunde hätte ich ihn um den Finger gewickelt, aber du …"

„Dann mach es doch!"

„Was?"

„Wenn du es besser kannst, dann mach es doch selbst!" Bertchen stand nun mit verschränkten Armen da und sah seinen Vater herausfordernd an.

„Was soll das werden? Der Aufstand der Zwerge?" Bert van Lessen lachte hämisch auf. „Noch eine so freche Bemerkung und …"

„Du sperrst mich in den Keller?“ Bertchen verzog spöttisch das Gesicht.

Bert van Lessen stutzte. Seit wann traute sich sein Sohn, dieser elendige Schwächling, seinem Vater Widerworte zu geben?! Hatten die Japaner ihm das beigebracht, oder was? Am liebsten hätte er ihn mal kräftig durchgeschüttelt, so wie er es früher oft getan hatte. Doch fürchtete er, dass Bertchen dann auf stur schalten und gar nicht mehr mit seinem Großvater reden würde. Womöglich – und das wäre der Supergau – würde er in Groningen sogar das Schiff verlassen und abreisen. Dann wäre alles umsonst gewesen. Nein, so weh es auch tat, das zugeben zu müssen, ohne seinen Sohn könnte er all seine so sorgsam ausgearbeiteten Pläne in die Tonne treten. Wie sehr er es hasste, auf solch einen Tölpel angewiesen zu sein!

Um sich zu beruhigen, griff Bert van Lessen nach der Flasche Kognak, die seine Frau mit aufs Zimmer genommen hatte, und schenkte sein Glas ordentlich voll. Nach dem ersten Schluck, der ihm heiß die Kehle hinunterrann, fühlte er sich ein klein wenig entspannter. Er überlegte, was als nächstes zu tun sei, und sagte schließlich zu seinem Sohn: „Ab heute ist Schluss mit lustig. Du wirst dich unter die jungen Leute mischen.“

„Was? Welche jungen Leute?“

„Nun lass doch mal den Jungen in Ruhe!“, ließ sich Enna erneut vernehmen, als Bert sein Glas noch einmal füllte. „Nun ist er endlich mal wieder hier, und du zwingst ihn dazu, Sachen zu machen, die er nicht will. Dabei soll er die Tage doch genießen und …“

„Halt’s Maul!“ Bert van Lessen funkelte seine Frau wütend

an. „Was ich mit meinem Sohn zu besprechen habe, geht dich nichts an. Hier!“ Er reichte Enna, die aufrecht im Bett saß, sein Glas. „Wenn du nützlich sein willst, dann sauf dich ins Koma.“

Enna zuckte die Schultern und nahm einen großen Schluck. Mit einem zufriedenen Seufzen ließ sie sich in die Kissen zurücksinken. „Ist doch ganz schön hier“, hickste sie. „Und ist auch wirklich schön, dass du hier bist, mein Bertchen.“ Sie drückte die Fingerspitzen ihrer rechten Hand gegen die Stirn. „Hach, wenn ich nur nicht solche Kopfschmerzen hätte, dann könnten wir uns mal so richtig schön unterhalten.“

Bert schnaubte unwillig, doch beschloss er, seine Frau diesmal zu ignorieren. „Also, noch mal“, fuhr er seinen Sohn an. „Du wirst dich heute intensiv mit deinen Cousins und Cousinen unterhalten. Mit Hedda, Kathrin und Pietro. Und natürlich mit Arne.“ Er lachte grölend auf. „Der ist ja quasi zum Mittagessen vor versammelter Mannschaft enterbt worden vom Alten. Hast du sein Gesicht gesehen? Bin gespannt, was er jetzt unternehmen wird, um seinen Großvater umzustimmen. Und du bleibst an ihm und den anderen dran, verstanden? Ich will wissen, was sie nun vorhaben. Und vor allem will ich wissen, wo sie waren, als dieser Pianist ermordet wurde.“

„Aber die Polizei sagt doch …“

„Blödsinn!“, wischte Bert diesen Einwand beiseite. „Wenn dein Großvater meint, dass der Kerl umgebracht wurde, dann wird es so sein. So was sagt er doch nicht einfach so daher. Hab zwar keine Ahnung, warum dieser Asoziale ihm so am Herzen liegt, aber das ist ja auch egal. Es ist, wie es ist, und du kümmerst dich darum, verstanden?“

„Ich dachte, ich soll mit Opa über den Job …“

„Du sollst beides. Mann, Mann, Mann! Es kann doch so schwer nicht sein, sich für seine Zukunft mal ordentlich ins Zeug zu legen. Was bist du nur für eine Memme, dass dein Vater dir immer noch sagen muss, was du zu tun hast.“

„Hab schon verstanden“, erwiderte Bertchen. Er griff nach der Türklinke und verschwand.

„Puh! Was für eine schwere Geburt!“, seufzte Bert van Lessen. Er wischte sich den Schweiß von der Stirn und ließ sich stöhnend auf das Fußende des Bettes sinken. „Das Sperrige hat er von dir, Enna, das kann ich dir sagen. Hier geht es wirklich um alles, aber was macht er? Tut so, als ginge ihn sein Erbe nichts an. Seine berufliche und materielle Zukunft scheint ihm scheißegal zu sein. Der ist zu blöd, seine Chancen zu erkennen. Aber das treibe ich ihm schon noch aus. Kann ja wohl nicht sein, dass ausgerechnet mein Sohn so ein Waschlappen ist.“

Bert van Lessen drehte sich zu seiner Frau um. Die aber hörte ihm gar nicht zu, sondern war längst wieder eingenickt. Das Glas war ihr aus der Hand gefallen, auf der Bettdecke hatte sich ein hässlicher brauner Fleck gebildet.

Mit einem erneuten Seufzer stand er auf und fuhr sich mit beiden Händen durchs lichte Haar. Womit nur hatte er eine solche Familie verdient? Eine Säuferin als Ehefrau und ein Taugenichts als Sohn. Das Schicksal musste sich gegen ihn verschworen haben.

Egal, er zumindest wusste, was jetzt zu tun war. Während Bertchen sich um seine Cousins und Cousinen kümmerte, würde er selbst sich seine Brüder nebst Ehefrauen vorknöpfen. Irgendwie musste doch herauszubekommen sein, was mit dem Klavierspieler tatsächlich passiert war. Und Bert war der Erste, der hinter die Wahrheit kommen würde, das war so sicher wie das Amen in der Kirche. Er hatte in seinem Leben schon viele Schlachten gewonnen, und diese gedachte er nicht zu verlieren.

19

Sophie Reimers rechnete nicht damit, dass sich die von Beginn an angespannte Stimmung an Bord nach dem Mord großartig verändert hätte. Mit Sicherheit scherten sich viele der Passagiere schlichtweg nicht darum, dass einer vom Personal ums Leben gekommen war, denn dazu waren sie viel zu ichbezogen. Dennoch war eine gewisse Eintrübung der Stimmung nach einem solchen Ereignis nicht unwahrscheinlich, weil ein Todesfall erfahrungsgemäß nie spurlos an den direkt oder indirekt Beteiligten vorbeiging.

Mit jener Atmosphäre aber, die Sophie Reimers entgegenschlug, als sie am Abend aufs Schiff zurückgekehrte und ihren Job an der Bar wieder aufnahm, hatte sie nicht gerechnet. Sie besaß Menschenkenntnis genug, um zu bemerken, dass die van Lessens weder besonders betrübt noch nachdenklich waren. Vielmehr schien hier plötzlich jeder jedem zu misstrauen. Die Blicke, die sie untereinander tauschten, zeugten von Skepsis und Argwohn. Auch war es ungewöhnlich still im Salon, keiner schien so recht Lust auf eine Unterhaltung zu haben.

Was also war passiert, nachdem sie das Schiff verlassen hatte?

„Na, Sophie, da bist du ja wieder. Ist bestimmt ein Scheißgefühl, wenn jemand einen anschwärzt, obwohl man sich keiner Schuld bewusst ist, oder?“ Kathrin hatte sich auf einen Barhocker gesetzt und schaute sie prüfend an. Die Plätze neben ihr waren frei; die Herren der älteren Generation hatten es sich in einer der Sitzgruppen bequem gemacht und unterhielten sich angeregt, jedoch – ihrer Mimik und Gestik nach zu urteilen – nicht besonders freundlich.

„Schon gut“, winkte Sophie ab. „Grundsätzlich ist es ja nicht schlecht, wenn die Leute aufmerksam sind und nicht einfach wegschauen, wenn etwas passiert.“

„Ja. Aber nicht okay ist es, wenn man solch einen Vorwurf, wie er dich getroffen hat, aus reiner Gehässigkeit erhebt.“

„War es so?“, gab sich Sophie unwissend. „Man hat mir nicht einmal gesagt, wer genau mich angeschwärzt hat. Ist mir auch wurscht. Ich bin wieder da, und das ist doch alles, was zählt. Bin auf dem Revier auch nicht gefoltert worden oder so.“ Sie grinste versöhnlich.

Bevor Kathrin etwas darauf erwidern konnte, bereitete Sophie für zwei andere Gäste rasch einen Kaffee zu, den diese dann mit zu ihrem Platz nahmen.

„Schön, dass du es so sehen kannst“, meinte Kathrin, sobald ihre Verwandten wieder weg waren. „Ich glaube, ich hätte es nicht so locker genommen, schon gar nicht, wenn es einer von dieser Bagage hier gewesen wäre.“ Sie machte eine ausgreifende Bewegung mit den Armen, die wohl den gesamten, von ihrer Verwandtschaft bis auf den letzten Platz besetzten Salon umfassen sollte. Ihr Blick blieb an ihrer Cousine Hedda hängen, die in einer der Sitzbänke saß und ganz offensichtlich bemüht war, ihrem Cousin Bertchen klarzumachen, dass sie kein Interesse daran hatte, sich mit ihm zu unterhalten. Überhaupt schien Bertchen plötzlich redlich bemüht, mit seinen jüngeren Verwandten ins Gespräch zu kommen; soeben hatte er sich bereits bei Pietro eine Abfuhr abgeholt, jetzt wandte er sich Arne zu. Der hob sein Glas und prostete ihm zu.

„Es war Hedda, die dich verpfiffen hat", sagte Kathrin ohne Umschweife, als sie sich wieder zu Sophie umdrehte. „Hast du eine Ahnung, warum sie es getan haben könnte?"

„Hedda?" Sophie tat erstaunt. „Nee, keine Ahnung." Sie beschloss nach kurzer Überlegung, sich auf die Fragestunde einzulassen, auch wenn sie sich über Kathrins Offenheit sehr wunderte. Aber vielleicht würde sie ja auf diesem Wege erfahren, was hier eigentlich los war. „Sie hatte mich nach meinem Dienst mit Marcel an Deck gesehen", erklärte sie. „Womöglich hat sie daraus die falschen Schlüsse gezogen. Möchtest du übrigens etwas trinken?"

„Wenn du mich so fragst, dann nehme ich einen Caipirinha. Heute ist schon wieder so ein Abend, an dem nüchtern zu bleiben die Höchststrafe wäre."

„Ist irgendetwas passiert, als ich weg war?", beschloss Sophie, nicht lange um den heißen Brei herumzureden. „Ich meine, die Stimmung erscheint mir plötzlich so … hm … aufgeladen."

„Großvater hat uns alle enterbt", antwortete Kathrin freimütig.

Für einen kurzen Moment hatte Sophie den Eindruck, dass sie noch etwas hinzufügen wollte, doch presste sie plötzlich die Lippen zusammen, als müsse sie sich selbst zwingen, den Mund zu halten. „Wie meinst du das denn?", fragte sie.

„So, wie ich es sage. Aus irgendeinem Grund war ihm Marcel wohl wichtig, was keinem von uns so recht bewusst war. Er ist außer sich, dass Marcel jetzt tot ist. Uns beschuldigt er, ihn umgebracht zu haben."

Sophie horchte auf. Das war ja interessant. Nun musste sie vorsichtig sein, was sie sagte, durfte es nicht verbocken. „Er beschuldigt euch alle des Mordes?" Sie zwinkerte Kathrin zu. „Habt ihr ein Komplott geschmiedet, oder was? So nach dem Motto: Nieder mit dem Proletariat!"

Kathrin verzog gequält das Gesicht. „Du lachst. Es ist aber alles andere als witzig." Sie nahm den Strohhalm in die Hand, der in ihrem frisch geschüttelten Caipi steckte, und stocherte damit für eine Weile im Glas herum, sodass das zerkleinerte Eis knisterte. „Ich habe gerade lange mit meinem Großvater unter vier Augen gesprochen, weil er mich darum gebeten hatte. Das, was ich zu hören bekommen habe, war kein Spaß, kann ich dir sagen. Aber auch nicht uninteressant."

„Ach so?" Sophie schaute zu dem Patriarchen hinüber, der, ein Glas Bier in der Hand, wie gewohnt in seinem Sessel saß. Anscheinend hatte er keine Lust, sich mit irgendwem zu unterhalten, denn er war alleine. Allerdings hatte es den Anschein, als würde er Kathrin und sie beobachten. Sein vom Zigarrenrauch getrübter Blick hatte etwas von dem eines Adlers, der seine Beute fixierte, um sich im geeigneten Moment auf sie zu stürzen. Auch Kathrin sah sie nun lauernd an, als sie sich ihr wieder zuwandte.

Sophie schauderte und fragte sich, was das für ein Spiel war, das er und Kathrin mit ihr spielten. Warum plauderte die Enkelin ihr gegenüber so freiheraus aus dem Nähkästchen, und das unmittelbar nachdem sie ein angeblich wenig schönes Gespräch mit ihrem Großvater gehabt hatte? Sophie hoffte inständig, dass man ihre wahre Identität nicht durchschaut hatte, denn in diesem Fall könnte es gegebenenfalls gefährlich für sie werden. Aber irgendetwas war im Busch, das spürte sie. Sie musste auf der Hut sein.

Gerne hätte sie noch mehr von Kathrin erfahren, doch gesellte sich nun Hedda zu ihnen und bestellte einen Gin Tonic. Was zur Folge hatte, dass Kathrin Sophie zunickte und sich von der Bar entfernte. „Da haben Sie aber Glück gehabt, dass man Sie hat gehen lassen", sagte Hedda in gewohnt herablassendem Tonfall.

„Marcel starb eines natürlichen Todes. Ich denke, das hat sich inzwischen herumgesprochen", erwiderte Sophie.

„Der eine sagt so, der andere sagt so." Hedda nahm ihren Gin Tonic entgegen und bemühte sich sichtlich um Gleichmütigkeit, doch entging Sophie nicht, dass sie sich mit gehetztem Blick im Salon umsah.

„Mich interessiert nur, was die Polizei sagt", gab sich Sophie gelassen. „Aber dass in einem solchen Fall Gerüchte aufkommen, ist sicherlich normal. Schließlich ist die Realität oft viel zu eintönig, als dass man ihr nicht ab und zu mal ein wenig Würze gönnen sollte."

„Oh, hört, hört! Eine Bardame mit philosophischen Anwandlungen!" Heddas Mimik troff nur so vor Spott. „Ist aber nicht Ihr Job, sich unseren Kopf zu zerbrechen. Sie sollten es auch nicht tun, denn es würde Sie allenfalls überfordern. Davon mal abgesehen, dass Sie das alles hier nichts angeht."

Sophie war erleichtert, auch wenn sie es nicht zeigte.

Wenn Hedda sie derart abfällig anging, dann schöpfte sie zumindest keinen Verdacht bezüglich ihrer wahren Identität. Oder aber sie war eine gute Schauspielerin. Vorsicht war allemal geboten. Sie war froh, als Hedda sich nun ohne ein weiteres Wort von der Bar abwandte.

Zu ihrem Bedauern wurde ihre Gesellschaft nicht angenehmer, denn nun steuerte Pietro mit dem ihm eigenen selbstbewussten Gang auf sie zu, nachdem er Hedda im Vorbeigehen etwas zugeflüstert hatte. Im Schlepptau hatte er seinen Cousin Bertchen, der alles andere als glücklich aussah. „Was darf's sein?", fragte Sophie, um einen freundlichen Tonfall bemüht.

„Zwei Whisky-Cola, Baby", orderte Pietro. Er schlang seinen Arm um Bertchens Schultern, was der sich nur widerstrebend gefallen ließ. „Der Lütte hier hält sich schon den ganzen Abend an einem Glas Wasser fest. Wird Zeit, dass er zum Mann wird. Kann man ja nicht mit ansehen, wie er das abstinente Würstchen mimt. Hab beschlossen, ihm beim Erwachsenwerden ein wenig unter die Arme zu greifen."

„Also zwei Whisky-Cola?", fragte Sophie, wobei sie ihren Blick auf Bertchen richtete.

„Sag ich doch, Baby", blökte Pietro. „Oder, Bertchen?" Ein heftiger Schlag auf Bertchens Schulter ließ den schmächtigen jungen Mann zusammenzucken, doch zeigte er ein kaum wahrnehmbares Nicken. „Ja", bestätigte er heiser, „zwei Whisky-Cola, bitte."

So gerne Sophie darauf verzichtet hätte, den beiden ihren Getränkewunsch zu erfüllen, so konnte sie nichts anderes tun, als diesem nachzukommen. Das war ihr Job. Zwar machte Bertchen einen kreuzunglücklichen Eindruck und sah beileibe nicht so aus, als hätte er jemals in seinem bisherigen Leben einen solch harten Drink auch nur angesehen. Aber sich gegen seinen Cousin zur Wehr setzen, musste er schon selbst, dabei konnte ihm Sophie in ihrer jetzigen Position nun wirklich nicht helfen. Was allerdings der Genuss von hochprozentigem Alkohol mit Männlichkeit zu tun hatte, erschloss sich ihr nicht.

Wie zu erwarten war, blieb es nicht bei diesem einen Drink. Es war nicht zu übersehen, dass Pietro und auch Hedda es sich zur Aufgabe gemacht hatten, den armen Bertchen betrunken zu machen. Ein Whisky-Cola nach dem anderen wanderte über die Theke, obwohl Bertchen bereits nach dem zweiten deutliche Ausfallerscheinungen zeigte. Keiner der im Salon Anwesenden fühlte sich dazu berufen, Bertchen aus seiner misslichen Lage zu befreien, nicht einmal sein Vater, der das unwürdige Schauspiel, das sich ihm und allen anderen bot, stoisch ignorierte. Die Familie van Lessen schien tatsächlich die Verkörperung des Bösen zu sein. Sophie fragte sich nicht zum ersten Mal, wie ein solcher Haufen Sadisten in der Gesellschaft ein so hohes Ansehen genießen konnte. Reichte denn das materielle Vermögen einer Familie tatsächlich aus, um deren offen zur Schau gestellte soziale und emotionale Defizite großzügig zu übersehen?

Nach dem vierten Whisky-Cola wurde Bertchen plötzlich ganz grün im Gesicht und begann zu würgen. Nach einem schnellen Blick auf ihren Großvater, der alles andere als amüsiert aussah, fassten Pietro und Hedda ihren Cousin unter den Armen und schleiften ihn nach draußen.

Sophie sah den Moment gekommen, sich ebenfalls an die frische Luft zu verabschieden. Sie sagte rasch ihrem Kollegen Bescheid, dass sie eine kurze Pause machen würde, dann folgte sie den dreien möglichst unauffällig aufs Achterdeck hinauf.

Als sie oben ankam, sich aber wohlweislich hinter dem Schornstein versteckt hielt, war Bertchens Würgen einem Erbrechen gewichen. Schlaff wie eine schnurlose Marionette hing er über der Reling und reiherte sich die Seele aus dem Leib.

„Siehste, ich hab doch gleich gesagt, du sollst ihn nicht so abfüllen", zischte Hedda gut vernehmbar. „Kein Wort haben wir aus ihm herausbekommen. Und nun? Glaubst du vielleicht, der macht das freiwillig noch mal mit?"

„Nun bleib mal entspannt", fauchte Pietro zurück. „Dann kriegen wir ihn eben auf andere Art. Da fällt mir schon was ein." Zur Unterstreichung seiner Worte versetzte er Bertchen einen nicht eben sanften Tritt in die Kniekehlen, was den armen Kerl in sich zusammensacken ließ. Bertchen blieb wimmernd am Boden liegen.

„Na, die Standpauke vom Alten höre ich jetzt schon", stöhnte Hedda. „Der macht uns die Hölle heiß, wenn er seinen Liebling so sieht. Mein Gott, es war wirklich so was von einer Scheißidee, Mann!"

„Jetzt mach dir mal nicht ins Hemd", erwiderte Pietro ungehalten. „Schließlich sind wir nicht Bertchens Babysitter. Wenn der einen Drink nach dem anderen in sich reinschüttet, ist es doch nicht unsere Schuld. Er ist erwachsen, oder etwa nicht?"

„Dann bete, dass unser Großvater es auch so sieht."

„Was machen wir denn jetzt mit ihm?" Erneut versetzte Pietro seinem immer noch am Boden kauernden Cousin einen Tritt, diesmal jedoch deutlich sanfter. Fast sah es so aus, als wollte er überprüfen, ob Bertchen noch lebte.

„Na, was wohl." Hedda bückte sich und tastete an Bertchens Hose herum, bis sie gefunden hatte, was sie suchte. Sie richtete sich wieder auf und hielt einen Schlüssel in die Luft. „Wir bringen ihn jetzt in seine Kabine. Da kann er kotzen, so viel er will. Ist dann nicht mehr unser Job, uns um ihn zu kümmern."

Als die drei wenig später auf Sophie zukamen, verdrückte sie sich rasch wieder nach unten in die Bar. Viel mehr als das Wohlergehen des armen Bertchens beschäftigte sie nun die Frage, was Pietro und Hedda mittels Alkohol aus ihrem Cousin hatten herausbekommen wollen. Ob es etwas mit dem Tod des Klavierspielers oder auch mit dem Mann in der Schleuse zu tun hatte?

Sie nahm sich vor, gleich am nächsten Morgen ihre Kollegen Büttner und Hasenkrug anzurufen, um zu erfahren, ob es hinsichtlich der beiden Morde Neuigkeiten gab, die für ihre weiteren Ermittlungen von Interesse sein könnten.

20

„Was ziehst du denn für ein Gesicht? Kommt ihr mit eurem Fall nicht weiter? Würde mich ja schon interessieren, warum ausgerechnet der Pianist hat sterben müssen." Susanne tippte auf die aktuelle Ausgabe der *Emder Zeitung*. „Hier steht drin, dass der Mann eines natürlichen Todes gestorben sei. Aber das stimmt doch nicht, oder?"

Hauptkommissar Büttner rührte lustlos in seinem Kaffee. „Nee, das stimmt nicht. Aber es gehört zur Ermittlungstaktik, dass die Öffentlichkeit zu diesem Zeitpunkt nicht über den wahren Sachverhalt informiert wird. Also wäre ich dir dankbar, wenn du es heute in der Schule nicht haarklein mit deinen Kollegen diskutieren würdest. Es hängt eine ganze Menge davon ab, dass der Mord geheim bleibt."

„Versteh ich nicht."

„Musst du auch nicht."

„David? Alles in Ordnung? Ich kann nichts dafür, wenn es nicht so läuft, wie du es gerne hättest, okay?" Susanne nahm sich eine Scheibe Brot aus dem Korb und bestrich es mit Butter. „Wenn ich jedes Mal gleich schlechte Laune hätte, sobald in meinem Job mal etwas schiefgeht, dann wäre ich ganz sicher der griesgrämigste Mensch auf Erden."

„Darum geht es nicht." Büttner stieß einen tiefen Seufzer aus und tippte nun seinerseits auf den Bildschirm seines

Laptops, der inzwischen jedoch nur noch schwarz zeigte, nachdem er ihn zum Frühstück ausgeschaltet hatte. Er wünschte, er hätte ihn gar nicht erst angemacht. Was trieb einen nur dazu zu glauben, die Welt drohe stillzustehen, wenn man nicht alle halbe Stunde seine Nachrichten checkte? Wenigstens ein geruhsames Frühstück ohne die neuesten Horrormeldungen musste doch drin sein.

„Worum geht es denn? Schlechte Nachrichten?“, ließ Susanne nicht locker.

„Ja.“

„Noch ein Toter?“

„Nein. Abitreffen.“

„Was?“

„Abitreffen. Vierzigjähriges. Gerade ist per E-Mail die Einladung gekommen.“

„Und darum bist du so schlecht gelaunt? Das kann doch auch ganz lustig werden. Wann soll es denn sein?“

„In drei Monaten. In Hamburg. Ich denke, dass ich nicht hinfahren werde.“

„Das ist alleine deine Entscheidung“, bemerkte Susanne. Sie schenkte sich und ihrem Mann Kaffee nach. „Aber dennoch verstehe ich nicht, wo eigentlich dein Problem ist. Ich für meinen Teil gehe ja ganz gerne zu solchen Veranstaltungen.“ Sie grinste. „Ist doch furchtbar lustig zu sehen, was aus all den ehemaligen Mitschülern geworden ist – und ob man sie überhaupt noch erkennt.“

„Ja, furchtbar lustig“. Büttner zog eine Grimasse. „Vor allem, weil mir dann wieder alle mitteilen, wie dick ich angeblich geworden bin.“

„Bist du ja auch.“

„Vielen Dank für den Zuspruch, den habe ich jetzt gebraucht."

„Du willst doch wohl kein Abitreffen absagen, nur weil du kein Spargeltarzan mehr bist! Sei bitte nicht albern, David. Immerhin hast du im Gegensatz zu vielen anderen einen furchtbar spannenden Beruf, ist doch auch nicht schlecht. Ich schätze, dass dich so mancher darum beneiden wird."

„Beneiden? Um meine Leichen? Wohl kaum." Büttner hatte keine Lust, sich die Vorstellung, ein Abitreffen besuchen zu müssen, schönreden zu lassen.

„Mich würde ja viel eher erschrecken, dass mein Abitur schon vierzig Jahre her ist", setzte Susanne noch eins drauf. „Daran merkt man so richtig, wie alt man geworden ist. Gott sei Dank sind es bei mir demnächst ja erst …" Sie rechnete nach und rief dann entsetzt aus: „Oh, mein Gott, es sind ja auch schon dreißig Jahre!"

Nun sah auch sie nicht mehr besonders glücklich aus, wie Büttner nicht ohne Schadenfreude feststellte. „Siehste", feixte er, „nun weißt du, was ich meine." Er spülte den letzten Bissen seines Brotes mit einem Schluck Kaffee hinunter, dann stand er auf. „Na gut, dann werde ich mich also jetzt mal wieder um die angenehmen Dinge des Lebens kümmern. Wie schön, dass einem ab und zu mal eine Leiche vor die Füße gelegt wird. Da fühlt man sich doch gleich wieder viel lebendiger, als man angesichts seines fortgeschrittenen Alters eigentlich sein dürfte."

„Was ist denn das?"

„Ein Kind."

„Ja, das sehe ich." Büttner hängte seine Jacke an den Garderobenhaken, unter dem sich sogleich eine Pfütze bildete. Draußen schüttete es wie aus Eimern, außerdem hatte man im Radio den ersten Herbststurm angekündigt. Das war definitiv kein Ausflugswetter. Büttner beneidete die van Lessens auf ihrem Passagierdampfer nicht. „Gibt es einen Grund, warum Sie Ihrer Tochter die Tristheit dieser Räume antun?“ Er kniff der kleinen Mara, die inzwischen ungefähr ein Jahr alt war und neben ihrem Vater in einem Kinderstuhl saß, spielerisch in die Wange, woraufhin das Mädchen erfreut zu glucksen anfing und wild mit den Armen ruderte.

„Tonja musste vertretungsweise zu einem Noteinsatz“, klärte Sebastian Hasenkrug seinen Chef über den häuslichen Notstand auf. „Irgendeine kranke Muttersau. Da blieb mir nichts anderes übrig, als Mara mit ins Büro zu nehmen. Ich hoffe, dass es sich heute mit Außeneinsätzen in Grenzen hält. Nicht, dass es auf dem Schiff in der letzten Nacht schon wieder eine Leiche gegeben hat.“

„Das würde wenigstens den Schnitt der letzten beiden Tage nicht versauen.“ Büttner setzte sich an seinen Schreibtisch und nickte seiner Sekretärin dankbar zu, die ihm und Hasenkrug soeben einen Kaffee brachte. „Außerdem können Sie da ganz beruhigt sein. Denn falls es einen erneuten Mord gegeben hat, fällt das in die Zuständigkeit unseres niederländischen Kollegen. Den ich im Übrigen äußerst sympathisch finde. War ein ausgezeichnetes Restaurant, in das er uns geführt hat.“ Er griff nach dem Stück Marmorkuchen, das ihm Frau Weniger freundlicherweise mitgebracht hatte. „Gibt es denn irgendwas Neues an diesem nasskalten Morgen?“

„Ja. Die Kollegen sind da auf etwas Interessantes gestoßen."

Was genau das Interessante war, sollte Büttner erst später erfahren, denn Mara schien es mit ihrem Spielzeug langweilig zu werden und sie setzte zum Protestgeschrei an. Beruhigen ließ sie sich erst, als Hasenkrug sie auf den Arm nahm und eine Weile mit ihr auf und ab lief. „Seien Sie froh, dass Ihre Tochter schon erwachsen ist", seufzte er.

„Das sagen Sie so leichtfertig daher", brummte Büttner. „Glauben Sie mir, besser wird's nicht. Nur anders schlimm." Er beobachtete seinen Assistenten, der die jetzt nicht mehr schreiende Mara in eine Babywippe setzte. „Sie haben ja die gesamte Erstausstattung dabei", stellte er fest.

„Weil diese Wippe Zauberkräfte hat", erwiderte Hasenkrug. „Mara ist der reinste Engel, sobald man sie hineinsetzt." Tatsächlich strahlte das Kind jetzt über das tränenverschmierte Gesicht und schmiss auch die Stoffpuppe, die ihr Vater ihr in die Hand drückte, nicht gleich wieder weg, sondern nuckelte selig an ihr herum.

„Und was genau gibt es jetzt Neues?", erkundigte sich Büttner, nachdem er Mara für eine Weile misstrauisch beäugt hatte. Sie hatte zwar die Augen geschlossen und war anscheinend eingeschlafen, doch durfte man sich bei Kleinkindern nie zu sicher sein.

Hasenkrug nahm rasch einen Schluck Kaffee, dann sagte er: „Es gab anscheinend eine Beziehung zwischen Marcel Rittmers und Bertchen van Lessen."

„Eine Beziehung? Welcher Art?"

„Sie standen seit kurzer Zeit in Kontakt. Hauptsächlich per Telefon. Manchmal auch per E-Mail oder Messenger, aber da ging es nur um Terminabsprachen für Telefonate."

„Und was heißt das für unseren Fall?"

„Das wissen wir leider nicht so genau. Wir wissen lediglich, dass sie in den letzten drei Wochen auffallend häufig miteinander telefoniert haben. Und das hauptsächlich zu nachtschlafender Zeit."

„Das ist nicht verboten."

„Nein. Aber dennoch interessant", behauptete Hasenkrug. „Denn es deutet alles darauf hin, dass sie sich zuvor nicht kannten – zumal Bertchen van Lessen ja seit etlichen Jahren im entfernten Ausland lebt und seither nachweislich nicht mehr in Deutschland war. Da ist es doch schon interessant, dass er ausgerechnet für einen Familienausflug erstmals wieder anreist."

„Vielleicht wollte er einfach nur seinem schwerkranken Großvater einen Gefallen tun und sich von ihm verabschieden", mutmaßte Büttner.

„Kann sein. Doch kaum dass Rittmers und der junge van Lessen sich zum ersten Mal persönlich treffen, ist Ersterer auch schon tot. Ein bisschen komisch ist das schon."

„Was macht Bertchen van Lessen noch gleich beruflich?", fragte Büttner.

„Er ist IT-Experte."

„Genau wie unser Toter in der Schleuse."

„Ja. Das kann Zufall sein, muss aber nicht. Nach wie vor konnten wir zwischen den beiden keinen engeren Kontakt nachweisen." Hasenkrug überlegte kurz, dann fügte er hinzu: „Bemerkenswert ist es schon, dass ein ausgewiesener Nerd wie Bertchen van Lessen per Telefon kommuniziert. Normalerweise nutzen Leute wie er dafür modernere Wege, wie eben Messenger oder Ähnliches. Manchmal wundert man sich ja, dass junge Leute überhaupt noch wissen, wie man einen Anruf tätigt."

„Um diese These zu verifizieren, müsste man herausfinden, ob es zu den Gewohnheiten des jungen Mannes gehört, zu telefonieren. Ein Blick in sein Smartphone wäre hilfreich. Denn wenn er mit niemandem außer Marcel Rittmers telefonischen Kontakt hält, wäre das ein Grund, der Sache intensiver nachzugehen."

„Womöglich haben die beiden in ihrer Kommunikation vermeiden wollen, etwas Schriftliches zu hinterlassen." Hasenkrug nickte. „Fragt sich nur, warum."

„Da der junge Mann gerade in den Niederlanden weilt und wir somit keinen direkten Zugriff auf ihn haben, würde ich vorschlagen, dass unsere Kollegin Reimers ihn sich mal vorknöpft. Auf die unauffällige Art, versteht sich. Optimal wäre es, wenn sie dabei auch einen Blick in sein Smartphone werfen könnte."

„Optimal, aber illegal."

„Der Zweck heiligt die Mittel", wischte Büttner die Bedenken seines Assistenten beiseite. „Würden wir die Ermittlungen offiziell machen, würden sie vermutlich länger dauern, als uns lieb ist. Ohne konkrete Beweise können wir die Passagiere nicht ewig festhalten und schnell wären sie wieder in alle Himmelsrichtungen verstreut. Außerdem: Wenn wir dadurch einen erneuten Mord verhindern können, soll es mir recht … hoppla!" Er unterbrach sich, weil jetzt sein Telefon auf dem Schreibtisch klingelte. Es war Frau Weniger, die einen Anruf von Sophie Reimers ankündigte. „Wenn man vom Teufel spricht", murmelte Büttner, dann sagte er: „Bitte stellen Sie durch."

Es dauerte nur einen kurzen Moment, bis seine Kollegin ihm ein fröhliches „Guten Morgen" entgegenschmetterte.

„Guten Morgen, werte Frau Kollegin", erwiderte Büttner. „Wir haben gerade von Ihnen gesprochen, deshalb stelle ich mal laut, sodass Hasenkrug verstehen kann, was wir besprechen."

„Sie wollten mir also auch etwas mitteilen? Das trifft sich gut, denn ich bin hier auch ein wenig weitergekommen und hätte zu den neuen Erkenntnissen gerne Ihre Meinung gehört."

„Gut. Dennoch würde ich vorschlagen, dass Hasenkrug Ihnen erst mal in kurzen Worten berichtet, was wir inzwischen wissen."

„Kein Problem. Dann schieß mal los, Sebastian."

„Moin, Sophie. Also, es ist Folgendes." Hasenkrug fasste in ein paar Sätzen zusammen, was sie über die Beziehung von Bertchen van Lessen und Marcel Rittmers in Erfahrung gebracht hatte.

„Tatsächlich?", fragte Sophie Reimers, als er seine Ausführungen beendet hatte. „Das wundert mich jetzt wirklich. Die beiden, also Bertchen und Marcel, passen so wenig zusammen wie Feuer und Wasser. Kaum vorstellbar, dass derart unterschiedliche Typen plötzlich Freundschaft schließen. Da muss mehr dahinterstecken."

„Das war auch unsere Vermutung", bestätigte Büttner. „Irgendwie werde ich das Gefühl nicht los, dass Bertchen van Lessen tiefer in die Sache verstrickt ist, als man bei solch einem unscheinbaren Kerlchen vermuten würde."

„Was sich mit meinen Beobachtungen deckt. Gut möglich, dass man ihm im Kreise seiner Familie auch schon auf die Schliche gekommen ist."

„Woraus schließen Sie das?"

„Ich konnte gestern Abend ein Gespräch zwischen seiner Cousine Hedda und seinem Cousin Pietro belauschen. Sie hatten den Plan ausgeheckt, ihn mit Alkohol abzufüllen und ihn so zum Reden zu bringen."

„Zum Reden zu bringen?", hakte Hasenkrug nach. „Also weiß er was?"

„Zumindest nehmen die beiden an, dass er was weiß. Ich kann dir allerdings nicht sagen, worum genau es bei diesem *Wissen* geht. Das ging aus dem Gespräch leider nicht hervor."

„Er hat aber nicht geplaudert?"

„Nein. Ganz offensichtlich nicht. Irgendwann war er auch viel zu betrunken. Die haben ihn so lange mit Whisky-Cola abgefüllt, bis er alles ausgespuckt hat. Also den Mageninhalt, nicht sein Wissen."

„Dann sollten Sie nun ihrerseits versuchen, etwas aus ihm herauszubekommen. Aber möglichst ohne Alkohol, bitte", meinte Büttner. „Und werfen Sie, wenn möglich, einen Blick in sein Smartphone. Wir müssen wissen, mit wem er wie oft telefoniert hat."

„Sobald er wieder ansprechbar ist", erwiderte Sophie Reimers. „Zum Frühstück jedenfalls ist er nicht erschienen. Vermutlich kämpft er immer noch mit seiner Alkoholvergiftung. Hoffen wir mal, dass er es bald überstanden hat. An das Smartphone werde ich schon irgendwie gelangen."

„Sonst irgendwelche besonderen Vorkommnisse an Bord?", fragte Hasenkrug.

„Ja. Ich kann nicht garantieren, dass unsere Strategie, das Tötungsdelikt als natürlichen Todesfall dastehen zu lassen, noch lange funktionieren wird. Ich gehe sogar davon aus, dass es uns bereits jetzt kaum noch einer glaubt.“

„Wie kommen Sie denn darauf?“, fragte Büttner wenig begeistert. „Hat sich einer der holländischen Kollegen verplappert, oder was?“

„Nein. Es sei denn, dieser Kollege hat es dem Alten gesteckt.“

„Sie sprechen in Rätseln.“

„Der Alte, also Herbert van Lessen, hat anscheinend vor versammelter Mannschaft behauptet, Marcel Rittmers sei umgebracht worden. Im gleichen Atemzug hat er verkündet, dass alle aus der Familie enterbt werden, da er den Mörder unter ihnen vermutet. Mit der Stimmung hier steht es seither nicht mehr zum Besten, wie Sie sich vorstellen können. Daher vermutlich auch der tätliche Angriff auf Bertchen van Lessen. Er hat sich in den letzten Tagen sehr häufig und intensiv mit seinem Großvater unterhalten. Deshalb geht man wohl davon aus, dass er was über die Pläne des Alten weiß.“

„Welche Pläne des Alten?“

„Was weiß ich. Vermutlich geht es um sein Testament. Gut möglich, dass Marcel Rittmers auch in die Pläne eingeweiht war, wenn ich auch nicht weiß, aus welchem Grund er davon hätte erfahren sollen. Wir sollten also genau checken, in welcher Beziehung er tatsächlich zum Patriarchen stand.“

„Woher weißt du denn das mit der Erbschaftsgeschichte?“, fragte Hasenkrug. „Warst du dabei, als der Alte damit drohte?“

„Nein, das weiß ich von Kathrin van Lessen. Das ist die

vierte von den Cousins und Cousinen. Eine sehr sympathische Frau, wie ich finde."

„Und wieso erzählt sie ausgerechnet dir das?"

„Weil auch ich eine ganz sympathische bin?" Sophie lachte, dann wurde sie wieder ernst. „Nein. Ganz ehrlich? Ich habe keine Ahnung. Allerdings hatte ich den Eindruck, dass sie es mir ganz bewusst anvertraut hat. Sie kam gerade von einer längeren Unterredung mit ihrem Großvater, also dem Patriarchen. Das hat sie zumindest behauptet. Getrunken hatte sie zu diesem Zeitpunkt noch nichts, sodass man ihre Redseligkeit nicht auf den Alkohol schieben kann. Ich hoffe …" Sophie holte einmal tief Luft. „Ich hoffe, dass ich nicht aufgeflogen bin."

„Das wäre allerdings …" Büttner brachte den Satz nicht zu Ende. Er überlegte, ob es womöglich zu gefährlich war, die Kollegin an Bord der *White Cloud* zu lassen. Das, was sie zu berichten hatte, klang alles andere als beruhigend. Aber wie, um alles in der Welt, sollte man auf dem Schiff von ihrer wahren Identität erfahren haben? Hatte sich womöglich der Kapitän verplappert?

„Falls Sie mit dem Gedanken spielen, mich zum Bodenpersonal zurückzuversetzen, dann halte ich das für keine gute Idee", meinte Sophie Reimers, noch bevor Büttner seine Bedenken äußern konnte. „Ich bin hier direkt an der Quelle, einfacher könnten wir es nicht bekommen. Zumindest wäre jeder andere Weg deutlich komplizierter."

„Dennoch ist die Gefahr, in der Sie womöglich schweben, nicht von der Hand zu weisen." Büttner war alles andere als überzeugt, dass sie sich mit den verdeckten Ermittlungen noch auf dem richtigen Weg befanden.

„Was sagen denn die holländischen Kollegen zu dieser neuen Situation?", wollte Hasenkrug wissen.

„Ich habe noch nicht mit Arie van Dijk darüber gesprochen. Ich dachte, ich informiere erst einmal euch."

„Dann informieren Sie ihn bitte umgehend. Mir ist es lieber, wenn die Polizei vor Ort Bescheid weiß", forderte Büttner sie auf. „Die Kollegen können Ihnen auch schneller zur Hilfe eilen, sollte irgendetwas vorfallen."

„Sie glauben, dass Sophie in Gefahr ist?" Hasenkrug klang ehrlich besorgt.

„Als so groß schätze ich die Gefahr nicht ein", beeilte sich Sophie Reimers zu sagen. „Selbst wenn der Alte oder auch Kathrin über meine Identität Bescheid wissen, so heißt das ja noch lange nicht, dass auch alle anderen informiert sind. Ganz im Gegenteil. Gerade dann kann ich mir nicht vorstellen, dass dieses Wissen bei den falschen Personen landet. Der alte van Lessen misstraut seinen Nachkommen zutiefst. Bis auf wenige Ausnahmen, würde ich sagen."

„Sie wissen doch gar nicht, wer die falschen Personen sind", ließ Büttner sich nicht so schnell überzeugen. „Nicht der Alte, sondern vor allem wir sollten in diesem Stadium der Ermittlungen jedem Einzelnen misstrauen, selbst wenn sie sich noch so lieb Kind bei uns machen. Ich muss Ihnen sicherlich nicht sagen, wie gefährlich es sein kann, auf die falschen Leute zu setzen. Also: Wenn man keinem von denen vertraut, kann man wenigstens nichts verkehrt machen."

„Machen Sie sich keine Sorgen um mich, ich bin auf der Hut", versuchte Sophie ihren Kollegen zu beschwichtigen.

„Pass auf dich auf, Sophie", sagte nun auch Hasenkrug.

„Der Chef hat recht. Die Sache klingt alles andere als koscher. Bist du jetzt auf dem Schiff?“

„Nein. Ich habe eine Stunde Ausgang in Groningen. Habe extra gewartet, bis ich in der Stadt bin, um sicherzustellen, dass mich keiner belauscht. Ich werde jetzt bei Arie van Dijk anrufen und ihn informieren. Noch mal: Macht euch keine Sorgen, ich weiß, wie weit ich gehen kann.“ Sie legte auf.

„Ich habe kein gutes Gefühl bei der Sache“, meinte Hasenkrug. „Am liebsten würde ich Sophie abziehen und den ganzen Laden auseinandernehmen. Leider aber kommt bei solch einem Aktionismus ja meistens nicht viel raus.“

„Schon gar nicht, wenn sich alle Verdächtigen im Ausland aufhalten.“ Büttner zog einen Schokoriegel aus der Schreibtischschublade. Auch er war über die Entwicklungen alles andere als glücklich, dennoch hieß es nun, einen klaren Kopf zu bewahren. Ein wenig Schokolade konnte beim Nachdenken nicht schaden. „Wurden die geschäftlichen Angelegenheiten der van Lessens schon überprüft? Weiß man zum Beispiel, wie das Unternehmen wirtschaftlich dasteht?“, fragte er nach kurzem Überlegen.

„Die Kollegen sind dran. Wir haben auch die Wirtschaftskriminalität hinzugezogen. Vielleicht wissen die mehr als wir.“ Hasenkrug warf einen skeptischen Blick auf seine Tochter, die glucksende Geräusche von sich gab. Noch aber machte sie keinerlei Anstalten aufzuwachen, sondern drehte nur ihr Köpfchen auf die andere Seite und schlief weiter. „Sie glauben, dass die Morde etwas mit der Werft zu tun haben?“, fragte er.

„Auszuschließen ist es zumindest nicht. Erscheint mir nach allem, was Kollegin Reimers gesagt hat, logischer als ein persönliches Motiv. In dem Unternehmen der van Lessens geht es um viel Geld, gerade jetzt, da es ans Erben geht. Und wie Sie wissen wurde für Geld schon so mancher Mord begangen.“

„Bleibt dann nur die Frage, was Julian Steckenbach mit all dem zu tun hatte. Noch immer tappen wir bei ihm völlig im Dunkeln.“

„Das stimmt. Dennoch bin ich sicher, dass er Teil dieses Falls ist.“ Büttner biss ein weiteres Stück von seinem Schokoriegel ab. „Sie sagten, er sei IT-Mann?“, fragte er mit vollem Mund.

„Ja.“

„Wurden seine Computer schon beschlagnahmt?“

„Ja, sicher. Doch scheint ein Laptop verschwunden zu sein. Ich hatte heute eine entsprechende Notiz der Kollegen im E-Mail-Eingang.“

„Hm. Vielleicht liegt da der Schlüssel zu unserem Problem.“ Büttner trommelte für eine Weile mit den Fingern auf der Schreibtischplatte herum, dann sagte er: „Wir brauchen einen Zugang zu den Daten der Werft. Nur leider fürchte ich, dass sich der Staatsanwalt querstellt. Wie Sie wissen, war es schon schwierig genug, ihn überhaupt von einer Ermittlung zu überzeugen.“ Er seufzte. „Ich wünschte wirklich, wir könnten diesen Bertchen van Lessen vorladen und ihn mal gründlich in die Mangel nehmen.“

„Oder ihn das System seines Großvaters hacken lassen“, grinste Hasenkrug.

„Hacken lassen?“ Büttner stutzte, dann zog er nachdenklich die Stirn in Falten und nickte schließlich zufrieden. „Das, Hasenkrug, ist eine wirklich gute Idee.“

Sein Assistent sah ihn aus großen Augen an. „Nicht Ihr Ernst, Chef. Ihn zu so etwas anzustacheln, wäre illegal. Ganz davon abgesehen, dass nichts von dem, was wir vielleicht finden würden, auch nur ansatzweise gerichtsverwertbar wäre."

„Aber das weiß ich doch, Hasenkrug, das weiß ich doch. Es ist nicht so, wie Sie denken. Allerdings kam mir gerade ein Gedanke, den wir weiterverfolgen sollten. Ohne die Kollegen der Wirtschaftskriminalität wird es jedoch nicht gehen."

„Die sind dran, das sagte ich ja bereits."

„Ja, aber vielleicht noch nicht so dran, wie sie vielleicht sollten." Büttner erhob sich aus seinem Schreibtischstuhl. „Kommen Sie, Hasenkrug, wir gehen zu den Kollegen und schauen mal, was sich da machen lässt."

21

Bertchen van Lessen tauchte zur Mittagszeit wieder auf. Er sah erbärmlich aus. Das Gesicht zeigte einen ungesunden Grauton, dunkle Augenringe gaben ihm das Antlitz eines Schwerkranken. Eine Frisur hatte er nie wirklich gehabt, insofern ließ sich nur schwer sagen, ob er sich gekämmt hatte oder nicht. Nach einem angewiderten Blick auf das Büffet verschwand er wieder zur Tür des Speisesaals hinaus, jedoch nicht, ohne Hedda und Pietro, die ihn abfällig musterten und breit vor sich hin grienten, einen hasserfüllten Blick zuzuwerfen.

Sophie Reimers, die sich bereiterklärt hatte, bei der Essensausgabe behilflich zu sein, machte ihrer Kollegin ein Zeichen, dass auch sie frische Luft bräuchte. Inzwischen waren sowieso alle Passagiere mit einer wieder einmal fantastischen Auswahl an Speisen versorgt, sodass sie sich ohne ein schlechtes Gewissen davonmachen konnte. Sie griff nach ihrer Jacke, die sie außerhalb des Saals an einen Haken gehängt hatte, und zog sie sich über.

Die Stimmung auf dem Dampfer war nach wie vor gedrückt. Sophie Reimers war sich nicht sicher, ob sich der Senior mit seiner Enterbungsnummer tatsächlich einen Gefallen getan hatte. Fakt war jedenfalls, dass kaum noch jemand mehr als Belanglosigkeiten mit dem jeweils anderen austauschte. Ob sich auf die Ansage des Alten hin jemand berufen fühlte, den Detektiv zu mimen, um das Erbe zu retten, vermochte sie nicht zu sagen. Hier und da saß man zwischen den Mahlzeiten in kleineren Gruppen zusammen und unterhielt sich hinter vorgehaltener Hand. Vielleicht, weil man tatsächlich etwas ausheckte, vielleicht aber auch nur, weil man sich nicht traute, die Stimme zu heben. Auf einer Beerdigung hätte es nicht weniger lustig sein können.

Lange hatte Sophie Reimers überlegt, wie sie die Gelegenheit zu einem Gespräch mit Bertchen herbeiführen konnte. Nun aber bot sich ihr diese Möglichkeit womöglich ganz von selbst.

Sie sah den Mann die Treppe zum Sonnendeck hinaufgehen, in der Hand hielt er sein Smartphone und tippte und wischte darauf herum. Sie ahnte, dass sie es nur mit ganz viel Glück würde an sich nehmen und einen Blick in die Anrufliste werfen können. Derzeit erschien ihr dieses Unterfangen nahezu unmöglich.

„Moin", sagte sie, um ihr Kommen anzukündigen. Bertchen stand an der Reling und starrte aufs Wasser hinaus. Die frischen Temperaturen sowie der steife Wind schienen ihn nicht zu stören, obwohl er keine Jacke über seinem nicht allzu dicken Pullover trug.

Bertchen drehte sich zu ihr um und nickte. „Moin, Frau Reimers", erwiderte er. Erst einige Momente später fiel Sophie Reimers auf, dass er sie mit ihrem Nachnamen angesprochen hatte, den hier auf dem Schiff eigentlich keiner kannte. Ihr wurde mulmig zumute, doch versuchte sie, ihr Unbehagen mit einem Lächeln zu überspielen. Nur, weil jemand ihren vollen Namen kannte, musste dies ja noch nicht bedrohlich sein.

„Geht es Ihnen ein wenig besser?“, fragte sie. „Ich sah Sie hier hinaufgehen, und da dachte ich, ich frage mal, ob ich Ihnen etwas Gutes tun kann.“ Sie blinzelte ihm verschwörerisch zu. „Schließlich sitze ich an der Quelle. Eine Bloody Mary vielleicht? Oder nur ein Glas Wasser mit Kopfschmerztablette?“

Bertchen verzog keine Miene, als er erwiderte: „Und was wollen Sie wirklich von mir?“

Diese direkte Frage brachte Sophie Reimers für einen Moment aus dem Konzept. Kannte er womöglich ihre wahre Identität? Sie wagte nicht, ihn darauf anzusprechen. Was, wenn er einfach nur von Natur aus misstrauisch war? Schließlich hatte sie bisher noch nicht das Vergnügen gehabt, ihn näher kennenzulernen.

„Hedda und Pietro haben Ihnen ziemlich zugesetzt.“ Sie beschloss, auch weiterhin so zu tun, als würde es ihr lediglich um sein Wohlbefinden gehen.

„Wenn mir einer zugesetzt hat, dann war ich es selbst“, widersprach er und seufzte. „Ich hätte das Spielchen ja nicht mitmachen müssen.“

„Von welchem Spielchen reden Sie?“ Sophie Reimers deutete auf zwei Stühle. „Wollen wir uns nicht setzen? Irgendwie sehen Sie nicht so aus, als hätten Sie große Lust zu stehen.“

Er zeigte ein schiefes Grinsen. „Da haben Sie recht. Am liebsten wäre ich im Bett geblieben, aber dann müsste ich den Idioten ja das Feld überlassen.“ Wen genau er mit Idioten meinte, führte er nicht näher aus, doch war es nicht schwer zu erraten. Er zog sich einen der Stühle heran und setzte sich in die Nähe der Reling, an der ihm der Wind um die Nase wehte. „Frische Luft ist gut gegen alles", sagte er.

„Soll ich Ihnen wirklich nichts zu trinken holen?", hakte sie erneut nach.

„Nein, danke, ich habe gerade schon eine ganze Flasche Orangensaft vernichtet, das füllt den Vitaminhaushalt wieder auf."

„Warum sagten Sie, Sie seien ganz alleine Schuld an dem, was passiert ist?", kam Sophie Reimers noch einmal auf die Ereignisse der letzten Nacht zu sprechen. „Kein Mensch hat das Recht, einen anderen dazu zu nötigen …"

Bertchen unterbrach ihren Redefluss mit einer abwehrenden Geste. „Ich hätte Nein sagen müssen." Er presste die Lippen zusammen und schüttelte den Kopf. „Es war wie früher. Noch nie ist es mir gelungen, Pietro irgendetwas entgegenzusetzen. Immer wieder habe ich das getan, was er von mir verlangte." Bertchen lachte unfroh auf. „Ich wollte immer so cool sein wie er, wissen Sie. Und ich dachte, wenn ich das mache, was er gut findet, dann findet er mich vielleicht auch cool. Leider habe ich viel zu spät begriffen, dass er mich nur bloßstellen wollte."

„Gestern sind Sie in das gleiche Muster verfallen", stellte Sophie Reimers fest.

„Ja. Dabei dachte ich, ich hätte es nach jahrelanger Therapie überwunden." Er tippte sich mit dem Zeigefinger an die Schläfe. „Aber irgendwo da drin muss immer noch der gleiche Schalter sein, den Pietro nur umlegen muss, damit ich mich wieder zum Deppen mache."

Sophie Reimers überlegte, wie sie weiter vorgehen sollte.

In erster Linie interessierte es sie zu erfahren, was genau Pietro und Hedda aus ihm hatten herausbekommen wollen. Doch durfte Bertchen natürlich nicht den Eindruck gewinnen, er würde in irgendeiner Weise verhört. Wie also sollte sie es anfangen? Sie entschied sich für den Indirekten Weg. „Sie verstehen sich gut mit Ihrem Großvater, oder?“ Als er sie auf diese Frage hin nur stumm ansah, fügte sie hinzu: „Ich meine, nicht alle hier scheinen einen so guten Draht zu ihm zu haben wie Sie. Er tut mir manchmal ein wenig leid, sitzt er doch so oft alleine in seinem Sessel und keiner spricht mit ihm. Auch schmeichelt so manche Bemerkung, die man im Vorbeigehen oder an der Bar über ihn aufschnappt, nicht gerade seinem Charakter.“

„Sie sind ziemlich neugierig für eine Servicekraft“, erwiderte Bertchen, ohne dass es jedoch wirklich nach Kritik klang. Eher meinte sie sogar einen amüsierten Unterton zu vernehmen.

Ohne lange nachzudenken, flüchtete sich Sophie Reimers in ein Lachen. „Ja“, bestätigte sie, „das hat man mir schon oft gesagt. Aber ich kann nicht aus meiner Haut. Ich war früher mal im sozialmedizinischen Bereich tätig, wissen Sie?“ Damit hatte sie ein klein wenig übertrieben, denn alles, was sie an medizinischer Kenntnis vorzuweisen hatte, entstammte den regelmäßigen Auffrischungsseminaren in Erster Hilfe, zu denen sie bei der Polizei verpflichtet war. Aber da durfte man nicht so kleinlich sein.

„Im Gegensatz zu mir haben es alle anderen hier auf das Erbe abgesehen“, erklärte Bertchen jetzt zu Sophies Verwunderung. „Außer Kathrin vielleicht. Sich einzuschleimen, war nie ihr Ding. Das ist auch unserem Großvater nicht verborgen geblieben."

„Vermutlich ist das der Grund, warum Ihr Großvater auch mit Kathrin öfter mal plaudert."

„Ja. Das auch." Leider erklärte Bertchen auch diesmal nicht, was er damit meinte.

„Wie man hört, wird Ihr Cousin Arne als der große Favorit gehandelt, wenn es ums Erben geht."

„Ja, so sagt man." Bertchen grinste. „Aber auch er wird sich noch wundern."

„Wundern? Worüber?"

„Sie sind wirklich ziemlich neugierig." Er warf einen Blick auf sein Smartphone. „Müssen Sie gar nicht arbeiten?"

„Wie spät ist es denn?"

„Gleich halb zwei."

„Dann habe ich noch 'ne halbe Stunde." Sie zögerte kurz, bevor sie fragte: „Hier geht das Gerücht, dass Ihr Großvater nicht an einen natürlichen Tod Marcel Rittmers' glaubt." Um ihre nächsten Worte zu unterstreichen, schüttelte sie sich, als wäre ihr plötzlich kalt. „Also ich fände es ja furchtbar schaurig, wenn hier an Bord ein Mord geschehen wäre." Sie bückte sich und tat, als müsste sie ihren Schuh neu binden, aus den Augenwinkeln aber beobachtete sie genau seine Reaktion. Er war tatsächlich kein Ausbund an Emotionen, dennoch konnte sie bei ihm ein leichtes Zusammenzucken wahrnehmen.

„Ich kenne die Meinung meines Großvaters", meinte Bertchen. „Er mochte Marcel, hat ihm sogar einen guten Job in der Firma verschafft. Nach diesem Ausflug sollte er ihn antreten. Deswegen hat er ihn auch eingeladen. Und weil er gut Klavier spielt, natürlich." Er zog eine Grimasse. „Sie können sich vorstellen, dass diese Entscheidung nicht überall auf Gegenliebe stieß. Bestimmt glaubt Opa deshalb, dass Marcel umgebracht wurde. Aber geben Sie nicht allzu viel auf das, was er sagt. Er provoziert ganz gernc mal."

Das war ja interessant! Einen Job auf der Werft hatte der Alte dem Exknacki verschafft! Das immerhin könnte ein Motiv sein, warum Marcel hatte sterben müssen. Wenn auch ein sehr schwaches. Es war eher anzunehmen, dass noch mehr dahintersteckte. „Aber weil er einen Job bekommen sollte, bringt man ihn doch nicht gleich um", sprach Sophie Reimers ihre Zweifel laut aus.

„Die meisten hier dürften davon auch gar nichts gewusst haben."

„Dann wäre es auch kein Mordmotiv."

„Wenn man ihn überhaupt umgebracht hat. Wie gesagt, mein Großvater … Na ja, ist ja auch egal." Er wischte den Rest des Satzes beiseite. Aus irgendeinem Grund schien Bertchen plötzlich nicht mehr weiterreden zu wollen.

„Kannten Sie Rittmers näher?", fragte Sophie.

„Nicht wirklich. Ich …"

„Na, Bertchen, altes Haus, hast dir ja eine richtig geile Braut angelacht", ertönte es in diesem Moment hinter Sophie, und sie brauchte sich nicht umzudrehen, um zu wissen, wer diese Unverschämtheit von sich gegeben hatte. Pietro, natürlich. Wer sonst?

„Höre ich da so etwas wie Neid heraus?" Sophie Reimers grinste ihn spöttisch an. „Manchmal stehen die Frauen eben mehr auf Grips als auf Wichtigtuerei."

Pietro lachte bitter auf, dann beugte er sich zu ihr herab

und zischte: „Noch mal, Süße, ich werde dich feuern lassen, wenn du dich nicht ein wenig … hm … handzahmer zeigst.“ Sophie wurde stocksteif, als er ihr jetzt mit zwei Fingern über die Wange strich.

„Mach das doch noch mal, mein Freundchen“, flötete sie zuckersüß zurück, „mal sehen, wer dann …“ Sie konnte diesen Satz gar nicht beenden, schon spürte sie wieder Pietros Griffel auf ihrer Wange, dann auf ihrem Hals. „Ich habe dich gewarnt!“, rief sie aus, und noch während sie sprach, sprang sie aus ihrem Stuhl hoch und rammte ihm ihr Knie zwischen die Beine. Das alles geschah so schnell, dass selbst Bertchen, der direkt daneben saß, nicht recht erkennen konnte, was eigentlich genau passiert war.

Pietro war mit einem Stöhnen auf die Knie gesackt und hielt seine Hände schützend an sein Geschlecht. „Das wirst du mir büßen … du … du Miststück!“, keuchte er. „Ich schwöre dir … du wirst … nie … nie wieder einen Job finden … wenn … wenn ich mit dir fertig bin.“ Er schnappte ein paarmal mit schmerzverzerrtem Blick nach Luft, dann presste er hervor: „Besser wird sein … du gehst freiwillig, denn … wenn du mir noch einmal über den Weg läufst, kann … kann ich für nichts garantieren.“ Jedes einzelne Wort schien ihm Schmerzen zu bereiten, denn er stöhnte noch einmal auf, bevor er auf Bertchen zeigte und sagte: „Du bist mein Zeuge.“

„Wieso? War was?“ Bertchen sah sich um, als würde er jemanden suchen. Außer ihnen befand sich niemand an Deck. Schließlich blieb sein Blick an Pietro hängen. „Was machst du denn da unten? Suchst du was? Kann ich dir behilflich sein?“

Sophie schluckte schwer. Das hätte sie nicht tun dürfen. Gut möglich, dass dem Alten tatsächlich die Hutschnur platzte, wenn Pietro sich bei ihm ausheulte. Und dann? Dann hätte sie ihren Auftrag total verbockt. Na, da würden sich die Kollegen aber mächtig freuen!

„Wir sehen uns noch, und dann Gnade dir Gott!" Pietro hatte sich aufgerappelt und stand nun da wie ein geprügelter Hund. Mit spitzem Finger, das Gesicht eine wütende Fratze, zeigte er auf Bertchen. „Und du, mein Lieber, tust das, was ich dir sage, denn sonst … Ach!" Als er nun Hedda und drei weitere Leute die Treppe heraufkommen sah, machte er eine wegwerfende Handbewegung, dann stolperte er x-beinig davon.

„Das haben Sie gut gemacht. Alle Achtung. Ich wünschte, ich hätte solche Reflexe! Muss ein guter Selbstverteidigungskurs sein, den Sie besucht haben." Bertchen grinste, doch Sophie war immer noch nicht nach Lachen zumute. Aufseufzend ließ sie sich in den Stuhl zurücksinken.

„Was ist denn mit Pietro passiert?" Hedda war, die Arme vor der Brust verschränkt, neben ihnen stehen geblieben und schaute sie finster an. „Und seit wann darf sich das Personal an Deck aufhalten?"

Noch bevor Sophie etwas sagen konnte, behauptete Bertchen: „Pietro kam mir blöd, und da hab ich ihm eins zwischen die Beine gesetzt."

„Du?" Hedda verzog spöttisch den Mund. „Davon träumst du doch."

„Genauso war's. Ich lebe in Japan, schon vergessen? Da beherrscht man die Kampfkunst." Trotz des vernichtenden Blicks, den Hedda ihm zuwarf, blieb er standhaft. Er schaute nicht einmal weg, wie Sophie bewundernd feststellte. Durch ihre Aktion musste er eine ordentliche Portion Selbstbewusstsein geschöpft haben. Dann war ihr fragwürdiger Einsatz ja wenigstens für irgendetwas gut gewesen.

„Ach, Heddalein, da bist du ja! Ich hab dich überall gesucht!“ Femke van Lessen betrat nun ebenfalls das Deck. Sie strahlte wie ein Christbaumengel. „Na, unterhältst du dich mit Bertchen, mein Schatz? Das ist schön. Ihr habt euch bestimmt viel zu erzählen, so lange, wie ihr euch nicht gesehen habt.“

Als Hedda sich nun abwandte und Bertchen demonstrativ sein Smartphone zur Hand nahm, fiel Sophie wieder ein, was sie noch zu tun hatte. Doch wie sollte sie an dieses blöde Ding jemals herankommen, ohne dass er es mitbekam? Sie konnte ja schlecht seine Kabine durchwühlen. Was, nebenbei bemerkt, vermutlich auch nichts bringen würde, denn er schien das Gerät stets bei sich zu tragen. Unmerklich wiegte sie den Kopf hin und her, als ihr ein Gedanke kam. Warum es nicht einfach auf die direkte Art probieren? Einen Versuch war es wert. „Können Sie mir mal kurz Ihr Smartphone leihen?“, fragte sie, bevor sie es sich wieder anders überlegen konnte.

„Mein Smartphone?“, fragte Bertchen perplex.

„Ja.“ Sie versuchte, ein möglichst verzweifeltes Gesicht zu machen. „Ich hab meins zwar dabei, aber der Akku ist leer. Muss aber unbedingt mal telefonieren. Mein Chef wartet auf einen Rückruf von mir, der längst überfällig ist. Gibt mächtig Ärger, wenn ich mich nicht melde.“

Bertchen zuckte die Schultern. „Okay.“

„Okay?“ Mit einer so unkomplizierten Replik hatte sie nun wirklich nicht gerechnet. Noch ehe sie sich’s versah, tippte er seinen Code ein, dann drückte er ihr sein Smartphone auch schon in die Hand und stand auf. „Ich geh mir einen Kaffee holen. Soll ich Ihnen einen mitbringen?“

„N-nein. Ich … ich bin ja sowieso gleich … also … ähm … an der Bar“, stammelte sie, noch völlig verdattert von seinem unerwarteten Entgegenkommen. Als er verschwunden war, rief sie die Protokollfunktion seiner Telefonate auf und sah die Einträge rasch durch. Wie ihre Kollegen vermutet hatten, gab es nicht allzu viele davon. Diejenigen aber, die sie fand, waren alles andere als uninteressant. Als sie nun noch einen Blick in seine neuesten Textnachrichten warf, stockte ihr für einen Moment der Atem. Das konnte doch wohl nicht sein!

„Na gut, wir werden sehen“, murmelte sie, nachdem sie sich wieder berappelt hatte. Schnell suchte sie im Internet nach der Nummer eines ostfriesischen Personalverleihs und wählte dessen Nummer. Als sich am anderen Ende jemand meldete, wartete sie eine Weile ab, ohne etwas zu sagen, dann legte sie mit einem „Entschuldigen Sie, bitte, ich habe mich wohl verwählt!“ wieder auf.

22

„Sie sollten aufpassen, mit wem Sie sich einlassen."

„Bitte?" Sophie Reimers sah erstaunt auf. Morten van Lessen, von dem sie inzwischen wusste, dass er Arnes Vater war, war zu ihr an die Bar getreten. In der Hand hielt er einen Teller mit Kuchen, den er sich vom Nachmittagsbuffet mitgebracht hatte. An etwas zu essen mangelte es hier an Bord jedenfalls nicht.

„Ich war auf dem Sonnendeck. Sie haben mich nicht gesehen. Der Schornstein hat mich verdeckt."

„Oh." Das klang nicht gut. Sie fragte sich, was genau er mitbekommen haben mochte, beschloss aber, so zu tun, als würde es sie nicht sonderlich interessieren. Erfahrungsgemäß kamen die Leute dann am ehesten ins Plaudern. „Möchten Sie einen Kaffee zum Kuchen?"

„Einen Cappuccino, bitte."

Während sie neue Kaffeebohnen in die Maschine füllte, sagte er: „Es ist schön, dass Sie sich zur Wehr setzen können. Allerdings würde ich mich an Ihrer Stelle an das halten, was Pietro Ihnen mit auf den Weg gegeben hat: Halten Sie sich von ihm fern. Er ist sehr nachtragend, müssen Sie wissen."

Sophie war sich nicht sicher, ob er diesen Hinweis als Warnung oder als Drohung gemeint hatte. Aus seiner Tonlage war sowohl das eine, als auch das andere herauszuhören. „Wenn Sie gesehen haben, was ich mit Pietro gemacht habe, dann haben Sie ja sicherlich auch beobachten können, was er mit mir gemacht hat.“

„Natürlich. Aber so ist er nun mal. Ich würde dem nicht allzu viel Bedeutung beimessen.“

Männer! Am liebsten hätte Sophie ihm nun einen Vortrag über sexuelle Belästigung gehalten und darüber, dass es keinem Menschen zustand, einen anderen ungefragt anzufassen. Doch fürchtete sie, dass er dann dichtmachen könnte. „Und warum genau warnen Sie mich vor Pietro?“, fragte sie deshalb nur und schluckte ihren Ärger hinunter.

„Es ist lediglich ein Tipp. Schließlich wollen wir doch nicht, dass es bei unserem schönen Familienausflug zu Unfrieden kommt.“

Sophie Reimers hätte sich beinahe an dem Wasser verschluckt, das sie gerade angefangen hatte zu trinken. Wo lebte dieser Mann eigentlich? Wenn es irgendwo alles andere als liebevoll und idyllisch zuging, dann war es ja wohl auf diesem Schiff! „Und was glauben Sie, was Pietro täte, wenn ich ihm nicht aus dem Weg ginge?“, fragte sie provozierend und fügte nach einer plötzlichen Eingebung hinzu: „Und was war das eigentlich für ein Streit, den Sie und Pietro mit Marcel ausgefochten haben?“

„Welcher Streit?“, gab sich Morten unwissend.

„Sie waren ganz schön sauer, als sie ihn am Klavier zur Rede gestellt haben.“

Morten schnaubte ungehalten. „Ich wüsste nicht, was Sie das angeht. Sie sind ganz schön frech. Tun Sie einfach das, was ich Ihnen sage. Sie würden es ansonsten bereuen.“

„So wie es Marcel bereut hat?“

Ohne eine Regung zu zeigen, schaute er sie über den Rand seiner Tasse hinweg an. Erst jetzt fiel Sophie Reimers auf, welch stechenden Blick er hatte. „Es ist nur zu Ihrem Besten“, sagte er. „Wir van Lessens können es nicht besonders gut leiden, wenn man in unseren Angelegenheiten herumschnüffelt.“

„Damit können Sie mich kaum meinen. Ich mache hier nur meinen Job.“ Sie fand, dass das nicht einmal gelogen war.

„Dafür zeigen Sie aber ein sehr vitales Interesse an allem, was hier passiert.“

„Tue ich das? Ist mir nicht aufgefallen.“ Verdammt, sie musste in Zukunft wirklich vorsichtiger sein, wenn sie mit den Leuten sprach.

Sophie hoffte, dass Morten van Lessen sich verdrücken würde, als jetzt einige Leute an die Bar kamen, um sich einen Kaffee oder Tee zu ihrem Kuchen abzuholen. Doch ließ er sich von dem Andrang nicht beirren, sondern wartete geduldig ab. Sophie war nicht unglücklich darüber, als sich plötzlich Bert van Lessen zu ihnen gesellte und es zunächst keine Gelegenheit gab, das Gespräch fortzusetzen.

„Na, Morten, du hast mir ja noch gar nichts von deinem Segeltörn erzählt. Wie war’s denn?“ Sein Bruder Bert klopfte ihm auf die Schulter. „Machen Sie mir auch einen Cappuccino. Mit Schuss“, sagte er zu Sophie, ohne sie dabei anzusehen.

„Fantastisch“, antwortete Morten und grinste breit. „Zwei Wochen lang nur Wind und Wellen, und nur ab zu mal ein Hafen … Was kann es Schöneres geben?“

„Hab schon gedacht, du kommst gar nicht mehr, als du in Emden nicht an Bord gegangen bist.“

„Ich hatte vor, nach Emden zu kommen, hab es aber nicht geschafft. Schlechter Wind. Nun liegt meine Yacht in Delfzijl. Hab gerade eine Überführung beauftragt. Gleich, wenn wir zurück sind, segele ich mit einem Team rüber zu den Kanaren. Den Winter an der Nordsee braucht ja kein Mensch.“ Er widmete sich erneut seinem Kuchen, dann wechselte er nach einem Blick auf Sophie Reimers das Thema: „Hab der jungen Maid hier gerade gesagt, dass sie sich von Pietro fernhalten soll. Hat sich ziemlich mit ihm angelegt. Ein Tritt in die Familienplanung, wenn du weißt, was ich meine.“

„Autsch!“ Bert van Lessen lachte rau auf. „Hab ich auch schon gemerkt, dass unser Püppchen hier total frigide ist.“ Er beugte sich über die Theke und raunte: „Dabei könnten wir beide doch so viel Spaß miteinander haben.“

„Lass sie in Ruhe.“ Morten zog seinen Bruder grob an der Schulter zurück.

Sophie Reimers blickte verwundert auf. Damit hatte sie nun nicht gerechnet. Mortens Bruder anscheinend auch nicht, denn der blickte ihn jetzt finster an. „Kannst es wohl nicht ab, wenn andere Erfolg bei den Frauen haben, nachdem dir deine weggestorben ist.“

„Wüsste nicht, was deine plumpe Anmache mit Erfolg zu tun hat“, konterte Morten. „Und wenn es um unsere Frauen geht …“ Er blickte sich im Salon um. „Wo ist denn eigentlich Enna? Sie wird sich doch nicht schon wieder aus der Realität gesoffen haben? Ist ja ganz schön peinlich, was sie hier abliefert.“

Die einvernehmliche Stimmung zwischen den Brüdern war dahin. Sie standen nun voreinander wie zwei Stiere, die nur darauf warteten, aufeinander losgehen zu können. Nach langen Augenblicken des Taxierens war Bert der Erste, der das Wort ergriff. Und das, was er zu sagen hatte, klang alles andere als freundlich: „Sag deinem Sohn Arne, dass er aufhören kann, sich bei dem Alten einzuschleimen. Der Zug ist abgefahren. Bertchen macht das Rennen. Gerade erst hat er es mir bestätigt. Ich wusste ja immer, dass mein Sohn der Beste für diesen Job ist."

Morten schien für einen Moment ziemlich perplex zu sein, dann aber grinste er und sagte: „Ja, ist mir schon aufgefallen, dass Bertchen ständig bei seinem Großvater sitzt und ihn zuquatscht." Er bedeutete Sophie, ihm noch einen Cappuccino zu machen, bevor er zum nächsten Stoß ausholte: „Aber hat dein Sohn dem Alten auch erzählt, wo er war, als Marcel Rittmers umgebracht wurde? Nein? Dann frag ihn doch mal. Ich fürchte fast, seine noch nicht einmal begonnene Karriere dürfte ein jähes Ende finden, sollte ich mal ins Plaudern geraten. Wenn ich er wäre, würde ich so schnell wie möglich wieder Richtung Japan einchecken."

„Und wenn ich du wäre, dann würde ich den Mund nicht so voll nehmen."

Als hätte sie der Blitz getroffen, fuhren Bert und Morten herum. Keiner der Umstehenden hatte sie darauf aufmerksam gemacht, dass Herbert van Lessen inzwischen direkt hinter ihnen stand und ihrem Disput mit undurchdringlicher Miene aufmerksam zuhörte. Als Morten nun den Mund aufmachte, um irgendetwas zu sagen, hob der Alte gebieterisch die Hand und brachte ihn damit zum Verstummen. „Macht nur so weiter“, krächzte er. „Ihr werdet ja sehen, was ihr davon habt. Ich jedenfalls habe genug gehört.“

Auf diese kurze, aber prägnante Ansage hin waren im Salon zahlreiche schadenfrohe Gesichter zu sehen. Sophie rechnete damit, dass nun Arne, der die Auseinandersetzung ebenfalls verfolgt hatte, seinem Vater eine Abreibung verpassen würde, aber nichts dergleichen geschah. Vielmehr stand er auf, ohne seinen Vater auch nur eines Blickes zu würdigen, und schickte sich an, den Raum zu verlassen. Kurz bevor er an der Tür war, beugte er sich zu Bertchen hinab, der unbeteiligt auf seinem Smartphone herumtippte. Gleich darauf verschwanden sie Seite an Seite in eine unbestimmte Richtung.

Sophie Reimers fluchte still in sich hinein. Alles, was man ihr hier vor die Füße warf, waren kaum verwertbare Bruchstücke. Was, bitte schön, sollte zum Beispiel die Andeutung von Bertchens Verbleib während der Tatzeit? Hatte er etwas mit dem Mord an dem Pianisten zu tun? Ihn vielleicht beobachtet? Und wenn ja, warum hatte er der Polizei nichts davon gesagt? Vielleicht, weil er jemanden schützen wollte. Oder aber, weil er selbst …?

Sie seufzte. Sie hatte keine Ahnung, wie sie an mehr Informationen kommen könnte. Wie viel einfacher es doch war, einen Verdächtigen oder Zeugen einfach einzubestellen und ihn nach allen Regeln der Polizeikunst zu verhören. Dieses Inkognito-Gedöns aber brachte selbst eine so erfahrene Ermittlerin wie sie schnell an ihre Grenzen. Zu gerne wäre sie zum Beispiel jetzt hinter Arne und Bertchen hergelaufen, um herauszufinden, was die beiden zu besprechen hatten. Stattdessen aber musste sie hier an der Bar bleiben und Kaffee ausschenken. Sie hätte sich definitiv einen Aushilfsjob auf dem Schiff aussuchen sollen, bei dem sie deutlich beweglicher wäre.

Morten und Bert van Lessen hatte es die Sprache verschlagen. Sophie schenkte den beiden wortlos einen doppelten Whisky ein, den sie daraufhin ebenso wortlos in sich hineinschütteten. Dann taperten sie in unterschiedliche Richtungen davon.

Herbert van Lessen aber stand nach wie vor auf seinen Stock gestützt an der Bar. „Darf ich Ihnen etwas zu trinken machen?“, fragte Sophie. „Einen Kaffee vielleicht?“

„Ein Kännchen Ostfriesentee wäre schön.“ Er deutete auf seinen Sessel. „Wären Sie so lieb, ihn zu mir zu bringen?“

„Kein Ding. Kommt sofort. Ich hole Ihnen auch gerne noch ein wenig Kuchen vom Büffet, wenn Sie möchten. Die Schokoladentorte sieht ganz köstlich aus.“

Er lächelte zustimmend, bevor auch er davonhumpelte.

„Was ist denn das? Wir fahren ja schon wieder!“ Wenn Sophie Reimers sich nicht täuschte, dann war es Bert van Lessen, der diese Worte irgendwo draußen im Gang gerufen hatte, und er klang wenig begeistert.

„Wir fahren?“ Plötzlich waren auch alle anderen hellwach. „Aber was ist denn mit dem Stadtbummel in Groningen?“

„Ja, wir sind unterwegs“, bestätigte Herbert van Lessen. Sein Gesichtsausdruck hatte nun etwas Hinterhältiges. „Ich habe dem Kapitän gesagt, dass er weiterfahren soll. Jetzt, da es hier gerade so schön heimelig ist und alle sich so gut verstehen.“

Bei seinen Worten lief Sophie Reimers ein eiskalter

Schauer über den Rücken. Natürlich war es für ihre Zwecke nicht schlecht, wenn keiner das Schiff verlassen konnte. Andererseits fühlte sie sich hier zunehmend unwohl, und der Gedanke, dass Schiff im Ernstfall selbst nicht einfach verlassen zu können, beunruhigte sie.

„Und wo und wann legen wir das nächste Mal an?“, fragte Margot van Lessen in den Raum hinein. Auch sie sah alles andere als glücklich aus und zupfte nervös an ihrer Hochsteckfrisur herum.

„Das mache ich davon abhängig, wie ihr euch benehmt“, antwortete Herbert van Lessen. „Und natürlich davon, wann man mir den Mörder von Marcel präsentiert. Ich habe Zeit. Viel Zeit.“

Sophie Reimers hatte selten eine so spannungsgeladene Stille erlebt, wie die nun folgende. Das Herz sackte ihr in die Hose. Bei nächster Gelegenheit würde sie ihre Kollegen informieren müssen. Auch die niederländische Polizei ging schließlich davon aus, dass die *White Cloud* noch den ganzen Tag in Groningen an der Pier lag. Hätte Sophie gewusst, was auf sie zukommen würde, dann hätte sie sofort dafür plädiert, das Schiff festzusetzen. Aber, so beruhigte sie sich selbst, noch war es dazu ja nicht zu spät. Auf ihrem Weg lagen viele Häfen, in denen sie anlegen konnten, wenn es nötig wurde. Schließlich befanden sie sich nicht auf dem offenen Meer. Es hätte also alles noch schlimmer kommen können. Unangenehm aber war die Situation allemal.

Ihre Hände zitterten, als sie das Tablett mit Tee und Kuchen zu dem Patriarchen trug. Normalerweise schaffte sie es problemlos, das Kännchen auf dem Stövchen zu transportieren, ohne dass es ins Schlingern geriet. Dieses Mal aber war sie froh, dass es ihr überhaupt gelang, das teure Porzellan unbeschadet abzustellen. Ein leichtes Klirren des Geschirrs konnte sie dennoch nicht verhindern.

„Seien Sie unbesorgt“, sagte Herbert van Lessen kaum hörbar, als sie neben ihm stand. „Es ist alles nicht so schlimm, wie es sich anhört. Die liebe Familie muss nur ab und zu wieder daran erinnert werden, wo ihr Platz ist. Sind mir alle ein wenig zu übermütig, die Guten.“

Sophie Reimers schnaubte innerlich. Übermütig! Ja, so konnte man es auch nennen. Die Adjektive *aggressiv* und *unberechenbar* aber hätten die Stimmung an Bord wohl treffender beschrieben.

„Ich würde mich gerne mal mit Ihnen unterhalten. Hätten Sie heute Abend Zeit?“

„Mit mir?“ Die Überraschungen nahmen kein Ende.

„Ja. Es ist wichtig.“

„Aha.“ Sophie fiel nichts anderes ein, was sie darauf hätte erwidern können. „T-tut mir leid“, sagte sie dann und deutete auf die Bar. „Ich habe Dienst.“

„Kein Problem. Ich habe darum gebeten, dass man von Seiten des Schiffs eine Vertretung stellt. Es wurde mir bereits zugesagt.“

„Aha.“ Auch wenn sie sich gerade fühlte, als wäre sie mit dem Kopf gegen die Wand gerannt, begriff Sophie Reimers doch, dass dieses Gespräch eine gute Gelegenheit war, endlich mehr über die Verstrickungen der Familie van Lessen zu erfahren. Zwar hatte sie keinerlei Vorstellung davon, was der Alte mit ihr zu besprechen hatte, doch war es immerhin möglich, dass es für das Fortschreiten ihrer Ermittlungen entscheidend sein könnte. „Ist in Ordnung“, sagte sie. „Wo und wann treffen wir uns?“

„Danke, das ist nett von Ihnen. Nach dem Abendessen im Salon, so gegen zwanzig Uhr dreißig, würde ich sagen. Passt Ihnen das?“

Sie zwinkerte ihm zu. „Natürlich. Weglaufen kann ich ja jetzt sowieso nicht mehr.“ In manchen Situationen half eben nur noch Galgenhumor.

23

Sein Plan war gewesen, das Schiff unter einem Vorwand in Groningen zu verlassen. Ihm wurde die Sache zu heiß. Seit Marcel Rittmers tot war, fand er keine Ruhe mehr. Nicht mehr lange, und sie würden ihm selbst auf die Schliche kommen. Und dann? Dann würde es eng für ihn, dessen war sich Joke Bruhns sicher.

Dabei hatte zunächst alles so gut ausgesehen. Eines natürlichen Todes sei der Pianist gestorben, hatte es von offizieller Seite geheißen. Was für eine Erleichterung, als die Polizisten abzogen und nicht weiter nachbohrten! Inzwischen aber, seit der Seniorchef lauthals seine eigene Theorie verkündet hatte, schien keiner an Bord mehr daran zu zweifeln, dass Marcel ermordet worden war. Alle schlichen mit dieser Leichenbittermiene herum, in den Augen das nackte Misstrauen, und waren lediglich dem eigenen Wohlergehen verpflichtet. Und das hieß *Erben um jeden Preis.*

Für Joke viel bedeutender als die Meinung eines dem Tode geweihten alten Mannes war die Frage, wie man bei der Polizei den Fall Rittmers einschätzte. Kein Polizist hatte sich mehr an Bord sehen lassen, seit dieser holländische Kommissar die Sache für erledigt erklärt hatte. Doch was, wenn der Alte dafür sorgte, dass man auch dort hellhörig wurde und erneut zu ermitteln begann?

Ausgeschlossen war das nicht. Deshalb hatte Joke beschlossen, sich aus dem Staub zu machen. Durch seinen lukrativen Nebenjob hatte er in den letzten Jahren genug Geld gebunkert, um sich am anderen Ende der Welt ein schönes Leben machen zu können. Ärgerlich nur, dass er diesen letzten, äußerst lukrativen Coup in Holland unbedingt noch hatte mitnehmen wollen. Als es hieß, der Alte lade einen Teil der Belegschaft zu einem Schiffsausflug in die Niederlande ein, war er sofort Feuer und Flamme gewesen und hatte alles darangesetzt, auf diesen Trip mitgenommen zu werden. Eine bessere Tarnung für seine Geschäfte, als inmitten einer Familienfeier unterzutauchen, hätte er sich gar nicht wünschen können. So zumindest die Theorie. Die Praxis aber hatte ihn schlagartig ernüchtert. Leider war es für ein Umdenken da bereits zu spät gewesen.

Zuerst der Ärger mit Julian Steckenbach. Da hatte dieser Trottel doch tatsächlich geglaubt, ihn mit ein paar Tricks an der Nase herumführen zu können. Für ganz besonders ausgebufft hatte Julian sich gehalten, als er ihn in aller Öffentlichkeit um Drogennachschub bat. Sogar die Russen waren dabei auf ihn aufmerksam geworden. Dabei hätte Julian wissen müssen, dass man eine derartige Unvorsichtigkeit in dieser Branche ganz schnell mit dem Leben bezahlte. Was er dann ja auch getan hatte.

Wie ärgerlich, dass seine Leiche ausgerechnet dann wieder auftauchen musste, als die *White Cloud* die Seeschleuse passierte. Damit war ihnen die Aufmerksamkeit der Polizei sicher gewesen. Dümmer hätte es nicht laufen können.

Fakt war, dass er in der Tinte saß. Es würde bis Lemmer keine Möglichkeit mehr geben, das Schiff zu verlassen. Dabei hätte Joke in Groningen noch ein paar wichtige russische Geschäftspartner treffen sollen, die wenig begeistert sein würden, wenn er nicht wie verabredet erschien. Womöglich konnte das Schwänzen dieses Termins sogar bedeuten, dass sie in ihm keinen vertrauenswürdigen Partner mehr sahen. Und was das im von grundsätzlichem Misstrauen geprägten Drogengeschäft bedeutete, konnte sich jeder, der sich ein wenig damit auskannte, gut vorstellen. Ein lapidarer Anruf mit der Bitte, ihn doch freundlichst zu entschuldigen, würde ihm da wenig nutzen. Sie würden ihn – erst recht nach allem, was Julian sich erlaubt hatte – für einen Verräter halten. Blieb also zu hoffen, dass er eine Gelegenheit finden würde zu verschwinden, bevor seine Partner ihn hier auf dem Schiff aufspürten. Um ein Mehrfaches lieber wäre ihm in diesem Fall eine Vernehmung bei der Polizei, denn davon hatte er schon diverse unbeschadet überstanden. Schön war aber auch diese Vorstellung nicht. Seinen Namen auf der Liste der Passagiere zu sehen, dürfte spätestens bei den niederländischen Bullen für einigermaßen Aufsehen gesorgt haben. Die Gefahr drohte also von zwei Seiten. Eine Situation, die nicht eben komfortabel war.

Joke, der sich gleich nach dem unerwarteten Ablegen des Schiffes in seine Kabine verzogen hatte, um in Ruhe darüber nachzudenken, was jetzt zu tun sei – und um sicherzustellen, dass niemand seine plötzliche Nervosität bemerkte –, beschloss, dass er dringend etwas zu trinken brauchte. Nach all den Überlegungen, die er in den letzten zwei Stunden angestellt hatte, drehten sich seine Gedanken im Kreis, ohne dass eine befriedigende Lösung seiner

Probleme auch nur annähernd in Sicht war. Zwar hatte er sich vorgenommen, hier an Bord so wenig Alkohol wie möglich zu sich zu nehmen, um jederzeit bei klarem Verstand zu sein, aber ein kleiner Schluck würde ihn schon nicht umhauen und obendrein seine geschundenen Nerven beruhigen.

Er verließ seine Kabine und machte sich auf den Weg an die Bar. Wie er feststellte, hatten sich offensichtlich etliche der Passagiere nach Kaffee und Kuchen in ihre Kabinen oder an Deck zurückgezogen, nur wenige harrten im Salon aus. Das war ihm ganz recht. Je weniger er sich derzeit auf das Geschwätz anderer Menschen konzentrieren musste, desto besser.

„Moin, Herr … ähm …"

„Bruhns."

„Moin, Herr Bruhns. Ist alles in Ordnung? Sie sehen ein wenig mitgenommen aus", begrüßte ihn die Barkeeperin. „Was kann ich Ihnen denn Gutes tun?"

„Einen doppelten Schnaps, bitte", antwortete er. „Oder, nein, doch lieber einen doppelten Magenbitter. Und ein Pils … Sophie, richtig?"

Sie nickte kurz und schaute dabei besorgt. „Oh je, Ihnen ist doch hoffentlich nicht das gute Essen auf den Magen geschlagen? Oder sind Sie gar seekrank?"

„Bin fast mein ganzes Leben zur See gefahren", erwiderte Joke. „Die Seekrankheit hab ich für mich abgeschafft. Wäre zu lästig gewesen auf Dauer. Außerdem herrscht in diesen Binnengewässern ja kaum Seegang. Draußen auf der Nordsee ist das 'ne ganze andere Nummer, das können Sie mir glauben." Er versuchte ein Grinsen, spürte jedoch selbst, dass es ihm misslang. „Nee“, sagte er schnell, „is nur so, dass ich mich auf den Landgang in Groningen gefreut hatte. Wird ja nu nix mehr draus. Außerdem sind mir die beiden Toten auf den Magen geschlagen. Macht man ja nicht alle Tage mit, so was.“

„Waren Sie denn gar nicht in der Stadt? Auch nicht am Vormittag?“

„Doch. Hab aber längst nicht alles erledigen … also sehen können, was ich wollte. Blöd.“

„Das ist schade“, stimmte Sophie ihm zu. „Aber Lemmer soll ja auch ein hübsches Städtchen sein, wie man sagt. Ich war allerdings noch nie da. Bin gespannt.“ Sie stellte ihm den Magenbitter auf den Tresen, den er auf ex hinunterkippte. Er schüttelte sich, als ihm das Nass brennend die Kehle hinunterrann. Das tat gut! Er schob Sophie das Glas hin. „Noch mal dasselbe, bitte.“

Verstoß gegen das Betäubungsmittelgesetz. Sophie Reimers war kurz entfallen, warum sie Johann Bruhns im Auge hatte behalten sollen. Nach kurzer Überlegung aber war es ihr Gott sei Dank wieder eingefallen. Angeblich, so hatte sie von ihren Kollegen erfahren, war er schon mehrfach wegen Drogenbesitzes und Drogenhandels vorbestraft. Eingesessen hatte er allerdings noch nie. Ob Herbert van Lessen wusste, mit welchem Früchtchen er es in seinem Betrieb zu tun hatte? Nach allem, was sie inzwischen über die soziale Ader des alten Mannes erfahren hatte, würde es sie nicht wundern, wenn er die Beschäftigung eines Johann Bruhns als Beitrag zur Resozialisierung dieses Mannes begriff.

„Waren Sie schon häufiger in Holland?“, fragte sie und

stellte den Magenbitter und das fertig gezapfte Pils vor ihm ab.

„Nee. Also nicht so oft. Deswegen hatte ich mich ja so auf den Ausflug gefreut. Ist wirklich schade, dass wir nicht an Land gehen. Ist ja bei diesem Wetter auch nicht gerade ein Vergnügen, sich das alles von Deck aus anzugucken."

Er log. Die Niederlande waren quasi seine zweite Heimat. Selbst die Sprache, so hatte Sebastian Hasenkrug ihr erzählt, sollte er annähernd fließend beherrschen. Angeblich wartete auch die holländische Drogenfahndung nur darauf, dass sie ihn eines Tages bei einem großen Coup erwischte, anstatt ihn immer nur für ein paar Gramm dranzukriegen.

Sophie Reimers musterte ihr Gegenüber unauffällig, während sie ein paar Gläser über die Spülbürsten zog. Wie sie wusste, war er achtundfünfzig Jahre alt, sah jedoch etliche Jahre jünger aus, wie sie fand. Sein lichtes graues Haar stand ihm wirr vom rundlichen Kopf ab, seine Wangen zeigten eine rosige Farbe. Sein Körperbau war bullig, allerdings schien er über mehr Muskeln als Fett zu verfügen. Gekleidet war er nach wie vor in schlichte Freizeitkleidung, bestehend aus Jeans und rot kariertem Flanellhemd. Weder sein Gesicht noch sein Körper zeigten irgendwelche Anzeichen eines ausschweifenden Lebens, was darauf schließen ließ, dass er die in seinem Besitz befindlichen Drogen nicht zum Eigenbedarf verwendete. Alles in allem würde er auf der Straße als der nette ältere Herr von nebenan durchgehen. Die perfekte Tarnung also für das, was er im Nebenberuf so trieb.

Sie beschloss, ihn mit ein bisschen Smalltalk aus der

Reserve zu locken, und griff dafür zu einer Notlüge. „Da Sie gerade von den Toten sprechen: Ich habe ein wenig im Internet geguckt, was da so diskutiert wird“, behauptete sie. Sie schaute sich verstohlen um, beugte sich über den Tresen und sagte mit gesenkter Stimme: „Es heißt ja, der junge Mann, den man in der Schleuse gefunden hat, sei in Drogengeschäfte verwickelt gewesen.“

Sie wartete auf eine Reaktion von Johann Bruhns, der aber stieß lediglich ein grunzendes Geräusch aus. Also fuhr sie fort: „Ist es nicht furchtbar, wenn man in solche Kreise gerät? Glauben Sie mir, ich kann da mitreden. Ich hatte mal einen Cousin. Die Betonung liegt auf *hatte*. Überdosis. Exitus mit nur achtzehn Jahren. Ich frag mich ja, wieso immer wieder so viele auf das Teufelszeug reinfallen. Gerade junge Menschen. Und was dabei herauskommt, wenn man sich auf so kriminelle Geschäfte einlässt, sieht man ja an dem Typen in der Schleuse.“

Joke war ein Profi, eindeutig. Nicht einmal ein kurzes Zusammenzucken zeigte er, sondern schlürfte weiterhin unbeteiligt sein Bier. „Muss doch jeder selber wissen, was er macht“, brummte er nach ein paar Schlucken. Er schaute auf. Sophie Reimers meinte, ein kurzes Aufblitzen in seinen Augen zu sehen, bevor er fragte: „Und wo im Internet haben Sie das gefunden?“

Sophie Reimers tippte auf ihr Smartphone, das neben ihr auf der Theke lag. „Hab einfach mal ein bisschen gegoogelt. Kann aber auch sein, dass da nichts dran ist. Bei solch einer Sache kommen ja schnell Gerüchte auf.“ Wieder beugte sie sich vor: „Wissen Sie vielleicht mehr darüber?“

„Ich? Wieso sollte ich? Kümmert mich nicht, warum jemand den anderen umbringt. Sind doch sowieso alle verrückt da draußen.“

Erwischt! Hatte er nicht gerade noch gesagt, die Toten seien ihm auf den Magen geschlagen? Und nun waren sie ihm angeblich plötzlich egal? Dennoch spielte er die Rolle des unbedarften Alten gut, das musste Sophie Reimers zugeben. Nur brachte sie dieses schauspielerische Talent leider keinen Deut weiter. „Möchten Sie noch einen Magenbitter?“, fragte sie, nur um das Gespräch nicht abreißen zu lassen.

„Nee.“ Er hob sein Bierglas an. „Lieber noch ’n Pils.“

„Und noch was habe ich im Internet gefunden“, startete Sophie Reimers einen neuen Versuch, ihn aus der Reserve zu locken. „Dort heißt es, dass der Tote in der Schleuse und der Klavierspieler sich schon vor dieser Reise gekannt haben. Hm.“ Sie wiegte den Kopf hin und her. „Da fragt man sich ja schon, ob Marcel wirklich nur einen Herzanfall hatte. Herr van Lessen scheint ja auch daran zu zweifeln.“

Täuschte sie sich, oder war Johann Bruhns bei dieser Feststellung wirklich kurz zusammengezuckt? Und wenn ja, was hatte das zu bedeuten? „Kannten Sie Marcel Rittmers eigentlich näher?“, fragte sie.

„Nee. Warum?“

„Ich hab Sie beide zusammen gesehen. Sie haben sich unterhalten“, behauptete sie, obwohl sie sich an eine solche Situation allenfalls schemenhaft erinnern konnte. „Irgendwie sahen Sie … vertraut aus.“

Johann Bruhns schwieg, doch hatten sich seine Hände um sein Glas geklammert und er schien einen Blickkontakt mit ihr krampfhaft vermeiden zu wollen. „Wir kennen uns natürlich von früher, von den Nordseewerken“, presste er schließlich hervor, starrte jedoch weiterhin sein Bier an. „Wie man sich eben so kennt als ehemalige Arbeitskollegen. Mehr war das nicht.“

„Von den Nordseewerken?“ Sophie Reimers tat überrascht. „Aber ich dachte, er spielt Klavier.“

„Ja. Auch. Eigentlich aber ist … war er Schweißer.“

„Ach so?“ Sie senkte ihre Stimme. „Man sagt, er habe seinen Bruder umgebracht. Stimmt das denn?“

Die Antwort auf diese Frage sollte sie nicht mehr bekommen, denn nun gesellten sich Pietro und Morten zu ihnen. Beide schienen außergewöhnlich gute Laune zu haben, sie strahlten über das ganze Gesicht. Sophie Reimers hatte beobachtet, dass sie gerade noch mit Herbert van Lessen zusammengesessen und sich wort- und gestenreich mit ihm ausgetauscht hatten. Letzterer aber verließ gerade auf seinen Stock gestützt den Salon. Anscheinend war das, was er seinem Sohn und seinem Großneffen zu sagen gehabt hatte, ganz nach deren Geschmack gewesen.

„So, dann gib uns mal was zum Anstoßen, Süße.“ Pietro grinste sie in seiner schmierigen Art an, dann zwinkerte er ihr zu. „Du hast wirklich Glück, dass es bei mir gerade saugut läuft. Was bedeutet, dass ich dir verzeihe. Und? Was sagst du nun?“

Sophie Reimers schluckte eine angemessene Erwiderung hinunter und besann sich lieber auf ihren Job: „Dann kann ich davon ausgehen, dass vor mir die Erben der Van-Lessen-Werft stehen?“, fragte sie freiheraus. Wie zu erwarten, bekam sie darauf jedoch keine verwertbare Antwort.

Morten legte seinen Zeigefinger auf die Lippen und

machte: „Psssst!" Beide setzten daraufhin ein überhebliches Grinsen auf, was Sophie Reimers Antwort genug war. Sie fragte sich, was Herbert van Lessen damit bezweckte, die beiden bei guter Laune zu halten. Dass er sie tatsächlich als Erben bestimmt hatte, war kaum vorstellbar, denn aus seiner Antipathie ihnen gegenüber hatte er bislang nie ein Geheimnis gemacht. Dennoch schien er ihnen soeben irgendwelche Versprechungen oder Zusagen gemacht zu haben. Warum?

Als nun Arne und Kathrin den Salon betraten, rief Pietro ihnen zu: „Kommt her, stoßt mit uns an, es gibt was zu feiern!" Er versetzte Morten einen spielerischen Rippenstoß, woraufhin der breit grinste. Irgendwie wirkten sie wie zwei Kindergartenkinder, die ein Geheimnis hüteten, jedoch große Mühe hatten, es für sich zu behalten.

Arne hob verwundert die Brauen. „Haben wir was verpasst?"

„Das kann man wohl sagen." Wieder ein Rippenstoß. „Aber leider dürfen wir noch nichts Genaues verraten. Nur so viel: Ihr werdet überrascht sein."

Sophie Reimers füllte zwei weitere Gläser mit Champagner und reichte sie Arne und Kathrin. Joke, der nach wie vor an der Bar saß, wurde nicht aufgefordert mitzutrinken. Die vier prosteten sich zu, und Pietro und Morten fingen nach dem ersten Schluck wie zwei Teenager an zu glucksen.

„Muss ja was furchtbar Lustiges sein, was euch passiert ist." Kathrin klang wenig begeistert und blickte mit einer gewissen Skepsis von einem zum anderen.

Wieder glucksten Morten und Pietro infantil vor sich hin. „Yep", sagte Letzterer nur und hob erneut sein Glas. „Kann man gar nicht oft genug drauf anstoßen."

Die Polizistin schüttelte innerlich den Kopf, denn sie verstand nur noch Bahnhof. Obwohl es ihr eigentlich egal sein konnte, welche Spielchen die van Lessens miteinander spielten, solange diese nicht kriminell waren, so wurde sie doch irgendwie das Gefühl nicht los, von dieser Familie ganz gewaltig auf den Arm genommen zu werden. Fast schien es ihr, als würde hier extra für sie eine Show inszeniert. Sie rief sich innerlich zur Ordnung, als dieser Gedanke drohte, sich in ihr festzusetzen. Es gab keinen Grund, dass man es ausgerechnet auf sie abgesehen haben sollte. Es sei denn, man hatte sie tatsächlich enttarnt und sich zum Ziel gesetzt, sie zu verwirren. Aber würde man deshalb solch widersinnige Showeinlagen inszenieren, wie sie sie hier geboten bekam? Vielmehr gewann sie mehr und mehr den Eindruck, dass es sich bei den van Lessens ganz einfach um ein seltsames Völkchen handelte.

„Hey, Bardame, ich hätte gerne einen Kaffee!", rief Hedda aus ihrer Sitzgruppe heraus.

„Komm lieber zu uns und trink einen Champagner auf unser Wohl!", rief Morten zurück, noch ehe Sophie Reimers etwas sagen konnte. „Und bring Bertchen mit. Er sieht schon ganz ausgetrocknet aus."

Augenscheinlich musste Hedda Bertchen, der mit seinem Laptop in ihrer Nähe saß, gut zureden, mit ihr an die Bar zu kommen, bevor er sich schließlich doch breitschlagen ließ. Also füllte Sophie Reimers zwei weitere Gläser und reichte sie ihnen.

„Aber nicht, dass du nachher wieder über die Reling kotzt", witzelte Pietro.

Bertchen verzog das Gesicht, erwiderte jedoch nichts

darauf, sondern nahm wortlos sein Glas entgegen. Ebenso wortlos prostete er seinem Onkel sowie seinen Cousins und Cousinen zu. Sophie Reimers fiel auf, dass sie erstmals alle Enkel des Seniors zusammenstehen sah. Sie fragte sich, ob das ein gutes oder ein schlechtes Zeichen war.

Herbert van Lessen kam zurück. Als er an der Bar vorbeikam, sagte er: „Wenn Sie mir bitte einen Kaffee bringen könnten, wäre ich Ihnen sehr dankbar." Seine champagnerschlürfenden Nachkommen ignorierte er, was die jedoch nicht zu stören schien. Keiner von ihnen startete einen Versuch, irgendetwas zu ihm zu sagen, keiner bot ihm einen Champagner an. Sie wurden nur etwas stiller, und manche von ihnen begannen zu grinsen, während der Alte Sophie Reimers zunickte und seinen Sessel ansteuerte.

Als sie wenig später ein Kännchen Kaffee zum Familienoberhaupt trug, warf Sophie Reimers wie nebenbei einen Blick auf ihre Armbanduhr. Es war Zeit für eine Pause. Vor allem aber wurde es Zeit, die Kollegen anzurufen, damit sie sich gegenseitig wieder auf den Stand der Dinge bringen konnten. Wieder an der Bar angekommen, bedeutete sie einer Kollegin aus dem Service, sie kurz zu vertreten. Als sie aber gleich darauf nach ihrem Smartphone greifen wollte, das sie neben die Zapfanlage gelegt hatte, musste sie feststellen, dass es verschwunden war.

24

Hauptkommissar David Büttner sah noch einmal in seinen Unterlagen nach, um ganz sicher zu gehen. Als er auf den Namen Herbert „Bertchen“ van Lessen stieß, nickte er. Also hatte er sich doch nicht getäuscht. Hier stand schwarz auf weiß, dass der Enkel des Seniors erst in Delfzijl an Bord gegangen war. Noch dazu hatte er gegenüber der Polizei behauptet, erst am Morgen desselben Tages, von Tokio kommend, auf dem Amsterdamer Flughafen Schiphol gelandet und von dort direkt in die Stadt an der Emsmündung gefahren zu sein.

Er hatte gelogen.

Um in den Ermittlungen den ominösen Mord an Julian Steckenbach betreffend endlich ein Stück voranzukommen, hatten die Kollegen in sämtlichen Emder Hotels und Gaststätten nachgefragt, ob dort ein Gast dieses Namens gesehen worden war. In einem der Hotels hatten sie schließlich Glück gehabt. Bereits zwei Tage vor seinem Tod war Julian Steckenbach dort unter seinem richtigen Namen abgestiegen. Doch nicht nur hier, auch in einer Pizzeria hatte man ihn als Kunden in Erinnerung, und zwar deshalb, weil er ein außergewöhnlich hohes Trinkgeld gezahlt hatte. Er sei zudem nicht allein gewesen, hieß es. Die Beschreibung, die der Kellner von seiner Begleitung gab, passte auf Bertchen van Lessen. Mit einem Foto von ebendiesem konfrontiert, hatte der Kellner bestätigend genickt. Ja, das seien ganz sicher die beiden Männer gewesen, die hier zusammengesessen und sich intensiv unterhalten hätten. Sogar den Tisch, an dem die beiden gesessen hatten, hatte er noch benennen können.

Nach dem Besuch in der Pizzeria aber verlor sich ihre Spur. Julian Steckenbach war aus bekannten Gründen nicht in sein Hotel zurückgekehrt. Eigentlich hatte er laut Reservierungsplan am nächsten Morgen wieder abreisen wollen.

Blieb die Frage, warum Bertchen van Lessen erst in Delfzijl zugestiegen war und nicht bereits in Emden, wenn er doch sowieso vor Ort war. Über seinen Verbleib in der Seehafenstadt war nichts bekannt; in den Hotels konnte man sich nicht an ihn erinnern, auch war kein Gast dieses Namens gemeldet. Dennoch hatten die Kollegen herausgefunden, dass er bereits früher als angegeben auf dem Amsterdamer Flughafen gelandet war, nämlich drei Tage vor dem Ablegen des Passagierschiffes in Emden. Was also war in der Zwischenzeit passiert, außer dass er mit Julian Steckenbach eine Pizza gegessen hatte?

„Sie sollten dringend versuchen, die Kollegin Reimers zu erreichen“, forderte Büttner seinen Assistenten Sebastian Hasenkrug auf, der gerade zur Tür hereinkam. „Ich will wissen, ob sie inzwischen Gelegenheit hatte, mit Bertchen van Lessen ins Gespräch zu kommen. Auch muss sie darüber informiert werden, was wir über ihn und Julian Steckenbach herausbekommen haben.“

„Was haben wir denn herausbekommen?“ Hasenkrug

sah seinen Chef fragend an. Er kam gerade von zu Hause zurück, wo er die kleine Mara an seine Frau übergeben hatte.

Büttner tippte mit dem Zeigefinger auf die vor ihm liegende Akte. „Das liebe Bertchen hat die niederländischen Kollegen angelogen. Er war schon drei Tage vor dem Ablegen des Passagierschiffs in Emden. Und er hat sich dort mit Julian Steckenbach auf eine Pizza getroffen, und zwar einen Tag, bevor der den toten Mann in der Schleuse gab."

„Oh, das klingt, als hätte da jemand etwas zu verbergen. Weiß man denn, in welchem Zusammenhang die beiden miteinander zu tun hatten?" Hasenkrug setzte sich an seinen Schreibtisch und loggte sich in seinen Rechner ein.

„Nein. Bei Julian Steckenbach zumindest hat sich kein Hinweis auf einen Kontakt zu dem jungen van Lessen finden lassen. Sieht so aus, als wollten sie ihre Bekanntschaft geheim halten. Insofern wäre es interessant zu wissen, was die Auswertung von van Lessens Telefondaten ergeben hat."

„Na, da hoffen wir doch mal, dass Sophie einen Weg gefunden hat, an seine Telefondaten zu kommen." Hasenkrug griff nach seinem Smartphone und suchte die Nummer seiner Kollegin heraus. „Obwohl ich bezweifle, dass zwei ausgewiesene IT-Experten das Telefon nutzen, um miteinander zu kommunizieren. Irgendeine für den Normalsterblichen nicht auffindbare Plattform im Internet erscheint mir da zum Austausch logischer. Zumindest, wenn sie etwas nicht ganz Legales im Schilde führten."

„Hm. Vorerst bleibt abzuwarten, ob unsere Kollegen von der Wirtschaftskriminalität fündig werden, nachdem wir sie so eingehend geimpft und auf die Buchhaltung der

Van-Lessen-Werft angesetzt haben. Wäre schön, wir hätten wenigstens mal so etwas wie ein Motiv für die Morde. Und mein Bauchgefühl sagt mir, dass es womöglich im betriebswirtschaftlichen Bereich zu finden ist."

„Kurzum, dass es dabei um Geld geht."

„Exakt."

Nachdem sich auch beim dritten Versuch sofort die Mailbox eingeschaltet hatte, bat Hasenkrug seine Kollegin um einen möglichst schnellen Rückruf und legte wieder auf. „Sie geht nicht dran", verkündete er und legte sein Smartphone beiseite.

Büttner warf einen Blick auf die Uhr. „Bestimmt ist sie gerade beschäftigt. Oder sie bummelt gemütlich durch die Groninger Altstadt. Wie auch immer, es bleibt zu hoffen, dass sie bald ihre Anrufliste checkt und zurückruft." Er warf einen Blick zum Fenster hinaus. „Der Himmel zeigt Wolkenlücken. Ich denke, ich mache dann mal kurz Pause und gehe mit Heinrich raus, bevor es dunkel wird. Meine Frau hat angerufen und verkündet, dass sie Klausuren zu korrigieren und daher keine Zeit für den Hund hat. Vielleicht sollte ich ihr mal erklären, dass auch zwei Mordfälle durchaus ein wenig Arbeit nach sich ziehen."

Hasenkrug öffnete den Mund, um etwas darauf zu erwidern, doch ging just in diesem Moment die Tür auf und Frau Weniger vermeldete, dass ein *Commissaris* Arie van Dijk sie zu sprechen wünsche.

„Tja, da hat Heinrich wohl Pech gehabt", stellte Büttner fest und winkte seinen holländischen Kollegen herein. „Moin, mit Ihnen hatten wir jetzt nicht gerechnet. Was führt Sie zu uns?"

Arie van Dijk trat lächelnd näher und reichte ihnen die Hand. „Hallo. Eigentlich wollte ich auch gar nicht hier sein, aber es haben sich unerwartete Überschneidungen ergeben."

„Überschneidungen?" Büttner bedeutete ihm, sich zu setzen, und bat Frau Weniger, ihnen Kaffee zu bringen.

„Ja. Wir ermitteln in noch einem anderen Todesfall in Groningen. Ein Drogentoter. Überdosis. Vieles deutet darauf hin, dass es sich nicht um einen Selbstmord handelt. Eine Spur, die wir verfolgen, führt nach Emden. Deshalb bin ich hier."

„Ach so? Vielleicht können unsere Kollegen aus dem Drogendezernat Ihnen da weiterhelfen", schlug Büttner vor.

„Ich habe mich bereits mit ihnen in Verbindung gesetzt. Allerdings mussten wir feststellen, dass womöglich auch einer der Passagiere der *White Cloud* an der Sache beteiligt ist. Er wurde von unseren Kollegen beobachtet, wie er sich in Groningen mit stadtbekannten Drogendealern getroffen hat. Die wiederum stehen in direktem Kontakt mit unserem potenziellen Mordopfer, also dem Drogentoten."

Büttner konnte nicht behaupten, dass ihm diese Neuigkeit gefiel. Eigentlich waren ihm seine Mordfälle schon kompliziert genug, als dass er Wert auf einen weiteren gelegt hätte. Und das auch noch in Zusammenhang mit Drogen. Na, bravo! Das hatte ihm gerade noch gefehlt.

„Wie heißt denn unser Mann?", fragte Hasenkrug.

„Johann Bruhns, genannt Joke. Er gehört zur Belegschaft der van Lessens."

Büttner nickte. „Ja, den haben wir überprüft. Sein Vorstrafenregister ist uns bekannt. Gibt es denn Hinweise, dass Ihr Todesfall mit unseren Morden in einem direkten Zusammenhang steht?“

„Nein. Bisher nicht. Aber dennoch habe ich mal ein bisschen recherchiert und festgestellt, dass auch Ihr Opfer … Wie war doch gleich sein Name?“

„Julian Steckenbach“, antwortete Hasenkrug. „Ja, auch er hat Drogen konsumiert. Wir haben jedoch bisher keinerlei Hinweise, dass unsere beiden Morde etwas mit den Drogengeschäften zu tun haben. Zumal unser zweites Opfer, Marcel Rittmers, dahingehend bislang nicht auffällig geworden ist. Zumindest nicht laut Aktenlage.“

„Das nicht. Aber Sie wissen sicherlich, dass *meneer* Bruhns …“

„Johann Bruhns. Er heißt Johann Bruhns“, unterbrach ihn Büttner.

Arie van Dijk sah ihn irritiert an, während Hasenkrug nur die Augen verdrehte und seinem Chef erklärte, dass *meneer* kein Name, sondern eine Anredeform im Niederländischen sei.

Van Dijk wiederholte mit einem Augenzwinkern: „Sie wissen sicherlich, dass *meneer* Bruhns damals in den Brand involviert war, für den Rittmers zwölf Jahre im Gefängnis gesessen hat? Das sagt zumindest unsere Akte.“

Büttner runzelte die Stirn und sah seinen Assistenten fragend an. „Wissen wir davon?“

„Ähm … noch nicht.“

„Dann wird es höchste Zeit, es zu überprüfen. Setzen Sie bitte sofort einen Kollegen auf die Sache an. Wenn es so ist, dann lässt es den Mord an Rittmers tatsächlich in einem ganz anderen Licht erscheinen.“

„Wird gemacht.“ Hasenkrug griff sofort zum Telefon.

Frau Weniger brachte den Kaffee, sodass die Männer ihr Gespräch für einen Moment unterbrachen. „Mmmh, *smakelijk koffie*", stellte Arie van Dijk anerkennend fest, nachdem er den ersten Schluck genommen hatte. „Ich dachte mir nur, ich informiere Sie über unsere Erkenntnisse. Nicht dass wir irgendetwas übersehen. Ist ja immerhin möglich, dass Joke Bruhns der Schlüssel zu unserem Fall ist."

„Wir werden Sophie Reimers auf jeden Fall bitten, ihn im Auge zu behalten. Das tut sie im Übrigen auch gerade mit Bertchen van Lessen." Er klärte seinen niederländischen Kollegen über die neuesten Entwicklungen auf. „Deshalb tippen wir, dass das Motiv für die beiden Morde im betrieblichen Umfeld der Werft zu suchen ist. Aber auch das bewegt sich noch mehr im Bereich der Spekulation, als dass wir dafür Beweise hätten."

„Ein nicht ganz einfacher Fall", stellte Arie van Dijk fest.

„Wem sagen Sie das", seufzte Büttner. „Um an dieser Stelle weiterzukommen, benötigen wir dringend Informationen von unserer Kollegin. Aber leider geht Frau Reimers nicht ans Telefon."

Arie van Dijk hob erstaunt die Brauen. „Bei Ihnen meldet sie sich auch nicht?"

„Nein, aber es ist auch noch nicht so lange her, dass …"

„Ich versuche bereits seit einiger Zeit, sie zu erreichen", unterbrach van Dijk Büttner. „Leider ohne Erfolg. Dabei habe ich ihr schon mehrmals auf die Mailbox gesprochen und um Rückruf gebeten."

Die Männer schauten sich alarmiert an. Normalerweise war ihre Kollegin die Zuverlässigkeit in Person. Womöglich war irgendetwas vorgefallen.

„Könnten Sie einen Ihrer Kollegen unter einem Vorwand aufs Schiff schicken?“, fragte Hasenkrug. „Bevor wir große Geschütze auffahren, sollten wir sicherstellen, dass … Moment, ich versuche es noch mal bei ihr. Vielleicht habe ich ja jetzt Glück.“ Nichts. Auch dieses Mal sprang ohne Verzögerung die Mailbox an. „Sophie“, sprach Hasenkrug aufs Band, „hier ist Sebastian. Bitte melde dich, es ist wirklich dringend.“ Nachdem er das Smartphone beiseitegelegt hatte, starrte er es noch für einen längeren Moment an, als könnte er es durch Hypnose zwingen, zu klingeln. „Ich denke, jemand sollte tatsächlich mal nach dem Rechten sehen“, meinte er dann. „Nur zur Sicherheit.“

Arie van Dijk griff nun seinerseits zum Smartphone und redete gleich darauf in holländischer Sprache auf irgendwen ein. Mit jedem Satz, den er sprach, wurde sein Gesicht länger. Als er schließlich auflegte, blickte er nachdenklich von Büttner zu Hasenkrug und wieder zurück. „Die *White Cloud* hat bereits den Groninger Hafen verlassen“, verkündete er. „Ich fürchte, irgendetwas läuft da ganz und gar nicht planmäßig.“

25

Pietro van Lessen lachte sich eins ins Fäustchen. Er liebte es, Menschen an der Nase herumzuführen. Und genauso sehr liebte er es, sie zu manipulieren. Nach seinem gemeinsamen Auftritt mit Morten an der Bar rätselte nun das ganze Schiff darüber, was sie wohl mit dem Alten so Wichtiges besprochen hatten, dass es Pietro sogar eine Runde Champagner wert war. Denn dieser Schampus, so hatte er vor versammelter Mannschaft explizit erwähnt, gehe selbstverständlich nicht auf seinen Großonkel, sondern auf ihn höchstpersönlich. Einen solchen Coup, wie Morten und er ihn gelandet hätten, verlange schließlich danach, gebührend begossen zu werden.

Schön wäre es natürlich, wenn es diesen Coup in dieser so bejubelten Form tatsächlich schon vertraglich gäbe. Aber das konnte ja noch kommen. Nein, korrigierte er sich, das würde ganz gewiss noch kommen, denn dafür würde er schon sorgen. Gut Ding will Weile haben, hieß es doch so schön. Das heutige Gespräch mit dem Großonkel war nur ein erster Schritt gewesen, ganz sicher aber der entscheidende. Eingelullt hatten sie den Alten, das hatte er ganz genau gespürt. Natürlich hatte der alte Mann sich nicht anmerken lassen, dass ihm das Konzept seines Großneffen außerordentlich gut gefiel. Aber dass es so war, stand sowieso fest. Denn so viele innovative Ideen, wie Pietro und Morten ihm um die Ohren gehauen hatten, konnten selbst einen Herbert van Lessen nicht kalt lassen, auch wenn der in einer ersten Reaktion natürlich wie immer den zähen Hund gegeben hatte.

Pietro war sich durchaus bewusst, dass er nicht gerade der Wunschkandidat seines Großonkels für den Posten an der Führungsspitze der Werft war. Viel zu viele Dispute hatten sie in der Vergangenheit ausgetragen, als dass von einem unerschütterlichen Vertrauen oder gar von Zuneigung die Rede sein könnte. Andererseits war Herbert van Lessen weithin dafür bekannt, dass er jeden, der sich ihm als nicht ebenbürtiger Gegner präsentierte, gemeinhin als Waschlappen bezeichnete. Gefühlsduselei hatte im Geschäftsleben nichts zu suchen, sagte er immer. Also würde er Pietro als würdigen Nachfolger durchaus zu schätzen wissen, auch wenn er es nicht zeigte. Einen Schwachpunkt seiner diesbezüglichen Argumentation konnte Pietro natürlich dennoch nicht übersehen: Die van Lessens, egal ob männlich oder weiblich, waren alles harte Gesellen, die sich nicht die Butter vom Brot nehmen ließen. Bis auf Schwächling Bertchen natürlich. Den konnte man beim Rennen ums Erbe getrost beiseiteschieben – zumal Bertchen längst verkündet hatte, an einer Übernahme der Werft nicht interessiert zu sein. Dennoch brütete er gemeinsam mit seinem Großvater etwas aus, das war nicht zu übersehen. Pietro würde an ihm dranbleiben müssen.

Wie auch immer. Auf jeden Fall konnte man gespannt sein, was jetzt passierte. Gift und Galle würden sie spucken, die lieben Verwandten, die im Rennen um die Erbschaft Knall auf Fall ein erhebliches Stück zurückgefallen waren. Das zumindest mussten sie nach seinem Champagner-Auftritt – zu dem sich im Laufe einer Stunde fast alle Familienmitglieder versammelt hatten – mehr denn je annehmen, und das war auch gut so. Denn wer hektisch wurde, der machte Fehler. Ganz sicher aber waren die anderen Aspiranten auf den Familienthron nun aufgescheucht wie die Hühner. Pietros Schachzug hatte den Druck erhöht, und nun waren die anderen am Zug. Sicher begannen sie schon, panisch an ihren eigenen Konzepten zu feilen und alles daranzusetzen, ebenfalls beim Alten zu punkten. Nun, sollten sie doch. Er, Pietro van Lessen, hatte den Sieg quasi schon in der Tasche. Es fehlten nur noch wenige Millimeter, bis Morten und er das Band an der Ziellinie reißen und den Pokal nach Hause bringen würden.

Lächelnd lehnte Pietro sich in seinem Stuhl zurück und beobachtete, was um ihn herum passierte. Viele Mitglieder seiner Familie gaben sich betont fröhlich, doch wusste er, dass diese Fröhlichkeit nur eine aufgesetzte war. Alle lachten sie viel zu laut und zu schrill und fuchtelten hektisch mit den Armen in der Luft herum. Alles an ihrer Gestik und Mimik zeigte, dass sie sich ihrer Niederlage bewusst, jedoch noch nicht bereit waren, diese sich selbst und anderen einzugestehen.

„Und wann werden wir Genaueres erfahren?" Hedda hatte sich neben ihn gestellt und reichte ihm einen Teller mit köstlich aussehenden Canapés, die gerade im Salon die Runde machten. „Ich meine, wir sind nur noch zwei Tage an Bord. Da wäre es doch nur fair, wenn unser Großvater endlich mal mit seiner Entscheidung zur Firmenübernahme herausrücken würde."

Mit einer gewissen Genugtuung registrierte Pietro, dass die Stimme seiner Cousine ziemlich weinerlich klang. Vermutlich war sie enttäuscht, dass Morten und er sie nicht in ihre genialen Pläne mit eingebunden hatten. Was selbstverständlich Absicht war, denn mit Hedda in einer Führungsposition zusammenarbeiten zu müssen, dürfte die reinste Hölle sein. Sie eignete sich gut dazu, den Wadenbeißer zu geben und Leute unter Druck zu setzen, so wie sie es am Tag zuvor mit Bertchen gemacht hatte. Zu mehr aber taugte sie ganz sicher nicht.

„Du weißt doch, wie dein Großvater ist“, erwiderte Pietro. „Er genießt es, die Leute an der langen Leine zu halten, um sie dann, wenn keiner mehr damit rechnet – *zack!* – bei Fuß gehen zu lassen. Die Wahrheiten, die sie dann zu gehören bekommen, sind nicht immer die angenehmsten.“ Er grinste. „Und ich möchte mal behaupten, dass euch das, was er über unsere Pläne zu berichten haben wird, doch glatt die Schuhe ausziehen wird.“

Hedda hielt ihm erneut das Tablett mit den Häppchen unter die Nase. Anscheinend nahm sie an, ihn damit einwickeln zu können. Wie schade für sie, dass ihr das nicht gelingen würde. Sein Blick, den er immer wieder durch den Raum schweifen ließ, blieb an der Bar hängen. „Möchte mal wissen, wo unser blondes Kätzchen geblieben ist“, schmatzte er. „Sie hat so schön scharfe Krallen, und ich liebe es, wenn sie sie an mir wetzt.“

„Du meinst Sophie?“ Hedda zuckte die Schultern. „Mir wäre nicht mal aufgefallen, dass sie nicht da ist, wenn du nichts gesagt hättest. Ich für meinen Teil finde sie ja ziemlich farblos.“

„Nun, das finde ich ganz und gar nicht. Sie ist eine ziemliche Granate." Pietro griff nun doch nach dem Tablett, das Hedda auf einem Beistelltisch abgestellt hatte. „Mmmh, der Lachs in Blätterteig ist wirklich gut." Er schaute seine Cousine fragend an. „Isst du gar nichts?"

„Danke. Mir ist bei all dem Theater hier der Appetit vergangen."

„Das glaube ich gerne, jetzt, da Arne aus dem Rennen ist." Er musterte ihren gewölbten Bauch. „Deine Strategie hat sich jedenfalls als wenig erfolgreich herausgestellt."

„Weißt du was, Pietro, du kannst mich mal!" Hedda schnaubte wütend. „Bei dir würde ich mir wirklich wünschen, dass der ominöse Textnachrichtenschreiber kein Witzbold ist, sondern dir tatsächlich mal zeigen würde, wo der Hammer hängt. Was bist du nur für ein widerliches Schwein!" Sie warf den Kopf zurück und rauschte mit wehenden Röcken davon.

Kaum dass sie weg war, trat sein Onkel Morten zu ihm. „Vielleicht solltest du hier nicht so den großen Max markieren", sagte er, während er der vor sich hin zeternden Hedda kopfschüttelnd hinterherschaute. „Noch ist nichts in trockenen Tüchern. Wie du weißt, ist dein Großonkel unberechenbar."

„Du warst doch einverstanden mit dem Champagner", entgegnete Pietro.

„Ja, um die anderen ein bisschen aufzuscheuchen. Aber du musstest ja gleich die ganz große Show daraus machen. Und dass bei diesem kleinen Umtrunk von der Werft die Rede sein würde, war auch nicht abgesprochen."

„Nun hab dich doch nicht so! War doch ganz lustig, wie

die alle drauf angesprungen sind. Und guck mal“, Pietro deutete auf Herbert van Lessen, der ihnen jetzt mit einem Glas in der Hand zuprostete, „den haben wir in der Tasche. Das Ding ist gebongt. Wir haben es ziemlich genial eingefädelt, wenn du mich fragst.“

„Wenn du meinst.“ Morten klang nicht überzeugt. Sein Ton wurde hörbar schärfer, als er jetzt sagte: „Aber ich warne dich. Wenn das Ding scheitert, nur weil du dich zu sicher fühlst, dann reiß ich dir deinen Allerwertesten auf.“

„Bleib locker, Mann. Alles easy. Dem Alten gefällt es, wenn man so richtig Rabatz macht. Klappern gehört zum Handwerk, schon vergessen?“

„Nee. Aber ich glaube, du hast da gewaltig was falsch verstanden. Noch einmal, Pietro: Schalt einen Gang zurück, sonst …“

„Sonst?“ Pietro grinste ihn frech an.

„Das wirst du ja dann sehen.“

„Waschlappen“, schickte Pietro ihm hinterher, als Morten ging, doch der reagierte nicht darauf.

26

Der Kapitän war alleine im Steuerhaus, was Sophie Reimers sehr entgegenkam. Unabhängig davon, dass ihr Smartphone verschwunden war und sie dringend eine Verbindung zu ihren Kollegen brauchte, hatte sie sowieso mit ihm sprechen wollen. Zwar war ursprünglich vereinbart worden, dass sie möglichst keinen Kontakt haben sollten, um keine Aufmerksamkeit zu erregen, doch ließ sich das in dieser Situation schwerlich vermeiden.

„Moin, Lennart Schwiers", erwiderte der Mann freundlich, nachdem Sophie sich vorgestellt hatte. „Bitte, nehmen Sie Platz." Er deutete auf einen am Boden festgeschraubten Drehhocker. Als sie saß, sagte er: „Illustre Gesellschaft da unten. Ein wenig überdreht vielleicht, sagen meine Mitarbeiter. Aber so sind sie eben, die Reichen und Schönen."

Sophie Reimers seufzte. „So kann man es auch nennen. Jedoch werde ich das Gefühl nicht los, dass sie eher brandgefährlich als überdreht sind. Zumindest einzelne von ihnen."

„Wie meinen Sie das?" Er sah sie alarmiert an, während er scheinbar wahllos irgendwelche Schalter und Knöpfe bediente.

„Mein Smartphone wurde geklaut. Vom Tresen an der Bar. Ich Trottel hatte es dort abgelegt."

Der Kapitän zog eine Grimasse. „Das klingt wirklich nicht gut. Mit der Anonymität dürfte es damit wohl vorbei sein."

„Das fürchte ich auch." *Und mit meiner Sicherheit womöglich auch*, dachte sie, sprach es jedoch nicht aus. „Ich wollte fragen, ob es von hier aus eine Möglichkeit gibt zu telefonieren. Ich müsste dringend meine Kollegen erreichen."

Schwiers überlegte nicht lange, sondern drückte ihr sein Smartphone in die Hand. „Das dürfte der einfachste Weg sein. Ist mein privates." Er zwinkerte ihr zu. „Aber nicht verschusseln, wenn's geht."

„Oh, vielen Dank, das ist nett." Sophie Reimers lächelte ihn dankbar an. „Gibt es hier oben vielleicht einen Raum, in dem ich ungestört sprechen kann? Dann bekommen Sie es sofort zurück."

„Ja, sicher." Er machte eine Kopfbewegung zu einer Tür hin. „Da drinnen ist niemand. Ist nicht gemütlich, aber ich denk, für Ihren Zweck reicht's."

Bevor Sophie sich dorthin begab, fragte sie: „Haben Sie eine Ahnung, warum wir früher als geplant in Groningen abgelegt haben? War es tatsächlich der Senior, der es angeordnet hat, oder gab es dafür technische Gründe oder Ähnliches?"

„Technische Gründe? Nö. Herr van Lessen hat mich gefracht, ob es möglich ist, und ich hab ihm gesacht, dass das kein Problem ist. Also haben wir abgelecht."

„Hat er einen Grund dafür genannt?"

„Es soll keiner abhauen, hat er gesacht. Glaub aber nicht, dass er es ernst gemeint hat."

Da war sich Sophie Reimers nicht so sicher. Vielmehr vermutete sie, dass genau das tatsächlich van Lessens Absicht gewesen war, was bedeuten konnte, dass er sich selbst zum Ermittler aufgeschwungen hatte. Schließlich machte er kein Geheimnis daraus, den Mörder von Marcel Rittmers unbedingt überführen zu wollen. Hoffentlich war ihm auch bewusst, wie riskant das Spiel war, das er hier spielte.

„Legen wir denn in Lemmer an oder ist das auch gecancelt?“

„Weiß ich noch nicht. Van Lessen sachte, er sacht mir dann Bescheid, wenn wir da sind.“

„Danke schön.“ Sophie Reimers nickte ihm zu und verschwand dann in dem Nebenraum. Er war größer als gedacht. Eigentlich hatte sie mit einem winzigen, womöglich fensterlosen Kabuff gerechnet. Dieser Raum aber maß bestimmt drei mal zwei Meter und wurde ganz offensichtlich als Abstellraum für allen handwerklichen Krimskrams genutzt, den man auf einem Schiff brauchte. Durch zwei Fenster fiel ausreichend Licht herein. Ein Blick nach draußen sagte ihr, dass sie sich irgendwo in freier niederländischer Wildbahn befanden. Das Ufer des Kanals, auf dem sie fuhren, war durch Deiche erhöht worden, hinter denen sich vereinzelt Häuser duckten, von denen lediglich die im friesischen Stil geformten Giebel zu sehen waren.

Das Smartphone des Kapitäns zeigte vollen Empfang, doch hatte sie es auch nicht anders erwartet. Anders als in Deutschland war das Netz für Handys und Internet in den Niederlanden sehr gut ausgebaut. Da sie die Telefonnummern ihrer Kollegen nicht im Kopf hatte, wählte sie die Emder Zentrale an, nannte Namen und Dienstnummer und ließ sich dann mit Hauptkommissar David Büttner verbinden. Schneller als gedacht, war er am Telefon.

„Moin, Frau Reimers“, rief er aufgeregt in den Hörer, „wir haben uns schon Sorgen gemacht. Alles in Ordnung bei Ihnen?“

„Moin. Wenn ich das so genau wüsste, wäre mir wohler.“ Sie erläuterte ihm, was der Familienclan so trieb und inwieweit sie das eine oder andere hatte herausfinden können. „Allerdings habe ich ein echtes Problem“, sagte sie abschließend. „Mein Smartphone wurde gestohlen. Deshalb war ich nicht erreichbar. Dummerweise hatte ich es kurz aus den Augen gelassen. Hab mir jetzt das vom Kapitän geliehen.“

Büttner schwieg für einen Augenblick, dann sagte er: „Das kann alles bedeuten. Entweder hat es jemandem ausnehmend gut gefallen und er wollte es unbedingt haben, oder aber …“

„Es wollte jemand darin herumschnüffeln“, ergänzte die Polizistin den Satz. „Angesichts der Umstände müssen wir wohl leider von Letzterem ausgehen.“

„Haben Sie eine Vorstellung, wer es genommen haben könnte? War jemand Bestimmtes in der Nähe?“

„Es waren mindestens sieben Personen an der Bar. Auch alle anderen kann ich nicht ausschließen.“

„Das hilft uns nicht weiter“, schlussfolgerte Büttner treffend. „Bleibt die Frage, wie wir nun damit umgehen. Es ist damit zu rechnen, dass Ihre wahre Identität auffliegt. Die einzige Konsequenz, die ich sehe, ist die, Sie sofort von dem Schiff abzuziehen.“

„Das war auch mein erster Gedanke“, bestätigte Sophie Reimers. „Allerdings würde ich die Sache hier auch gerne noch zu Ende bringen.“

„Das wäre mir, ehrlich gesagt, zu gefährlich.“

Sophie überlegte kurz, dann erwiderte sie: „Sehe ich nicht so. Vielleicht bin ich sogar sicherer als zuvor."

Büttners Erwiderung darauf hatte sie nicht verstanden. Entweder gab es hier doch Funklöcher, oder …: „Können Sie das Letzte noch mal wiederholen? Die Verbindung ist gerade schlecht." Sie hörte ein kurzes Schmatzen und daraufhin ein deutliches Schlucken. Sophie musste schmunzeln. Ihr Kollege ließ auch keine Gelegenheit für einen Schokoriegel aus.

„Sie sprechen in Rätseln, habe ich gesagt."

„Na ja, bisher hatte ich schon den Eindruck, dass ich dem einen oder anderen zu neugierig bin und einige mich gerne loswerden würden. Die Gefahr für mich dürfte jedoch deutlich geringer sein, wenn man weiß, dass ich Polizistin bin. Denn wer, bitte schön, riskiert schon einen Mord an einer Polizeibeamtin?"

„Na, Sie haben ja Humor." Büttner lachte auf, aber es klang alles andere als froh. „Ermordete Polizisten gibt es wie Sand am Meer. Wer nichts zu verlieren hat, tötet auch die Staatsgewalt. Das sehe ich nicht ganz so locker wie Sie, verehrte Frau Kollegin."

„Trotzdem", ließ Sophie Reimers sich nicht beirren. „Ich denke, ich sollte bleiben und zumindest abwarten, was passiert. Wenn es brenzlig wird, können wir die Sache ja immer noch beenden."

„Hm." Büttner schwieg für eine Weile. „Wenn wir uns dazu entscheiden, Sie auf dem Schiff zu lassen, müssten die holländischen Kollegen sofort zurückgepfiffen werden."

„Zurückgepfiffen?", wunderte sie sich.

„Als wir Sie nicht erreichen konnten – unser *Commissaris*

aus Groningen, der uns übrigens einen Besuch abgestattet hat, hat Sie auch bereits schmerzlich vermisst –, haben wir beschlossen, ein Polizeiboot loszuschicken und nachsehen zu lassen, ob Sie den Dienst quittiert haben oder womöglich ein Opfer der van Lessen'schen Intrigen geworden sind."

„Stoppen Sie das Boot!", erwiderte Sophie Reimers, ohne zu überlegen. „Wenn die den Enterhaken herausholen, ist alles vorbei."

„Finden Sie das jetzt nicht ein wenig melodramatisch, Frau Kollegin?"

„Stoppen Sie es wenigstens so lange, bis wir uns auf ein Vorgehen geeinigt haben." Sophie Reimers warf einen Blick aus dem Fenster. Sie hoffte inständig, dass die Kollegen der Wasserschutzpolizei nicht schon in Reichweite ihres Schiffes waren. Leider war ihr Blickwinkel derart eingeschränkt, dass sie nicht erkennen konnte, was vor oder hinter ihrem Schiff passierte.

„Einverstanden." Im nächsten Moment hörte sie Büttner zu Hasenkrug sagen, der Polizeieinsatz der niederländischen Kollegen solle von Arie van Dijk bis auf Weiteres abgesagt werden. Das georderte Polizeiboot dürfe sich der *White Cloud* allenfalls auf Sicht nähern, aber auf keinen Fall den Eindruck erwecken, im Einsatz zu sein. Eine Erklärung liefere er nach, sobald das Telefonat mit der Kollegin Reimers beendet sei.

„Hoffentlich fühlt sich van Dijk nicht von uns bevormundet", meinte Büttner, als er sich wieder an Sophie Reimers wandte. „Muss ihn unbedingt gleich anrufen, wir wollen ja schließlich keine Missstimmung provozieren."

„So ist der nicht", behauptete Sophie Reimers, ohne dass

sie sich dessen sicher sein konnte. Wenn die holländischen Beamten in Sachen Zuständigkeit genauso kleinkariert dachten wie die deutschen, dann hatten sie gerade womöglich ein Heidenspektakel provoziert. Gemeinhin aber waren die Holländer ja ein gelassenes Völkchen, sodass man wenigstens die Hoffnung haben konnte, dass Büttners Vorpreschen nicht zu diesen albernen diplomatischen Verwicklungen führte, die sie für gewöhnlich als Schwanzvergleich zu bezeichnen pflegte.

„Ich wollte Sie noch auf etwas aufmerksam machen", meinte Büttner. „Wir haben herausgefunden, dass Bertchen van Lessen und Julian Steckenbach sich offenbar kannten und am Abend vor Steckenbachs Tod in Emden zu einer Pizza verabredet hatten. Bezüglich seiner Anreise hat van Lessen also falsche Angaben gemacht; auch hat er vergessen zu erwähnen, dass er das Opfer kannte. Hatten Sie noch einmal Gelegenheit, mit ihm zu sprechen?"

„Nicht direkt, nein."

„Passen Sie auf ihn auf. Er könnte unser Mann sein."

„Ach!" Sophie Reimers schlug sich mit der flachen Hand vor die Stirn. „Das hätte ich beinahe vergessen. Ich hatte Gelegenheit, Bertchens Smartphone zu checken, und habe dabei festgestellt, dass er in den letzten Wochen tatsächlich sehr häufig mit Marcel Rittmers telefoniert hat. Ansonsten hatte er zu kaum jemandem telefonischen Kontakt."

„Auch nicht zu Julian Steckenbach?"

„Dessen Name stand nicht in der Liste."

„Sie könnten Tarnnamen verwendet haben."

„Ja. Aber Bertchen hat, wenn man von den Telefonaten mit Rittmers einmal absieht, im letzten halben Jahr vielleicht ein Dutzend Anrufe angenommen oder getätigt. Es scheint wirklich nicht das Kommunikationsmittel seiner Wahl zu sein. Mit Steckenbach muss er also auf andere Weise Kontakt gehalten haben."

„Eine Hausdurchsuchung wäre gut", überlegte Büttner.

„In Tokio?"

„Ach ja, richtig. Klingt nach keiner so guten Idee."

„Ist denn der Laptop von Julian Steckenbach immer noch verschwunden?", fragte Sophie Reimers.

„Ja. An dieser Stelle kommen wir kein Stück weiter. Seine anderen Geräte geben nichts Interessantes her. Unsere ITler meinen, er müsse über unterschiedlichste Accounts verfügt haben. Was auch immer das heißt."

„Hm. Das ist blöd. Aber ich bleibe an ihm dran. Auch wenn ich ihn mir nur schwerlich als Täter vorstellen kann. Vielmehr könnte er sogar noch zum Opfer werden."

„Wie meinen Sie denn das jetzt?"

„Sie erinnern sich an die Textnachricht, die wir in Rittmers Smartphone gefunden haben?"

„Natürlich. Eine Ankündigung seines Todes sozusagen."

„Ganz genau. Und genauso ist es bei Bertchen van Lessen. Er hat sogar zwei dieser Nachrichten bekommen. Eine nach dem Auftauchen von Steckenbach, eine nach dem Mord an Rittmers."

„Was?", rief Büttner. „Und das sagen Sie erst jetzt? Was stand drin?"

„Die erste Nachricht war identisch mit der auf Rittmers Smartphone. Die zweite lautete: ‚dies hier war der zweite streich, doch der dritte folgt sogleich. Lass dir julian und marcel eine warnung sein.'"

„So ein Mist, das klingt nicht gut. Aber warum bekommt ausgerechnet Bertchen sie?“

„Ich habe keine Ahnung. Aber, wie gesagt, es klingt mir eher nach Opfer als nach Täter.“

„Ja. Gut möglich, dass wir eine andere Spur intensiver verfolgen sollten.“

„Gibt es denn sonst noch Aspiranten auf den Titel *Mörder des Monats*?“

Sophie Reimers hörte, wie Büttner in irgendwelchen Zetteln blätterte, dann sagte er: „Haben Sie schon mit Johann alias Joke Bruhns gesprochen?“

„Ja. Er kannte Marcel Rittmers von der Arbeit bei den Nordseewerken. Ansonsten war nicht viel aus ihm herauszubekommen, auch nicht in Sachen Betäubungsmittel. Er macht allerdings einen etwas nervösen Eindruck, wenn Sie mich fragen.“

„Womöglich hat er allen Grund dazu“, erwiderte Büttner. „Van Dijk hat uns Akten zukommen lassen, aus denen hervorgeht, dass Bruhns in Groningen ein häufiger, aber nicht gern gesehener Gast ist. Leider konnten sie ihm in Sachen Drogengeschäfte noch kein großes Ding nachweisen, sind sich aber sicher, dass er jede Menge größerer Deals am Laufen hatte und hat.“

„Schade für die Kollegen. Aber deswegen ist er ja noch kein Mörder.“

„Nee. Aber Hasenkrug hat auf einen Tipp von van Dijk hin ein bisschen recherchiert. Und, siehe da, Joke Bruhns erschien auf dem polizeilichen Radar, als man vor rund zwölf Jahren den Tod von Rittmers Bruder untersuchte. Ein Zeuge gab an, ihn in der Nähe des Hauses gesehen zu haben, als das Feuer ausbrach. Der bei diesem Brand ums Leben gekommene Bruder hatte, das wissen wir jetzt auch, zum Zeitpunkt seines Todes eine imposante Drogenkarriere hinter sich. Nachzuweisen war Bruhns damals allerdings nichts. Er ging weiterhin spazieren, während Rittmers wegen Mordes im Knast landete.“

„Sollte Rittmers damals zu Unrecht gesessen haben, hatte er ein feines Motiv, Bruhns nach seiner Entlassung den Hals umzudrehen.“

„Nur ist Rittmers tot und nicht Bruhns“, gab Büttner zu bedenken.

„Eben. Bruhns hat sozusagen prophylaktisch gehandelt, um sich selbst zu schützen.“

„Dann bringen Sie doch mal in Erfahrung, ob die beiden wussten, dass der jeweils andere an Bord sein würde. Bliebe nur die Frage, was das Ganze mit Julian Steckenbach zu tun hat.“

„Vielleicht war der in das Ding von damals auch involviert. Immerhin war auch er drogenabhängig“, gab Sophie Reimers zu bedenken.

„Zu jung. Der war damals gerade erst aus der Grundschule raus.“

„Schade. Dann muss ich an der Stelle wohl noch mal nachhaken.“

„Womit wir wieder beim Thema wären“, stellte Büttner fest. „Ganz wohl ist mir bei dem Gedanken ja wirklich nicht, Sie weiterhin in der Höhle des Löwen zu lassen.“

„Geben Sie mir noch diesen Abend. Vermutlich laufen wir in Kürze in Lemmer ein, da können wir dann neu entscheiden.“

„Sie haben nicht mal mehr ein Telefon." Büttner klang nun ehrlich besorgt. „Wenn Ihnen etwas passiert, dann … Das möchte ich mir gar nicht ausmalen."

„Der Kapitän leiht mir sein Smartphone bestimmt noch einmal, wenn es nötig ist. Außerdem kann ich den Feueralarm betätigen, wenn es eng wird. Glauben Sie mir, ich kann schon ganz gut auf mich selber aufpassen." Sie dachte an den Tritt, den sie Pietro unlängst verpasst hatte, und konnte sich ein Grinsen nicht verkneifen, obwohl ihre unverhältnismäßige Reaktion strenggenommen alles andere als eine Heldentat gewesen war. „Hier erreicht der Kampf ums Erbe übrigens gerade seinen Höhepunkt", ergänzte sie. „Angeblich liegt Pietro van Lessen ganz gut im Rennen, auch wenn ich es mir nicht so recht vorstellen kann. Vielleicht ist sein Gehabe auch nur ein Bluff. Oder er will von irgendetwas ablenken. Um das herauszufinden, wäre mein Verbleib an Bord unerlässlich."

„Ich sehe schon, Sie lassen nicht locker."

Sophie Reimers hörte am anderen Ende ein knarzendes Geräusch, gleich darauf das Rascheln von Papier, dann ein Schmatzen. „Darf ich raten? Sie haben sich gerade schon wieder einen Schokoriegel aus der Schreibtischschublade geholt."

„Was bleibt mir denn anderes übrig, wenn Sie es derart spannend machen müssen", nörgelte Büttner.

„Es war Ihre Idee, mich an Bord ermitteln zu lassen. Nur noch mal zur Erinnerung."

„Ja, vielen Dank für den Hinweis." Er seufzte tief und ausdauernd. „Es gibt Entscheidungen, die bereut man für den Rest seines Lebens. Bitte sorgen Sie dafür, dass diese nicht dazugehören wird."

„Dann ist es also gebongt.“ Sophie Reimers nickte zufrieden. „Ich verspreche Ihnen hoch und heilig, dass ich Ihnen keinen Kummer machen werde.“ Ganz so wohl, wie sie tat, war ihr bei dem Gedanken, an Bord bleiben zu müssen, zwar nicht, aber sie würde einen Teufel tun, es sich anmerken zu lassen. Es gab einfach Dinge, die getan werden mussten, und diese Ermittlungen gehörten dazu. Schon ihr berüchtigter Ehrgeiz hätte es ihr nicht erlaubt, so kurz vorm Ziel klein beizugeben.

„Passen Sie auf sich auf. Und schicken Sie mir und Hasenkrug augenblicklich die Mobilfunknummer des Kapitäns. Wir leiten sie dann auch direkt an Arie van Dijk weiter. Zur Not müssen wir uns an ihn halten.“

Als Büttner im nächsten Moment auflegte, fühlte Sophie Reimers sich plötzlich einsam und verlassen. Sie schluckte. War es wirklich eine gute Idee gewesen, ihren Kollegen zu diesem Schritt zu überreden?

Mit einem komischen Gefühl kehrte sie an die Bar zurück. Das Erste, was sie dort sah, war ihr Smartphone. Es lag genau dort, wo sie es vor seinem Verschwinden hingelegt hatte.

27

Eigentlich hatte Kathrin eine Verabredung mit Bertchen, doch ließ der sich beim Abendessen nicht blicken, und auch später im Salon tauchte er nicht auf. Vermutlich hatte er sich in seine Kabine zurückgezogen. Kathrin konnte ihm nicht verdenken, dass er den Kontakt zu seiner Sippschaft vermeiden wollte. Vermutlich hatte er immer noch mit dem übermäßigen Alkoholkonsum des Vortages zu kämpfen, denn außer literweise Orangensaft und Kaffee hatte er den ganzen Tag über nichts zu sich genommen. Pietro und Hedda hatten wirklich ganze Arbeit geleistet, auch wenn sich Kathrin der Sinn dieser Aktion nicht erschloss. Was genau sollte witzig daran sein, jemanden mit Alkohol abzufüllen? Asozialer ging es ja wohl kaum.

Zu gerne hätte Kathrin ihren Cousin gefragt, ob auch er diese seltsamen Textnachrichten bekommen hatte. Denn inzwischen war eine dritte angekommen, die sie daran zweifeln ließ, dass es sich bei den vorherigen tatsächlich um einen Scherz gehandelt hatte. Kaum gelang es ihr, das Smartphone in der Tasche zu lassen. Immer wieder hatte sie den Drang, die neue Nachricht zu lesen – obwohl ihr der Text jedes Mal einen kalten Schauer über den Rücken jagte. Inzwischen murmelte sie ihn ständig auswendig vor sich hin.

freu dich auf den dritten streich, auf den der vierte folgt sogleich. neugier tötet. heute nacht noch wirst du vereint sein mit julian und marcel und …

Natürlich hatte sie Arne, Pietro und Hedda auf diese dritte Drohung angesprochen, doch hatten die nur abgewinkt. Entweder waren sie tatsächlich viel cooler als Kathrin oder aber sie waren einfach die besseren Verdränger. „Wenn du dir so sehr ins Hemd machst, dann kannst du das Schiff doch in Lemmer verlassen. Wird unseren Großvater ganz sicher davon überzeugen, dass du die beste Wahl für seine Nachfolge bist“, hatte Pietro gesagt, und der Spott in seiner Stimme war nicht zu überhören gewesen.

Nun, sie hatte sich diesen Vorschlag ernsthaft durch den Kopf gehen lassen, denn schließlich war ihr das Erbe schon immer völlig egal gewesen. Das mulmige Gefühl in ihrem Bauch aber wurde mit jeder Minute stärker, es war, als würde ihr Unterbewusstsein Alarm schlagen und ihren Fluchtinstinkt aktivieren. Und außerdem: Was hielt sie denn hier auf dem Schiff? Die Stimmung war auf dem Tiefpunkt angelangt, die Atmosphäre eine so spannungsgeladene, wie Kathrin sie selten erlebt hatte. Ja, dachte sie, überall sonst konnte es nur besser sein. Warum also nicht in Lemmer aussteigen und den nächsten Zug nach Hause nehmen?

Doch wurde auch daraus jetzt nichts. Zu ihrem Entsetzen hatte Herbert van Lessen dem Kapitän anscheinend die Anordnung gegeben, den Hafen von Lemmer nicht anzulaufen, sondern stattdessen hinaus aufs IJsselmeer zu schleusen. Was bedeutete, dass es zum Wattenmeer und damit auch zur offenen Nordsee nicht mehr weit war. An eine Flucht vom Schiff war also gar nicht mehr zu denken.

Die Hände fest um einen Caipirinha geklammert, ließ sie ihren Blick durch den Raum schweifen, bis er an ihrem Großvater hängen blieb, der sich nun schon seit geraumer Zeit mit Sophie unterhielt. Angeblich, so hatte er es ihr bei einem längeren Gespräch gesteckt, handelte es sich bei der Barkeeperin um eine verdeckte Ermittlerin der Polizei. Bertchen habe es für ihn herausgefunden, weil er ihn angewiesen hatte, im Internet alle an Bord befindlichen Personen durchzuchecken. Angeblich kannte Bertchen im Netz Wege, die dem Durchschnittsnutzer verborgen blieben. Auf Kathrins Frage, was ihr Großvater mit dieser Schnüffelei bezwecke, hatte der geantwortet, er sei einem Verbrechen auf der Spur. Eine Aussage, die Kathrin nach allem, was hier passiert war, nicht eben beruhigte. Konkretisiert aber hatte er diesen Satz nicht, sondern lediglich hinzugefügt, dass Sophie keine Ahnung habe, enttarnt worden zu sein, und das solle auch so bleiben.

Kurz hatte Kathrin während des Gesprächs überlegt, ihrem Großvater die Textnachrichten zu zeigen. Dann jedoch hatte sie sich selbst zurückgepfiffen, aus lauter Angst, sich lächerlich zu machen. Denn hatten Arne, Hedda, Pietro und sie nicht gerade erst beschlossen, den Drohungen keinerlei Bedeutung beizumessen? Inzwischen aber überlegte sie, ob sie ihren Großvater nicht vielleicht doch informieren sollte. Schließlich wurden in der dritten Nachricht für die kommende Nacht gleich zwei Morde angekündigt. Kathrin fand, dass dies dem vermeintlichen Scherz eine ganz andere Qualität gab. Und selbst wenn sie sich vor ihrem Großvater lächerlich machte – *so what*?! Es war ihr noch nie wichtig gewesen, was er über sie dachte. Warum also sollte es sie jetzt jucken, ob er sie auslachte oder nicht? Sich gleich Sophie anzuvertrauen, wagte sie hingegen nicht. Was, wenn Bertchen sich geirrt hatte und Sophie hier tatsächlich nur ihren Job als Barkeeperin machte? Wäre es dann nicht unverantwortlich, eine völlig Unbeteiligte womöglich in Angst und Schrecken zu versetzen? Oder sie auf etwas aufmerksam zu machen, das sie nichts anging?

„Warum seufzt du denn so abgrundtief?", fragte Arne, der sich von Hedda und Pietro gelöst und neben sie gesetzt hatte. „Du machst dir doch wohl nicht immer noch Gedanken um diese blöde Textnachricht."

„Du nicht?"

„Nein. Ich habe mich gerade noch mal mit Hedda und Pietro darüber unterhalten. Sie sind wild entschlossen, selbst herauszufinden, wer hinter diesen geschmacklosen Drohungen steckt. Sie haben unseren Onkel Bert in Verdacht und wollen ihm nachher ordentlich einheizen. Was auch immer sie damit gemeint haben."

„Bert? Warum das denn?" Kathrin schaute an die Bar hinüber, an der es sich ihr Onkel wie immer gutgehen ließ. Noch saß sogar Enna neben ihm, wie gewohnt so voll wie eine Haubitze. Immerhin war sie noch nicht vom Hocker gekippt, vermutlich aber war auch das nur eine Frage der Zeit.

„Weil er, so Pietros Meinung, derzeit alles tut, um sein Bertchen auf den Thron zu hieven. Da sei ihm jedes Mittel recht, selbst das, aus einem Mord Kapital zu schlagen."

„Aus zwei Morden", konkretisierte Kathrin.

Arne machte eine wegwerfende Handbewegung. „Ach

was. Gib doch nichts auf die blühende Fantasie eines alten Mannes, Kathrin. Marcel ist an einem Herzanfall gestorben. Wenn es anders wäre, dann hätte es sich längst herumgesprochen."

„Und warum sollte ein Mann wie Marcel einfach so tot umkippen?", meldete Kathrin Bedenken an.

„Pietro geht von Drogen aus."

„Drogen?" Diese Theorie war Kathrin neu.

„Ja. Das zumindest hat das Internet offenbart. Marcel kam aus Kreisen, in denen der Konsum von harten Drogen zur Normalität gehört. Sein Bruder zum Beispiel, den er angeblich auf dem Gewissen hat, war über Jahre hinweg ein stadtbekannter Junkie. Nichts war vor ihm sicher, gar nichts."

„Was ja nicht automatisch heißt, dass Marcel auch an der Nadel hing."

„An der Nadel vielleicht nicht. Aber es gibt ja heutzutage tausend andere Möglichkeiten, sich einen Trip zu verpassen." Arne zuckte die Achseln. „Tja, und eine Dosis ist dann eben die letzte."

Kathrin überzeugte das nicht. „Interessant, dass du jetzt auf Pietros Theorien hörst. Kann es sein, dass du da irgendetwas verdrängst?" Ihre Aufmerksamkeit wurde abgelenkt, als sie bemerkte, dass Sophie an die Bar zurückkehrte. Nach dem Gespräch mit dem Patriarchen sah sie sehr nachdenklich aus. Hatte er ihr gesagt, dass Bertchen sie enttarnt hatte? Oder hatte er lediglich herausfinden wollen, wie viel sie wusste? Auch andere im Salon folgten Sophie mit Blicken, die zumeist von Misstrauen zeugten. Sicherlich fragten sich viele, was der Senior so ausführlich mit einer Barkeeperin zu besprechen hatte. Allerdings hatte ihr Großvater ihr versichert, dass es nur drei Personen gab, die über Sophies wahre Identität Bescheid wussten: Bertchen, er selbst und nun auch Kathrin. Auf ihre Frage, warum ausgerechnet sie zu den Auserwählten gehöre, hatte er geantwortet, sie genieße im Gegensatz zu allen anderen sein vollstes Vertrauen – ohne jedoch zu erwähnen, womit sie sich dieses verdient hatte. Kathrin war sich nicht sicher, ob sie ihm glauben sollte. Vielleicht war ja auch das nur wieder eine seiner üblichen Hinhaltetaktiken, um sie bei Laune zu halten. Es sollte sie nicht wundern, wenn es auf diesem Schiff noch eine ganze Menge mehr dieser vermeintlichen Geheimnisträger gab. Ihr Großvater konnte schon ein verdammt cleverer Fuchs sein, wenn es galt, den einen gegen den anderen auszuspielen.

„Pietro und Hedda würden eigentlich ganz gut zueinander passen, findest du nicht?“, wechselte Arne das Thema, ohne auf ihre Frage einzugehen. Offensichtlich hatte er keine Lust mehr auf die Diskussion über die Textnachricht. Er zeigte nicht die geringsten Anzeichen von Nervosität, sodass Kathrin wohl annehmen musste, dass ihn die Drohungen des Unbekannten tatsächlich völlig kalt ließen. Und vielleicht hatte er ja recht. Sowohl mit dem, was die Textnachricht anging, als auch mit Marcel. Eigentlich war er in der Einschätzung außergewöhnlicher Situationen immer recht treffsicher. Kein Grund also, das, was er sagte, als reine Beruhigungstaktik zu werten.

„Pietro und Hedda?“, fragte sie daher. „Wie kommst du denn auf diese seltsame Idee? Sie sind beide unausstehlich. Sie würden sich gegenseitig das Leben zur Hölle machen.“

„Eben. Sag ich doch. Sie passen gut zueinander." Arne grinste. „Und der Vorteil wäre, dass Hedda mich endlich in Ruhe lassen würde." Er deutete auf die Sitzgruppe, in der die beiden saßen. „Guck mal, sie turteln schon den ganzen Abend miteinander."

„Ist ja kein Wunder", erwiderte Kathrin. „Sie turteln, seit Pietro quasi offenbart hat, dass er der Erbe der Van-Lessen-Werft sein wird. Da braucht Hedda dich nicht mehr, so einfach ist das. Na, guck mal an, sie legt sich ja echt mächtig ins Zeug. Scheint ihr auch völlig egal zu sein, dass sie miteinander verwandt sind."

„Dabei wurde Pietro bisher nicht müde zu betonen, wie furchtbar er sie findet."

„Gegen eine schnelle Nummer hatte er noch nie etwas einzuwenden", bemerkte Kathrin trocken. „Und da er auf dem Schiff bislang leer ausgegangen ist, weil Sophie ihn hat abblitzen lassen, wird er sich den Spaß mit Hedda gönnen. Schwanger werden kann sie ja nicht mehr."

Arne überhörte diesen Seitenhieb auf ihn. „Na ja, ist mir alles egal, solange sie an mir kein Interesse mehr zeigt." Er deutete mit dem Kopf Richtung Tür, durch die Hedda und Pietro gerade Hand in Hand verschwanden. „Guck mal. Wie ich gesagt habe: Sie schleppt ihn ab."

Kathrin fragte sich, wie einem nach allem, was hier geschehen war, noch nach Sex zumute sein konnte. Ihr selbst war die Lust auf was auch immer längst vergangen. Sie hoffte nur, dass ihr Großvater bald zur Besinnung kommen und den Dampfer irgendwo anlegen lassen würde. Schließlich war auch die Rückfahrt für morgen vorgesehen, und es konnte ja wohl nicht angehen, dass er sie alle zwang, ihren

Urlaub noch um unbestimmte Zeit zu verlängern. Wenn er die Fahrt Richtung Wattenmeer allerdings fortsetzte, würde auch die Rückfahrt entsprechend länger dauern. Ob er sich darüber überhaupt Gedanken machte? Oder war er inzwischen so verblendet, dass er um jeden Preis den Chefermittler in einem Mord spielen musste, der wahrscheinlich gar keiner war? In diesem Fall sollte man ihn dringend auf seinen Geisteszustand hin überprüfen lassen.

„Was hältst denn du davon, dass unser Großvater das Schiff einfach so weiterfahren lässt?", wechselte nun sie das Thema. Sie hatte keine Lust, über das Verhältnis von Hedda und Pietro zu philosophieren, dafür waren die beiden ihr einfach nicht wichtig genug.

„Es scheint niemanden zu stören", antwortete Arne ausweichend.

„Und du? Stört es dich? Oder bist du jetzt auch unter die Duckmäuser gegangen und traust dich bloß nicht, ihm die Meinung zu geigen?" Kathrin wusste nicht, warum sie Arne gegenüber plötzliche eine gewisse Aggressivität verspürte, schließlich konnte er für das, was hier schieflief, genauso wenig wie sie.

„Und wie oft hast du ihm schon die Meinung gegeigt?", konterte Arne.

„Stimmt auch wieder", musste Kathrin zugeben.

„Ich nehme mal an, dass er noch ein wenig über das IJsselmeer schippert, um seiner kruden Mordtheorie den passenden Rahmen zu verleihen: nämlich das etwas gruselig anmutende Ausgeliefertsein der Passagiere", meinte Arne. „Inzwischen bin ich mir sogar ganz sicher, dass selbst diese seltsamen Textnachrichten von ihm kommen. Wahrscheinlich hat Bertchen sie in seinem Auftrag verschickt. Spätestens aber, wenn er auch noch auf die Nordsee rausschleusen will, werde ich ein Wörtchen dazu zu sagen haben. Schließlich habe ich einen Job zu erledigen. Die anderen sehen es nicht anders, wie ich so mancher Bemerkung entnehmen konnte. Sie halten das ganze Getue für eine Spinnerei des Alten, der auf seine letzten Tage noch mal seinen Spaß haben will. Sei's ihm gegönnt. Du kannst dich also entspannt zurücklehnen und dir einen weiteren Cocktail genehmigen. Ich würde dir sogar einen holen."

Eigentlich hätten sie Arnes Worte beruhigen sollen, das taten sie jedoch ganz und gar nicht – im Gegenteil. Irgendetwas an seinen Ausführungen hatte dieses mulmige Gefühl in ihre Magengegend zurückgespült. Vielleicht Arnes Versuch, ihren Großvater als verschrobenen alten Kerl hinzustellen, der nichts Besseres zu tun hatte, als die *White Cloud* zu einem Schauplatz nach dem Vorbild von Edgar Wallace oder Agatha Christie zu machen. Ähnlich, wie sie selbst gerade noch versucht hatte, sich sein Handeln schönzureden. Bei genauerer Überlegung aber sprach gegen diese Theorie schon die Tatsache, dass Herbert van Lessen Kriminalromane und -filme zeitlebens gehasst hatte. Warum also sollte er am Ende seines Lebens ausgerechnet einen fingierten Kriminalfall inszenieren? Außerdem war der Alte ein sachlicher und analytischer Mensch durch und durch. Für alles, was irgendwie nach überflüssigem Tamtam, wie er es nannte, aussah, hatte er noch nie Verständnis, geschweige denn Geduld aufbringen können. Kaum vorstellbar, dass ausgerechnet dieser Mann plötzlich Spaß daran haben sollte, seine Verwandten zu Spielbällen seiner allenfalls in Fragmenten vorhandenen kriminalistischen Fantasie zu machen.

„Bitte entschuldige mich." Ohne Arne eines weiteren Blickes zu würdigen, stand Kathrin auf und machte sich auf den Weg an die Bar. Sie wusste jetzt, was sie zu tun hatte.

„Was ist denn los, Kathrin?", hörte sie Arne hinter sich herrufen.

„Ich hole mir einen Cocktail", rief sie über die Schulter zurück.

„Bringst du mir einen mit?"

„Nee, sorry, hab noch was anderes vor." Sie hoffte, dass er sich damit zufriedengeben würde, denn bei dem, was sie plante, konnte sie niemanden gebrauchen.

An der Bar war Gott sei Dank nicht allzu viel los. Bert war mithilfe von Morten damit beschäftigt, Enna vom Boden aufzulesen und ins Bett zu schaffen. Nur Kathrins Mutter Margot hielt sich noch an der Bar auf, telefonierte jedoch und hatte ihr den Rücken zugewandt.

„Was kann ich für dich tun?", fragte Sophie, als Kathrin nun auf sie zusteuerte. „Darf's noch ein Cocktail sein?"

Kathrin schüttelte den Kopf, stellte ihr leeres Glas ab und beugte sich über den Tresen. „Ich müsste dich sprechen, es ist wirklich dringend."

Als Sophie sie nur fragend ansah, beschloss sie, aufs Ganze zu gehen, und fügte mit gesenkter Stimme hinzu: „Mein Großvater hat gesagt, dass du Polizistin bist. Ich brauche deine Hilfe. Es geht um Leben und Tod." Das klang zwar wie in einem schlechten Film, verfehlte seine Wirkung jedoch nicht.

„Okay", raunte Sophie zurück. „Ich mache gleich eine

Pause.“ Sie sah auf die Uhr. „Sagen wir in zehn Minuten. Wir treffen uns auf dem Sonnendeck. Sollte sich noch jemand dort aufhalten, suchen wir uns einen anderen Platz.“

„Ja, gute Idee, dann mach mir diesmal doch bitte eine Piña colada.“ Kathrin sprach nun wieder laut und deutlich. Eine tiefe Erleichterung machte sich in ihr breit. Wenn Sophie tatsächlich Polizistin war, dann hatte sie nichts mehr zu befürchten. Sie würde sich in den nächsten Tagen einfach in ihrer Nähe aufhalten, was auf einem Schiff ja nicht allzu schwer sein dürfte. Zumal auf einem, das keiner verlassen konnte.

Mit ihrem Cocktail in der Hand machte sie sich nur wenig später auf den Weg zum Sonnendeck. Arne war inzwischen verschwunden. Sie hoffte, dass er sich nicht ausgerechnet an Deck aufhalten würde. Als sie dort ankam, war niemand zu sehen. Vorsichtshalber drückte sie sich in der Nähe der Treppe herum, sodass sie rasch flüchten konnte, sollte ihr etwas Ungewöhnliches auffallen.

Es dauerte nur wenige Minuten, bis Sophie zu ihr stieß. Sie fackelte nicht lange, sondern schaute sich intensiv an Deck um und sagte dann zu Kathrin: „Was gibt’s?“

„Stimmt es, dass du Polizistin bist und hier verdeckt ermittelst?“

Sophie zog etwas aus ihrer Jackentasche und hielt es Kathrin unter die Nase. Es war ihr Dienstausweis. „Dein Großvater sagte bereits, dass er dich eingeweiht hat. Was wolltest du mir mitteilen?“

Kathrin schaute angestrengt in alle Richtungen, um sicherzugehen, dass auch jetzt niemand außer ihnen hier an der frischen Luft war. Dann zog sie ihr Smartphone aus der

Tasche, tippt kurz darauf herum und hielt Sophie dann das erleuchtete Display mit den Drohbotschaften hin.

„Du hast sie also auch bekommen“, murmelte Sophie. Beim Lesen hatte sich ihre Stirn in tiefe Falten gelegt.

„Du weißt, dass auch Arne, Pietro und Hedda sie haben?“, wunderte sich Kathrin.

„Die drei auch? Verdammt!“, war alles, was Sophie darauf antwortete. Sie kaute für eine Weile nachdenklich auf ihrer Unterlippe herum, dann fragte sie: „Und was ist mit Bertchen?“

Kathrin zuckte die Schultern. „Keine Ahnung. Ich weiß es nur von …“

„Das meine ich nicht. Ich habe ihn den ganzen Tag nicht gesehen. Hast du eine Ahnung, wo er ist?“

Kathrin sackte das Herz in die Hose. Stimmt, ihr war sein Fehlen auch aufgefallen, doch hatte sie sich keine weiteren Gedanken darüber gemacht. „Du glaubst doch nicht …?“ Mit geweiteten Augen griff sie sich an die Kehle, der nur noch ein Krächzen entwich.

„Wahrscheinlich ist er in seiner Kabine“, versuchte Sophie, sie zu beschwichtigen. „Schließlich ging es ihm nicht gut. Wir sollten nachschauen. Weißt du, wo sie ist?“

Kathrin nickte. Bertchens Kabine lag gleich neben ihrer. Sie nannte Sophie die Nummer.

„Gut, dann geh schon mal hin. Ich besorge mir schnell den Generalschlüssel.“

„General …?“ Kathrin schluckte schwer. „Und wenn er einfach nur schläft?“

„Umso besser für ihn. Dann hat sich eben der Service in der Zimmertür geirrt.“

Nachdem Kathrin und Sophie Minuten später sichergestellt hatten, dass sich außer ihnen niemand auf dem Gang aufhielt, schloss Sophie die Tür zu Bertchens Kabine auf. Sie war hell erleuchtet, das Bett unberührt. Doch von Bertchen war weit und breit nichts zu sehen.

28

Es war ein langer Tag gewesen. Völlig erschöpft schloss Hauptkommissar David Büttner die Haustür auf. Schon in der Diele waberte ihm der Duft von Speckpfannkuchen entgegen, wodurch seine Laune prompt beträchtlich stieg. Hach, Susanne war einfach die Beste! Auch wenn sie stets an seinem Gewicht herummäkelte, so wusste sie doch, womit sie ihn in Zeiten schwieriger Ermittlungen glücklich machen konnte, und Speckpfannkuchen gehörten definitiv dazu. Er freute sich darauf, eine Flasche Rotwein zu öffnen und es sich mit seiner Frau so richtig gemütlich zu machen.

Mit einem glücklichen Lächeln auf dem Gesicht betrat er die Küche und sog tief die Luft ein. „Mmmh“, schwärmte er, „kann es denn Schöneres geben, als wenn einen am Feierabend sein Lieblingsessen erwartet? Vielen Dank, mein Schatz!“ Er drückte seiner Frau einen Kuss auf die Wange. Ein Blick in die Pfanne sagte ihm, dass der erste Pfannkuchen schon bald fertig sein würde. „Ich mache noch rasch einen Wein auf“, verkündete er. „Ich hoffe, du trinkst einen mit?“

„Ja, gerne, ich …“ Susanne unterbrach sich und deutete auf sein blinkendes und vibrierendes Handy, das er auf den Tisch gelegt hatte. „Willst du nicht rangehen?“

Er warf einen Blick aufs Display. „Nein.“

„Es könnte wichtig sein. Du bist mitten in einer Mordermittlung."

„Eben."

Susanne stemmte die Hände in die Hüften und sah ihn tadelnd an. „David, ein Mensch könnte in Schwierigkeiten stecken. Es wird schon einen Grund geben, warum man dich um diese Uhrzeit zu erreichen versucht. Wer ist es denn?"

„Hasenkrug."

„Dann geh ran. Er würde dich nie stören, wenn es nicht wirklich wichtig wäre."

Büttner seufzte. „Ich weiß."

„Also?"

Büttner gab sich geschlagen. Er wusste, dass er seinen Speckpfannkuchen vergessen konnte, wenn er Hasenkrug nicht wenigstens fragte, worum es ging. In dieser Hinsicht war Susanne stur. Aus irgendeinem Grund lag es ihr immer am Herzen, dass so wenig Menschen wie möglich auf brutale Weise den Tod fanden.

„Ja, Hasenkrug?", blaffte er gleich darauf ins Handy und merkte selbst, dass er nicht eben höflich klang.

„Sorry, aber es wäre gut, wenn Sie noch mal ins Büro kämen, Chef."

„Warum? Gibt es eine neue Leiche?" Dies war der einzige Grund, den Büttner für eine Rückbeorderung ins Kommissariat gelten lassen würde.

„Noch nicht", antwortete Hasenkrug.

„Was heißt das?"

„Kollegin Reimers hat soeben Alarm geschlagen. Bertchen van Lessen ist verschwunden."

„Verschwunden? Wie kann man denn auf einem Schiff verschwinden?“

„Man könnte über Bord gehen“, schlug Hasenkrug vor.

„Und? Ist er das?“

„Das wissen wir noch nicht. Allerdings …“

„Allerdings?“

„Bisher konnte er noch nicht gefunden werden, obwohl quasi das ganze Schiff auf den Kopf gestellt wurde. Leider ist also davon auszugehen, dass er tatsächlich irgendwo im IJsselmeer schwimmt.“

Büttner horchte auf. „Was sollte er denn im IJsselmeer zu tun haben? Ich dachte, das Schiff liegt in Lemmer.“

„So war es geplant, ja. Aber Herbert van Lessen hat anders entschieden. Seiner Enkelin hat er anscheinend gesagt, er wolle erst den Mord an Marcel Rittmers aufgeklärt haben, bevor er irgendjemanden von Bord gehen lassen würde.“

„Was für eine blöde Idee! Und was sagt die liebe Verwandtschaft dazu?“

„Die halten bisher noch die Füße still. Allerdings scheint es mit der Stimmung an Bord nicht zum Besten zu stehen.“ Hasenkrug räusperte sich, bevor er hinzufügte: „Da ist noch was.“

„Spucken Sie's aus!“

„Sophie ist aufgeflogen.“

„Was?“ Büttners Herz fing an zu rasen. Das durfte doch nicht wahr sein!

„Ja. Zumindest wissen der Alte und seine Enkelin Kathrin Bescheid. Und Bertchen.“

„Und der ist jetzt verschwunden.“

„Genau. Er war es wohl auch, der Sophie auf Veranlassung seines Großvaters im Internet aufgestöbert hat."

„Sie war es aber nicht, die ihn deswegen über Bord geschmissen hat", versuchte Büttner einen Scherz, der ihm selbst im Halse stecken blieb. Es wunderte ihn daher nicht, dass sein Assistent diese Bemerkung ignorierte.

„Herbert van Lessen möchte uns etwas sagen", fuhr Hasenkrug fort. „Und das möglichst schnell. Wie mir Sophie sagte, ist er völlig fertig, weil sein Enkel verschwunden ist, und stammelt ständig vor sich hin: ‚Das habe ich nicht gewollt. Das habe ich nicht gewollt.'"

„Was hat er denn nicht gewollt?"

„Das sagt er nicht. Aber ich nehme an, wir werden es erfahren, wenn wir ihn auf dem Schiff treffen."

„Auf dem Schiff?" Büttner schwante Böses. „Ich denke, die *White Cloud* kreuzt gerade auf dem IJsselmeer herum."

„So ist es. Er wünscht, uns dort zu sehen. So schnell wie möglich. Er will, so sagt er, Schluss machen mit dem ganzen Theater."

„Was für'n Scheiß", entfuhr es Büttner. Er wusste, dass ihm unter diesen Umständen nichts anderes übrig blieb, als sich auf den Weg zu machen. Obwohl ... „Wir sind doch gar nicht zuständig", startete er einen letzten Versuch. „Die van Lessens befinden sich auf niederländischem Grund und Boden. Da müsste doch zunächst unser verehrter Kollege van Dijk ..."

„Van Dijk wartet in Groningen auf uns. Sophie hat ihn bereits informiert. Natürlich wird er dabei sein, van Lessen aber besteht auf unsere Anwesenheit."

„Es dauert ewig, bis wir am IJsselmeer sind." Büttners Ton wurde quengelig. Er sah sowohl seine Nachtruhe, als auch – und das war viel bedauerlicher – seine Speckpfannkuchen in weite Ferne rücken.

„Wir sollten uns beeilen. Sophie klang alles andere als hoffnungsfroh. Moment mal, Chef, bleiben Sie dran, hier geht ein Anruf ein …" Für einen Moment wurde es still, dann meldete sich Hasenkrug wieder zu Wort: „Das war Sophie. Nun ist auch noch Pietro van Lessen weg. Sie klang äußerst beunruhigt. Wie gesagt, wir sollten uns beeilen. Auf der Fahrt nach Groningen werde ich Sie noch über eine weitere Sache unterrichten. Es sind neue Fakten aufgetaucht. Gut möglich, dass wir den Mörder von Julian Steckenbach haben. Und damit womöglich auch den von Marcel Rittmers."

„Und das sagen Sie erst jetzt?"

„Es hängt alles miteinander zusammen. So, Chef, ich warte im Kommissariat auf Sie und halte derweil mit Sophie und den holländischen Kollegen Kontakt. Wie mir Sophie sagte, ist die Wasserschutzpolizei bereits auf dem Weg zur *White Cloud* und kann hoffentlich Schlimmeres verhindern."

„Was denn verhindern?", fragte Büttner verdattert. „Ich denke, die sind schon alle … also, die beiden Vermissten sind schon über Bord gegangen."

„Ja, was weiß denn ich, was den van Lessens noch alles einfällt. Bis gleich, Chef."

Noch ehe Büttner etwas erwidern konnte, hatte Hasenkrug aufgelegt. Mit einem bedauernden Blick blieb er in der Küche stehen und schaute auf seinen Speckpfannkuchen und seine Frau. Dann verabschiedete er sich von beiden und machte sich auf den Weg.

Auf der Fahrt von Emden nach Groningen wurde Büttner von seinem Assistenten zunächst über die aktuellen Entwicklungen an Bord aufgeklärt, so wie Sophie Reimers sie ihm und wohl auch van Dijk bereits geschildert hatte: „Von Bertchen und seinem Laptop fehlt jede Spur. Da alle Enkelkinder eine Drohung per Textnachricht erhalten haben, können wir davon ausgehen, dass auch Bertchen sie bekommen hat. Womöglich ist er derjenige, bei dem der Mörder jetzt ernstgemacht hat, womit er Opfer Nummer drei wäre. Opfer Nummer vier, das wohl ebenfalls für diese Nacht angekündigt war, könnte Pietro van Lessen sein. Er wurde zuletzt mit seiner Cousine Hedda gesehen, die ihn wohl zu einem Schäferstündchen hatte überreden können. Sie behauptet, nach ebendiesem rund eine Stunde später in ihrem Bett aufgewacht zu sein, Pietro aber sei verschwunden gewesen. In seiner Kabine war er auch nicht. Seither hat ihn niemand mehr gesehen, obwohl nicht nur von Hedda intensiv nach ihm gesucht wurde." Büttner blickte angestrengt aus dem Fenster. Weitere Informationen, die die Ermittlungen ergeben hatten, wollte ihm Hasenkrug jedoch noch nicht geben, mit der Begründung, nicht alles doppelt erzählen zu wollen, schließlich müsse der Kollege van Dijk ja auch informiert werden.

In Groningen wurden Büttner und Hasenkrug bereits von van Dijk erwartet. Ohne Zeit zu verlieren, wechselten sie in einen Streifenwagen der niederländischen *Politie*, mit dem sie Dank Blaulicht und Martinshorn in circa einer halben Stunde am IJsselmeer eintreffen würden.

„So, und nun klären Sie uns bitte endlich darüber auf, was es für neue Erkenntnisse gibt", brummte Büttner. Er und Arie van Dijk sahen Hasenkrug erwartungsvoll an.

„Zunächst einmal die Fakten, die unsere Kollegen der Wirtschaftskriminalität zusammengetragen haben", begann Hasenkrug mit seinen Ausführungen, nachdem er zu Büttners Freude eine Runde Schinkenbrötchen im Wagen verteilt hatte, die ihm seine Lebensgefährtin Tonja nach einem kurzen Zwischenstopp zu Hause mit auf den Weg gegeben hatte. „Um es kurz zu machen: Auf den Konten der Van-Lessen-Werft finden sich seit Monaten Auffälligkeiten."

„In welcher Form?"

„Zum einen sind hier und da mal höhere Geldbeträge abgebucht worden, die keinem ordnungsgemäßen Geschäftsvorgang zugeordnet werden können. Aber das sind Peanuts verglichen mit dem, was sonst noch stattgefunden hat." Hasenkrug machte eine kurze Pause, als nun der Polizeifunk ansprang und sie darüber informierte, dass die Wasserschutzpolizei in Sichtweite der *White Cloud* sei. Die drei Polizisten nickten zufrieden, obwohl der Funker noch hinterherschickte, die beiden Vermissten seien noch nicht wieder aufgetaucht.

„Zurück zur Werft", sagte Hasenkrug. „Auffällig ist, dass in den letzten Monaten Aktienpakete der Werft in beachtlicher Höhe den Besitzer gewechselt haben. Da die Aufkäufe zunächst verdeckt über die Börse liefen, fielen diese Verkäufe erst zeitverzögert auf. Zunächst hatten sich die

Aufkäufer dabei an Kleinaktionäre gehalten und ihnen einen Preis deutlich über dem aktuellen Wert der Aktie geboten, was die in vielen Fällen freudig angenommen haben. Schließlich aber drohten durch die hohe Anzahl der Verkäufe die bisherigen Mehrheitsverhältnisse im Unternehmen ins Wanken zu geraten."

„Was heißt das konkret?", fragte Büttner, der vom Aktiengeschäft nichts verstand.

„Die Mehrheit der Aktien ist im Besitz der Familie van Lessen. Zumeist gehören sie Herbert van Lessen und seinen Söhnen, in geringerem Anteil den Enkeln."

Arie van Dijk zog nachdenklich die Stirn in Falten. „Wenn diese Mehrheitsverhältnisse ins Wanken geraten sind, muss sich also auch eines der Familienmitglieder zum Verkauf seiner Anteile bereiterklärt haben."

„Ganz genau", bestätigte Hasenkrug. „Welche Aktien der Familie wohin gewandert sind, dazu fehlen uns allerdings noch genaue Informationen. Die Kollegen sind dran. Aber vielleicht gibt es auf dem Schiff ja jemanden, der uns Genaueres dazu sagen kann."

„Na, dann hoffen wir mal, dass über dieses Wissen nicht ausgerechnet Bertchen oder Pietro verfügen", knurrte Büttner. „Zumindest nicht, wenn sie dieses Wissen zwischenzeitlich mit auf den Grund des IJsselmeers genommen haben."

„Bleibt immer noch die Frage, was Julian Steckenbach und Marcel Rittmers mit diesen Geschäften zu tun hatten", meinte Hasenkrug. „Dass Rittmers irgendetwas mit Aktien am Laufen hatte, erscheint mir eher unwahrscheinlich."

„Julian Steckenbach aber könnte Mittel zum Zweck gewesen sein“, warf Büttner ein. „Mein nur rudimentär vorhandener Finanzverstand sagt mir, dass man zu solchen feindlichen Übernahmen Computerkenntnisse ganz gut gebrauchen kann.“

Arie van Dijk nickte. „Sie können zumindest nicht schaden, wenn man die Sache ein wenig beschleunigen möchte.“

„Womit wir möglicherweise den Bezug Steckenbachs zu den van Lessens haben.“ Hasenkrug nickte. „Ja, so könnte es gewesen sein.“

„Dann müssen wir jetzt nur noch herausfinden, wer von den van Lessens in diesem Spiel welche Rolle gespielt hat“, konstatierte Büttner. „Da hoffen wir doch mal, dass der Alte, nach allem, was passiert ist, in Plauderlaune ist. Ich werde nämlich das Gefühl nicht los, dass der ganze Familienausflug lediglich Mittel zum Zweck war, um herauszufinden, wer von der Familie sich erlaubt, den omnipotenten Patriarchen über den Tisch zu ziehen.“

Hasenkrug nickte. „Das würde auch die plötzlichen kriminalistischen Neigungen des Herbert van Lessen erklären, die Sophie Reimers mithilfe einer seiner Enkelinnen meint, ausgemacht zu haben.“

„Wenn es so ist, dann hat er seine Familie – und nicht nur die – ziemlich in die Scheiße geritten“, wurde Büttner deutlich. „Das kommt davon, wenn man an notorischer Selbstüberschätzung leidet.“

Während der Polizeiwagen in schnellem Tempo über die Straßen glitt, hingen die Männer für ein paar Minuten ihren Gedanken nach. Bevor es nachher an Bord der *White Cloud* ging, wollten noch viele Informationen verarbeitet und sortiert werden. Schließlich aber sagte Hasenkrug in die Stille hinein: „Das war aber noch nicht alles, was es an neuen Erkenntnissen gegeben hat. Ein anderer Punkt dürfte für die Befragungen der Passagiere auch nicht uninteressant sein."

„Woher plötzlich all diese Geistesblitze, Hasenkrug?", wunderte sich Büttner.

„Zu viel des Lobes, Chef", erwiderte der. „Beim gerade Erläuterten habe ich nur das wiedergegeben, was mir die Kollegen von der Wirtschaftskriminalität gesteckt haben." Er grinste. „Bei dem, was jetzt kommt, können Sie mich aber gerne als den Urheber eines genialen Gedankens würdigen."

Büttner sah ihn tadelnd an. „Nun schneiden Sie sich nur nicht an Ihrem scharfen Verstand, Hasenkrug. Ob das, was Sie zu sagen haben, genial ist oder nicht, entscheide immer noch ich. Also, dann legen Sie mal los."

„Na, dann schnallen Sie sich mal an, Chef." Hasenkrug räusperte sich, bevor er begann, seine Überlegungen darzulegen: „Wir sind die ganze Zeit davon ausgegangen, dass Julian Steckenbach in das Schleusenbecken gestoßen wurde."

„Wurde er das nicht?", fragte Büttner.

„Doch. Aber womöglich nicht so, wie wir es uns vorgestellt haben, also vom Ufer aus."

„Sondern?"

„Durch eine Schleuse fahren Schiffe", klärte Hasenkrug ihn auf. „Also habe ich mir überlegt, dass er doch genauso gut beim Schleusen über Bord gegangen sein kann."

„Also doch ein Unfall?", fragte Arie van Dijk.

„Kann sein, muss aber nicht. Es wäre auch möglich, dass man ihm einen Hieb auf den Kopf versetzt und ihn dann über die Reling entsorgt hat. Das würde auch erklären, warum er in unmittelbaren Kontakt mit der Schiffsschraube geriet, ohne dass jemand außer dem Täter, versteht sich – etwas davon mitbekommen hat."

„Das Schiff müsste in diesem Fall alleine in der Schleuse gewesen sein", schlussfolgerte Büttner. „Ich kann mir kaum vorstellen, dass ein solcher Vorgang ansonsten unbemerkt geblieben wäre."

„Genau das habe ich mir auch gedacht. Außerdem muss das Ganze so vonstattengegangen sein, dass der Schleusenwärter nichts bemerkte."

„Ist das denn möglich?"

„Ich habe mit dem Schleusenwärter gesprochen. Möglich ist es, sagt er. Es kommt wohl ganz darauf an, an welcher Stelle der Körper über Bord ging. Nicht jeder Winkel ist vom Schleusenwärterhäuschen aus einsehbar. Zumal der Schleusenwärter auch nicht ständig auf die Schiffe starrt, wenn das Wasser ein- oder ausströmt."

„Wäre es also doch möglich, dass Streckenborn …"

„Steckenbach."

„… dass Steckenbach von der *White Cloud* gestoßen wurde?"

„Nach nochmaliger Rücksprache mit Doktor Wilkens nicht. Dafür hat er definitiv zu lange im Wasser gelegen." Hasenkrug zögerte kurz, bevor er hinzufügte: „Also habe ich den Zeitraum, den Doktor Wilkens für möglich hielt, mal überprüft. Das heißt, ich habe mir vom Schleusenwärter die Liste der geschleusten Schiffe zuschicken lassen."

„Sehr clever, Hasenkrug, sehr clever. Und? Sind Sie fündig geworden?"

„Ja. Zwölf Schiffe standen auf der Liste, unter anderem eines mit dem Namen *Malibu*. Das war mutterseelenallein in der Schleuse, und zwar am frühen Morgen des Tages, an dem auch die *White Cloud* hinaus auf die Ems wollte. Und wenn ich Ihnen jetzt sage, wem dieses Schiff gehört, dann wird Ihnen ein Licht aufgehen."

29

Sophie Reimers verspürte grenzenlose Erleichterung, als sie in der Ferne das von den Wellen reflektierte Blaulicht der herannahenden Wasserschutzpolizei sah. Gott sei Dank hatte Arie van Dijk nicht lange gefackelt und ohne endloses Nachfragen seine Kollegen alarmiert. Dennoch war damit zu rechnen, dass die Boote der Wasserschutzpolizei noch eine Weile brauchen würden, bis sie die *White Cloud* erreichten. Da es draußen stockdunkel war, konnte sie nicht erkennen, ob bereits Tempo aus ihrem Schiff genommen wurde. Sie hoffte jedoch inständig, dass die Polizisten den Kapitän des Passagierdampfers bereits angefunkt und ihn aufgefordert hatten, seine Fahrt zu verlangsamen, aber davon war wohl auszugehen.

Seit das Verschwinden von Bertchen bekannt geworden war, herrschte auf dem Schiff eine so angespannte Stimmung, dass quasi sekündlich mit einer Explosion zu rechnen war. Noch schlimmer war es geworden, als allen langsam dämmerte, dass auch Pietro ganz offensichtlich wie vom Erdboden verschluckt war. Das ganze Schiff hatten sie durchkämmt, doch blieben die beiden unauffindbar. Jeder wusste, dass das alles andere als ein gutes Zeichen war, wenn man sich quasi auf offener See an Bord eines Schiffes befand, doch traute sich keiner, die naheliegende

Vermutung laut auszusprechen. Zu ungeheuerlich war die Vorstellung, dass zwei von ihnen womöglich im eiskalten Wasser des IJsselmeeres um ihr Leben kämpften oder bereits ertrunken waren.

Es war eine Mischung aus Verunsicherung, Misstrauen und Angst, die in den Räumen lag. Aber da war auch Wut, so zum Beispiel bei Bert van Lessen, der sich nun vor seinem greisen Vater aufgebaut hatte und ihn anschrie: „Wenn meinem Jungen auch nur ein Haar gekrümmt wurde, dann werde ich dich persönlich zur Rechenschaft ziehen, dich ganz persönlich! Mit deinem blödsinnigen Geschwafel vom angeblichen Mord an Marcel Rittmers hast du dafür gesorgt, dass hier jeder jedem an die Gurgel geht. Und das hast du nun davon!" Bert beugte sich tief zu seinem im Sessel sitzenden Vater hinunter und packte ihn am Revers seines Jacketts. Seine nächsten Worte kamen so zischend heraus, dass ihm Speicheltropfen aus dem Mund spritzten: „In der Hölle sollst du für deine Lügen und Intrigen schmoren, hörst du, in der Hölle!" Zum Entsetzen der Polizistin hob er nun die Hand, und das ganz offensichtlich, um seinem stocksteif dasitzenden Vater eine Ohrfeige zu verpassen. Im Salon schnappten die Anwesenden erschrocken nach Luft, vereinzelt waren spitze Schreie zu hören. Arne sprang auf, machte ein paar Schritte auf Bert zu und riss ihn an der Schulter zurück. Blind vor Wut drehte sich Bert zu ihm um und …

„Ihr Vater hat nicht gelogen!", rief Sophie Reimers wie aus einem Reflex heraus in den Raum hinein, weil sie befürchtete, dass es zu einer Massenschlägerei kommen konnte. Denn auf Arnes Einschreiten hin machten sich nun auch andere Familienmitglieder bereit, in den Konflikt zwischen Vater und Sohn einzugreifen. Auf Sophies Worte hin erstarrten jedoch alle in der Bewegung, und es herrschte von einem Moment auf den anderen Stille im Raum. „Ihr Vater hat nicht gelogen“, wiederholte sie deutlich leiser, als alle sie nun anstarrten. Sie beschloss, mit offenen Karten zu spielen, auch auf die Gefahr hin, von der Meute zerrissen zu werden. Ein Blick nach draußen sagte ihr, dass die Kollegen von der Wasserschutzpolizei noch ein paar Minuten brauchen würden, aber die musste sie nun eben ohne deren Unterstützung überstehen. Sie sah zu Kathrin hinüber, die vor Anspannung die Lippen zusammengepresst hatte, ihr jedoch aufmunternd zunickte. „Marcel Rittmers ist tatsächlich das Opfer eines Verbrechens geworden“, sagte sie und bemühte sich um eine ruhige Stimmlage.

„Und woher wollen ausgerechnet Sie das wissen?“, schnauzte Bert sie an und zeigte mit spitzem Finger auf seinen Vater, der bleich und schweratmend in seinem Sessel saß. „Nur weil der es gesagt hat, oder was? Mischen Sie sich nicht in Sachen ein, die Sie nichts angehen. Dies ist eine reine Familienangelegenheit und …“

„Das ist sie schon lange nicht mehr“, unterbrach Sophie Reimers ihn, wobei sie eine ordentliche Portion Schärfe in ihre Stimme legte. Sie zog ihren Dienstausweis aus der Tasche und hielt ihn in die Luft. „Mein Name ist Sophie Reimers. Ich bin von der Kriminalpolizei und ermittle in den Morden an Julian Steckenbach und Marcel Rittmers.“

Hektische Blicke wurden auf diese Ankündigung hin ausgetauscht, nicht wenige beäugten ihren Sitznachbarn mit Skepsis, rückten manchmal sogar ein Stück von ihm ab. Viele Blicke wanderten zur Tür, wohl in der Erwartung, dass Sophies Kollegen im nächsten Moment den Salon stürmen würden, um den jeweiligen Sitznachbarn zu verhaften. Sophie bemühte sich um eine schnelle Analyse, ob sich jemand nach ihren Worten ganz besonders ertappt zu fühlen schien, doch hatten ihr einige Personen den Rücken zugedreht, sodass sie es nicht abschließend sagen konnte. Nervös waren sie jedoch alle, daran bestand kein Zweifel. Aber das war in dieser Situation ja auch nicht verwunderlich.

„Mord?", zerschnitt nach langen Augenblicken der Stille die quietschende Stimme von Femke van Lessen den Raum. „Dann war es also wirklich Mord? Aber wieso sagt uns das denn keiner?"

„Vielleicht, weil sie warten wollten, bis wir uns alle gegenseitig ausgelöscht haben", erwiderte Hedda spöttisch, nachdem sie die letzte halbe Stunde damit zugebracht hatte, sich die Augen aus dem Kopf zu heulen. Sophie Reimers war sich nicht sicher, ob Hedda das Verschwinden Pietros tatsächlich so naheging oder ob sie es für besser hielt, einen auf trauernde Witwe zu machen, um nicht womöglich selbst in Verdacht zu geraten.

„Aber wer hat Marcel denn umgebracht?", ließ Femke nicht locker und schaute Sophie Reimers so erwartungsvoll an, als würde die nur darauf warten, ihr Wissen nach tagelangem Hinunterschlucken endlich preisgeben zu können.

„Darüber werden meine Kollegen Sie beizeiten aufklären", behauptete die Polizistin. „Sie sind auf dem Weg hierher." Tatsächlich war sie ahnungslos, wie der aktuelle Stand der Ermittlungen aussah. Zwar hatte Sebastian Hasenkrug am Telefon irgendetwas von interessanten Erkenntnissen gemurmelt, jedoch war angesichts der angespannten Situation keine Zeit gewesen, sich ausführlich darüber auszutauschen. So blieb ihr nur zu hoffen, dass ihr Einsatz der vergangenen Tage nicht umsonst gewesen war.

„Auf diesen Schrecken hin brauche ich einen Whisky", verkündete Bert van Lessen. Auch er wirkte plötzlich eher konsterniert, seine Aggression war wie weggeblasen. Er klopfte seinem Vater, der wie weggetreten dasaß, entschuldigend auf die Schulter und kam zur Bar herüber. „Hauptsache, Sie finden meinen Sohn", sagte er ungewöhnlich bedrückt, „alles andere ist egal. Ich könnte nicht mehr in den Spiegel sehen, wenn er durch mein Scheißspiel …" Er brachte den Satz nicht zu Ende, sondern machte lediglich eine resignierte Geste mit der Hand. „Schenken Sie denn jetzt überhaupt noch Getränke aus?", fragte er.

„Kein Problem." Sophie füllte ein Glas mit Whisky und stellte es vor ihn auf den Tresen. Auch einige andere gaben ihre Bestellung auf. Wenig später wurde der Salon plötzlich durchzuckt von blauen Blitzen.

30

Von der gewöhnlich zur Schau gestellten Überheblichkeit der van Lessens war nicht mehr viel zu spüren, als David Büttner und Sebastian Hasenkrug gemeinsam mit ihrem Kollegen Arie van Dijk den Salon der *White Cloud* betraten. Vielmehr senkten fast alle den Kopf, wie eine Horde ungezogener Kinder, die auf ihre Strafe warteten.

Sophie Reimers hatte ihre Kollegen bereits auf dem Parkplatz des kleinen Hafens in Empfang genommen, den der Dampfer inzwischen angelaufen hatte. Umgehend hatte sie sie darüber informiert, was in der Zwischenzeit passiert war und dass sowohl Bertchen als auch Pietro nach wie vor vermisst wurden. Die Kollegen der Wasserschutzpolizei hatten sich unterdessen an den unterschiedlichsten Stellen des Schiffes postiert, um zu verhindern, dass noch einer der Passagiere und damit womöglich auch der Täter abhandenkam. Alle – bis auf Bertchens Mutter Enna, die volltrunken im Bett lag – wurden aufgefordert, im Salon zu bleiben oder sich in diesem einzufinden und ihn nicht mehr zu verlassen, bis vonseiten der Polizei die Genehmigung dazu erteilt würde. Wollte jemand auf die Toilette gehen oder eine Zigarette rauchen, wurde er nach draußen begleitet und nicht aus den Augen gelassen, sodass einige gleich ganz darauf verzichteten.

„Moin zusammen“, begrüßte Büttner nach Absprache mit Arie van Dijk die Anwesenden, woraufhin nur vereinzelt zögerliches Nicken zurückkam. „Nach all den Scherereien, die es in den letzten Tagen auf diesem Schiff gegeben hat, würden wir gerne ein wenig Ordnung schaffen.“ Er deutete auf Sophie Reimers, die gewohnheitsgemäß ihren Platz hinter der Bar eingenommen hatte. „Meine Kollegin kennen Sie ja bereits. Wie ich hörte, haben Sie sich mal kürzer, mal ausführlicher mit ihr unterhalten. Das, was wir zu hören bekommen haben, hat uns nicht immer gefallen. Am wenigsten aber gefällt uns, dass jetzt auch noch zwei Ihrer Verwandten verschwunden sind. Wenn einer von Ihnen also weiß, wo die beiden sich aufhalten, dann sagt er es jetzt lieber gleich, denn bei solchen Dingen verstehen wir keinen Spaß. Dabei ist es ganz egal, ob Sie ihn selbst haben verschwinden lassen oder uns einfach nur nicht an Ihrem Wissen teilhaben lassen wollen. In beiden Fällen wird Sie der Staatsanwalt zur Rechenschaft ziehen. Ich hoffe, das ist angekommen. Also?“

Büttner wartete darauf, dass sich jemand zu Wort meldete, aber nichts geschah. Schade, wäre ja auch zu einfach gewesen. „Gut“, sagte er schließlich, „Sie haben eine halbe Stunde Bedenkzeit. Wir ziehen uns so lange zurück, während zwei unserer niederländischen Kollegen Ihnen weiterhin Gesellschaft leisten. Bis später.“ Er gab Hasenkrug, van Dijk und Reimers Zeichen, mit ihm den Salon zu verlassen, und schloss gleich darauf die Tür hinter sich.

„Was gibt’s denn so Dringendes?“, fragte ein sichtlich irritierter Hasenkrug. „Ich dachte, wir hätten unser Vorgehen abgestimmt?“

„Ja, aber es ist ein unvorhergesehenes Problem aufgetreten."

„Und das wäre?" Nun schaute auch Arie van Dijk irritiert drein.

„Ich habe Hunger." Büttner schaute sich um. „Ob man uns wohl irgendetwas zu essen herrichten könnte? Auch ein Kaffee wäre super."

Sophie Reimers grinste. „Ich guck mal, was sich machen lässt." Sie verschwand für wenige Minuten und kehrte gut gelaunt wieder zurück. „Wenn Sie mir bitte in den Speisesaal folgen wollen, wir bekommen ein paar Schnittchen und Kaffee gebracht." Doch kaum, dass sie es gesagt hatte, gab ihr Smartphone den Eingang einer Nachricht bekannt.

„Schade ums Essen, aber ich … ich glaube, ich bin dann mal weg", verkündete sie verdattert, nachdem sie die Nachricht gelesen hatte. „Könnte ich zwei Ihrer Kollegen mitnehmen?", fragte sie Arie van Dijk.

„Worum geht es denn?"

Sie reichte ihr Smartphone in die Runde, woraufhin ihre Kollegen erstaunte Blicke austauschten. „Okay", meinte Büttner dann, „kümmern Sie sich darum und geben Sie umgehend Bescheid, sobald Sie mehr wissen."

Arie van Dijk gab zwei seiner uniformierten Kollegen Weisung, Sophie Reimers zu begleiten und ihren Anordnungen Folge zu leisten.

Nach einer knappen halben Stunde kehrten die drei Polizisten gesättigt in den Salon zurück. Sophie Reimers hatte sich zwischenzeitlich bei Büttner gemeldet und ihm mitgeteilt, dass in ihrer Angelegenheit alles in Ordnung sei. „Gut", hatte er gesagt, „dann warten Sie bitte, bis wir Sie in den Salon rufen. Ich halte es für strategisch günstig, mit unserem Wissen zum jetzigen Zeitpunkt sparsam umzugehen.“ Arie van Dijk hatte auf seinen fragenden Blick hin zur Bestätigung genickt.

„Okay“, sagte Büttner, sobald sie wieder im Salon standen. „Sie haben jetzt noch eine Chance, etwas zu sagen, ansonsten werden wir vor Ihnen ausbreiten, was wir inzwischen herausgefunden haben. So manchem von Ihnen dürfte das nicht gefallen.“

„Ich … Es ist alles meine Schuld“, war als einzige die krächzende Stimme Herbert van Lessens zu vernehmen.

„Heißt das, Sie haben Julian Steckenbach und Marcel Rittmers umgebracht?“, fragte Hasenkrug provozierend.

Der Alte war aufgestanden und stützte sich mit einer Hand auf seinem Stock ab, während er mit der anderen in der Luft herumfuchtelte. „Nein, natürlich nicht. Also nicht direkt. Aber indirekt trage ich sicherlich eine gewisse Mitschuld an ihrem Tod.“

„Wenn Sie das bitte näher erläutern würden.“

Herbert van Lessen setzte sich wieder. Das Stehen schien ihn über Gebühr anzustrengen, denn seiner Kehle entwich nun ein ungesundes Röcheln, das selbst auf mehrere Meter Entfernung zu hören war. „Es ist ungefähr ein halbes Jahr her, dass ich bemerkt habe, dass irgendwer versucht, mein Unternehmen, also die Van-Lessen-Werft, an sich zu reißen“, sagte er mit zittriger Stimme. „Zuerst dachte ich mir nichts dabei, denn bei einem Aktienunternehmen wie dem meinigen sind Kursschwankungen ja ganz normal.“

„Eine geplante feindliche Übernahme.“ Hasenkrug nickte. „Wir wissen davon.“

„Das ist gut." Herbert van Lessen wirkte erleichtert. „Wissen Sie denn auch, wer da seine Finger im Spiel hat?" Er ließ seinen Blick über seine Söhne und Enkel schweifen, die allesamt den Kopf einzogen.

„Nein." Hasenkrug schüttelte den Kopf. „Aber wir nehmen an, dass es ein Mitglied Ihrer Familie war, denn es ging um die Aneignung der Aktienmehrheit. Man wollte Sie und weite Teile Ihrer Familie ausbooten. Mit welcher Zielsetzung auch immer. Vermutlich, um das Unternehmen am Markt zu Geld zu machen, denn so läuft so was in der Regel ab."

„Ganz recht." Herbert van Lessen wartete ab, bis sich das anschwellende Gemurmel im Raum wieder gelegt hatte. „Ich habe meinen Enkel Bertchen um Hilfe gebeten, und er hat schnell herausgefunden, dass ich mit meinen Vermutungen recht hatte und dass es sogar mehrere Hackerangriffe auf die Firmenkonten gegeben hat."

„Julian Steckenbach", sagte Hasenkrug. „Er steckte hinter den Hackerangriffen, und vermutlich musste er deswegen sterben."

Nach dieser Offenbarung war der Gesprächsbedarf im Salon schon deutlich höher, und Hasenkrug hatte Mühe, für Ruhe zu sorgen. Büttner beobachtete derweil die Reaktionen der Anwesenden, von denen vor allem einer plötzlich sehr nervös wirkte. Sie waren also auf der richtigen Spur.

„Ja", sagte der Seniorchef. „Bertchen hat auf irgendwelchen verschlungenen Pfaden herausgefunden, dass Julian der Hacker war, und mit ihm Kontakt aufgenommen. Sie haben sich in Emden getroffen, und Bertchen hat ihm auf meine Anweisung hin eine hohe Geldsumme geboten, wenn er die Seite wechselt. Dabei stellte sich heraus, dass sich Julian genau zu diesem Zweck auch mit Bertchen hatte treffen wollen. Also nicht, um Geld zu kriegen, sondern weil er mit der Sache nichts mehr zu tun haben wollte. Er sagte, er fühle sich seit einiger Zeit verfolgt, bekomme seltsame Nachrichten, in denen stehe, er solle sich aus der Sache raushalten. Leider aber hat er nicht gesagt, wer ihm den Auftrag erteilt hat, das ganze Ding lief angeblich anonym übers Internet ab. Bezahlt werden sollte er mit dieser neumodischen Digitalwährung … Wie heißt sie noch gleich?"

„Bitcoins", erklang es vielstimmig.

„Genau, mit Bitcoins, sodass beide Seiten anonym bleiben konnten."

„Was sie aber nicht sind", stellte Büttner fest.

„Nein. Anscheinend nicht. Sonst wäre Julian vermutlich noch am Leben." Herbert van Lessen senkte den Kopf. „Leider habe ich auch in den letzten Tagen nicht herausgefunden, wer meiner Nachkommen ihn und Marcel auf dem Gewissen hat. Aber dass es einer von ihnen war, das weiß ich ganz sicher. Irgendwer muss herausgefunden haben, dass ich auch Marcel gebeten hatte, Augen und Ohren offenzuhalten. Nachdem ich ihm den Job auf der Werft gegeben hatte, war er mir treu ergeben. Ich hab ja nicht ahnen können, dass man in dieser Familie aus lauter Geldgier selbst vor Mord nicht zurückschreckt."

„Anstatt hier einen auf Sherlock Holmes zu machen, hätten Sie zur Polizei gehen sollen", meinte Büttner. „Das hätte Ihnen eine Menge Ärger gespart." Er räusperte sich.

„Und uns wahrscheinlich die Ermittlung in den Mordfällen. Sie können sich ruhig die Mitschuld an dem ganzen Schlamassel geben", sagte er mitleidlos.

„Aber Sie wissen doch auch nicht, wer …"

„Doch", unterbrach Büttner ihn. „Denn auch wir waren in der Zwischenzeit keineswegs untätig. Sprich, wir haben den Fall gelöst. Analog."

„Was heißt das, analog?"

„Der Schleusenwärter führt Listen, auf denen er notiert, welches Schiff um welche Uhrzeit die Schleuse passiert. Und das ganz klassisch auf Papier. Und nun raten Sie mal, was wir beim Überprüfen dieser Listen herausbekommen haben."

„Keine Ahnung. Nun sagen Sie schon."

Büttner, Hasenkrug und van Dijk nahmen einen Mann ins Visier, dessen Gesichtsfarbe daraufhin von rot auf bleich wechselte. „Sie haben uns angelogen, Herr van Lessen", sagte Hasenkrug. „Auch Sie waren, genauso wie Ihr Neffe Bertchen, schon vor allen anderen Familienmitgliedern in Emden. Und zwar mit Ihrer Segelyacht, die Sie doch angeblich nur bis nach Delfzijl geschippert hatten. So lautete zumindest Ihr Argument, warum Sie erst in Delfzijl zugestiegen sind. Nettes Alibi für den Mord an Julian Steckenbach, inzwischen aber wertlos."

„Das beweist gar nichts." Morten van Lessen hatte nach einem kurzen Schockmoment offenbar seine Selbstsicherheit zurückgewonnen und sah die Polizisten herausfordernd an. „Ja, ich war in Emden. Na und? Von einem Julian Steckenbach hatte ich bis zu seinem Tod noch nie etwas gehört."

„Es fällt mir schwer, das zu glauben", meinte Büttner. „Wie wir ja soeben gehört haben, war seine Identität anscheinend bekanntgeworden. Sie haben ihn in der Großen Seeschleuse über Bord gehen lassen, um einen Mitwisser zu entsorgen. Wie kam er auf Ihr Schiff?"

„Er war nie auf meinem Schiff."

Büttner seufzte tief und lange. „Herr van Lessen, halten Sie uns wirklich für so dumm? Längst sind die werten Kollegen der niederländischen Spurensicherung auf Ihrer *Malibu* und krempeln sie auf links. Glauben Sie mir, wenn Steckenbach dort war, dann werden sie es herausfinden. Schon mal was von Fingerabdrücken und DNA-Spuren gehört?"

„Pietro war's", behauptete Morten, der für einen Moment wirklich irritiert schien. „Ich hatte Pietro das Schiff geliehen. Ich hatte keine Ahnung, was er damit vorhatte. Er war es auch, der die Sache mit den Aktienkäufen durchgezogen hat."

„Und woher wissen Sie das? Wenn es so war, dann ist kaum anzunehmen, dass er ausgerechnet Sie ins Vertrauen gezogen hat."

„Doch, das hat er allerdings. Er wollte, dass ich mit einsteige. Aber so krumme Dinger sind nichts für mich."

„Aha. Und wie erklären Sie sich, dass er jetzt verschwunden ist?"

Morten grinste selbstsicher. „Was weiß ich. Vielleicht wurde ihm die Sache zu heiß und er hat sich aus dem Staub gemacht. Also, wenn ich die Morde begangen hätte, dann würde ich auch …"

Ein erstickter Schrei war zu hören. Gleich darauf sprang

Femke van Lessen auf, und noch ehe irgendjemand reagieren konnte, klebte ihre Handfläche auf der Wange ihres Schwagers. „Das nimmst du sofort zurück!“, keifte sie in einem solchen Kreissägen-Quietschen, dass sich nicht wenige unwillkürlich die Ohren zuhielten. „Pietro eines so gemeinen Mordes zu beschuldigen, da hört sich ja wohl alles auf!“ Eine zweite Schelle folgte der ersten. „Noch dazu, wo der arme Junge nicht hier ist und sich nicht wehren kann!“ Ihre Stimme überschlug sich vor Hysterie, als sie nun schrie: „Ihn hast du auch umgebracht! Oh, mein Gott, du hast den Jungen umgebracht!“ Wie eine Wahnsinnige schlug sie nun auf ihren Schwager ein, bis zwei uniformierte Polizisten sie von ihm wegzogen.

Doch damit nicht genug. Auch Bert van Lessen hatte eins und eins zusammengezählt und stürmte nun auf seinen Bruder los. Er packte ihn und zog ihn an seinem Oberhemd nach oben. „Was hast du mit Bertchen gemacht, du elendes Schwein? Sag mir sofort, was du mit meinem Sohn gemacht hast, oder ich quetsche dir das Hirn raus!“ Seine Hände schlangen sich um Mortens Hals und er drückte zu. Die herbeigeeilten Polizisten hatten alle Mühe, Bert von seinem Bruder zu lösen. Bis es ihnen gelang, war Mortens Gesicht bereits blau angelaufen und er rang, die Hand an den Hals gepresst, nach Luft.

„So, und nun beruhigen wir uns alle wieder“, sagte Büttner ungewohnt autoritär, denn er fürchtete, dass es noch mehr solcher Wutausbrüche geben könnte.

„Sie können mir nichts beweisen“, keuchte Morten. „Gar nichts können Sie mir beweisen.“

„Doch, das können sie.“ Zu aller Überraschung trat nun

Bertchen in den Salon und lief direkt auf seinen Onkel zu. Er hob seinen Laptop über den Kopf. „Hier drin hab ich alle Beweise zu dem Aktiendeal gesammelt. Großvater hatte mich darum gebeten, nur deswegen war ich überhaupt hier. Was wohl hätte ich sonst inmitten einer so widerwärtigen Meute wie dieser Familie zu suchen?" Er grinste seinen Onkel mit einem bittersüßen Lächeln an. „Du hast verloren, Morten. Genauso wie Pietro. Ihr seid ein cleveres Gespann, aber glaub mir, nicht clever genug für mich." Er drehte sich zu seinem Vater um, der ihn aus großen Augen anstarrte und dem es anscheinend die Sprache verschlagen hatte. Auch ihm schenkte er ein abfälliges Grinsen. „Du hast nicht wirklich geglaubt, dass ich Großvater über den Tisch ziehe, nur damit du dir die Werft unter den Nagel reißen kannst, oder? Um mich zu täuschen, musst du schon früher aufstehen, Vater. Sehr viel früher." Er zwinkerte seinem Großvater zu, dem Tränen der Erleichterung über die Wangen liefen, seit sein Enkel putzmunter vor ihm stand. Herbert van Lessen zwinkerte zurück. „Da bin ich aber froh, dass dir nichts passiert ist", krächzte er.

„Pietro hing in der Sache mit drin?", fragte Büttner.

„Ja." Bertchen nickte. „Er hat mit Morten gemeinsame Sache gemacht." Er tippte auf seinen Laptop. „Auch dafür habe ich genügend Beweise. Die ich im Übrigen längst an Ihr Polizeirevier geschickt habe."

„Auch Beweise zu den Morden?"

„Nein, leider nicht. Dazu kann ich nichts sagen."

„Schade. Aber für den Anfang ist es ja nicht schlecht. Und wo haben Sie die ganze Zeit gesteckt?"

„In einer Kammer des Maschinenraums. Ich musste

mich verstecken, Pietro hat mich bedroht. Ich hatte Angst um mein Leben. Sie wissen von den Textnachrichten, die er verschickt hat?“

„Ja. Wir wussten nur nicht, dass sie von ihm sind. Aber wo waren Sie denn nun genau? Ich dachte, man hätte Sie überall gesucht.“ Büttner verstand die Welt nicht mehr.

„Man hat mich auch gefunden. Einer der Maschinisten. Aber ich habe ihn gegen einen Obolus gebeten, mich nicht zu verraten. Sie werden verstehen, dass ich Ihnen den Namen des Mannes nicht nennen kann, das wäre nicht fair. Als ich alles herausgefunden hatte, was ich herausfinden wollte, und noch dazu die zahlreichen Blaulichter rund ums Schiff gesehen habe, habe ich Frau Reimers eine Nachricht geschickt, woraufhin sie mich ja auch ziemlich schnell aus meinem Versteck befreit hat.“

„Woher hatten Sie denn ihre Nummer?“

„Aus ihrem Smartphone. Ich hatte es mir zwischendurch mal … hm … ausgeliehen, um sicherzugehen, dass sie tatsächlich Polizistin ist, wie ich es bereits vermutet hatte.“

„Ach, Sie waren das.“ Büttner sah ihn tadelnd an. „Sie haben damit eine Menge Aufregung verursacht.“

„Tut mir leid. Aber wie Sie sehen, war es wichtig.“

Büttner grunzte unwillig, beschloss aber, es zunächst dabei zu belassen. Es gab Wichtigeres zu besprechen. „Und was ist mit Pietro? Wo versteckt der sich?“

Bertchen schaute ihn überrascht an. „Pietro ist weg? Davon weiß ich nichts.“

„Das ist doof.“ Büttner wandte sich Morten zu, der immer noch nach Luft schnappte, von Sophie Reimers aber bereits mit Wasser versorgt worden war und es gierig in sich hineinschüttete. „Dürfte ich von Ihnen erfahren, was Sie mit Pietro gemacht haben?“

„Ich weiß nicht … wovon … Sie reden“, japste er.

„Haben Sie ihn ebenso aus dem Weg geräumt wie Julian Steckenbach und Marcel Rittmers?“

Morten blickte Büttner nun deutlich gefasster in die Augen: „Nochmal zum Mitschreiben: Ich weiß nicht, wovon Sie reden.“

„Nun, das werden Sie, wenn wir Sie auf dem Revier in die Mangel genommen haben. Bis dahin können Sie sich schon mal an Ihr neues Zuhause gewöhnen. Es wird vermutlich ein wenig beengter sein, als Sie es gewohnt sind.“

Arie van Dijk gab seinen Leuten die Anweisung, Morten abzuführen und ihn sobald wie möglich nach Deutschland überführen zu lassen.

31

Es war eine kurze Nacht gewesen, und David Büttner hatte beschlossen, sich erst am Vormittag wieder um Morten van Lessen zu kümmern und unterdessen ein paar Stunden Schlaf nachzuholen. Ein wenig Zeit zum Nachdenken in der tristen Atmosphäre einer Arrestzelle löste vielleicht van Lessens Zunge. Vielleicht. Wirklich rechnete Büttner nicht damit, denn erfahrungsgemäß gab kaum jemand freiwillig Morde zu, die ihm nicht nachzuweisen waren. Und genau das war leider die derzeitige Situation. Zwar hatten die Kollegen auf der *Malibu* Spuren von Julian Steckenbach gefunden; doch war nicht klar, wer außer ihm zum Zeitpunkt des Mordes an Bord gewesen war, denn dazu konnte auch der Schleusenwärter keine Aussage machen. Morten oder Pietro oder beide zusammen? Und wer hatte den jungen Mann dann ins Schleusenbecken gestoßen? Es würde noch ein wenig Arbeit vonnöten sein, das herauszufinden. Vom Mord an Marcel Rittmers und dem Verschwinden von Pietro van Lessen mal ganz abgesehen. In dieser Angelegenheit waren sie noch nicht einen Schritt weiter.

Als Büttner und Hasenkrug am späten Vormittag den Vernehmungsraum betraten, blickte Morten van Lessen ihnen siegesbewusst entgegen. Von Verunsicherung keine

Spur. Die van Lessens waren wirklich ein verdammt zäher Haufen, wie Büttner frustriert feststellte. Es würde vermutlich ein langer und anstrengender Tag werden.

„Moin. Wir haben Spuren von Julian Steckenbach auf Ihrem Boot gefunden“, fiel Büttner mit der Tür ins Haus, während Hasenkrug das Aufnahmegerät startete. „Leugnen ist also zwecklos. Warum musste er sterben?“

Mortens Mund verzog sich zu einem Grinsen. „Netter Versuch, Herr Kommissar. Aber ich weiß nichts davon, dass er an Bord war. Sie müssten Pietro fragen, wenn Sie Genaueres wissen wollen.“

„Ja, sehr witzig.“

„Heißt das, er ist immer noch nicht aufgetaucht? Das tut mir sehr leid für Sie. Und für ihn.“ Morten zog den Kragen seines Oberhemdes zurecht, obwohl der tadellos saß. „Kann ich sonst noch etwas für Sie tun?“

„Sie könnten mit Ihren Spielchen aufhören“, brummte Büttner.

„Oh, entschuldigen Sie, natürlich. Dann sage ich ab jetzt gar nichts mehr. Anscheinend haben Sie kein Interesse an einem Plausch mit mir.“

Büttner schob seine Unterlagen zusammen und stand wortlos auf. Hasenkrug folgte ihm zur Tür.

„So wird das nichts“, seufzte Büttner, als sie wieder in ihrem Büro waren. „Der Kerl schaltet auf stur. Wir werden ihn auf andere Art überführen müssen. Nur habe ich leider keine Ahnung, wie das gehen soll, wenn alle in dieser verdammten Familie ihre Klappe halten.“

„Womöglich haben sie wirklich nichts gesehen oder gehört“, gab Hasenkrug zu bedenken. „Sie schienen ziemlich überrascht zu sein, als wir Morten als den mutmaßlichen Mörder entlarvten."

„Wenigstens könnte Pietro wieder auftauchen", maulte Büttner. „Vielleicht hat sich auch in seinem Fall ein Maschinist bereiterklärt, ihn zu verstecken? Könnte noch lukrativer sein als bei Bertchen."

„Definitiv nicht."

„Schade." Büttner nahm sich einen Schokoriegel und versank für ein paar Minuten in nachdenkliches Schweigen. Hasenkrug blätterte derweil in den Unterlagen, die Bertchen ihnen hatte zukommen lassen. „Aus den Dateien von Bertchen geht eindeutig hervor, dass Morten und Pietro beide an dem Aktiendeal beteiligt waren", stellte er schließlich fest. „Aus dem Ding kommen sie nicht mehr raus. Für einen Aufenthalt im Gefängnis dürfte es reichen."

„Nur leider sind wir die Mordkommission, da helfen uns irgendwelche Wirtschaftsverbrechen nichts, um den Staatsanwalt zufriedenzustellen. Zwar wird auch er annehmen, dass die Faktenlage keine andere Vermutung zulässt, als dass zumindest einer von den beiden Halunken für die Morde verantwortlich ist. Aber eine Vermutung ist eben nur eine Vermutung und kein Beweis. Also brauchen wir eine neue Strategie, um ihm wasserdicht einen Mörder präsentieren zu können. Mit Indizien wird er sich schwerlich zufriedengeben, es sei denn, es gibt sie in so hoher Zahl, dass man daraus praktisch einen Beweis stricken kann. Doch auch davon sind wir leider meilenweit entfernt, wie Sie wissen."

Die Tür ging auf, und Frau Weniger schob zwei Personen ins Büro. „Herr van Lessen und Frau … ähm … van

Lessen würden Sie gerne sprechen. Es geht um … ähm … Herrn van Lessen."

Büttner nickte wissend. So ging es ihm auch mit dieser Familie. Er hätte ad hoc nicht sagen können, wer von dem Familienclan jetzt eigentlich vor ihm stand und ihm die Hand gab.

„Sie sind Arne van Lessen, richtig? Der Sohn von Morten van Lessen, wenn ich mich richtig erinnere", wusste hingegen Hasenkrug zu sagen. Doch bei der fülligen Dame, deren Hände stark zitterten und die ihn aus glasigen Augen ansah, musste auch er passen.

„Enna van Lessen", presste sie hervor. „Ich bin die Mutter von Bertchen. Arne meinte, ich soll herkommen."

„Also ist Arne Ihr Neffe", schlussfolgerte Büttner. Er bedeutete den beiden, Platz zu nehmen. „Was führt Sie zu uns?"

Noch bevor jemand darauf antworten konnte, öffnete sich erneut die Tür und Frau Weniger sagte: „Wenn bitte einer von Ihnen herauskommen könnte? Es ist wichtig."

Hasenkrug erhob sich und war für wenige Minuten verschwunden. Als er zurückkam, streckte er Büttner einen Zettel entgegen, auf dem stand: *Pietro van Lessen wurde von einem Fischerboot tot aus dem IJsselmeer geborgen. Er wird in die Gerichtsmedizin überführt.*

„Na, bravo", murmelte Büttner. Damit ging ihnen ein weiterer Zeuge und womöglich sogar der Mörder durch die Lappen. Er konnte nicht umhin festzustellen, dass ihm diese Familie gewaltig auf den Keks ging.

„Ihr Neffe Pietro ist tot", verkündete er ohne Umschweife und schob den Zettel in Ennas Richtung.

„Oh", war alles, was sie darauf zu sagen hatte, und auch

Arne hob nur kurz die Brauen, nachdem er die Notiz gelesen hatte. Die Trauer schien sich in Grenzen zu halten.

„Deswegen sind wir hier“, verkündete Arne.

„Weil Sie ihn umgebracht haben? Das käme mir sehr entgegen.“

Arne ließ sich durch Büttners genervten Tonfall nicht irritieren. „Enna hat etwas beobachtet“, sagte er. „Wir wissen nicht, ob es wichtig ist, aber ich habe ihr gesagt, dass es nicht schaden kann, Sie darüber zu informieren.“

Büttner und Hasenkrug sahen Enna erwartungsvoll an, woraufhin die den Blick senkte und sagte: „Er hat meine Lieblingsbluse zerrissen.“

„Aha.“ Büttner sah seinen Assistenten fragend an, aber der zuckte nur mit den Schultern. „Und das heißt?“

„Sie redet von dem Abend, an dem Marcel Rittmers ermordet wurde“, erklärte Arne.

„Und warum zerreißt er dabei ihre Bluse?“ Büttner verstand nur Bahnhof.

„Nicht Rittmers. Sie glaubt, dass es Morten war.“

„Sie glauben es? Warum wissen Sie es nicht? Und was hat das mit dem Mord zu tun?“, wandte Büttner sich nun wieder Enna zu.

„Es war dunkel. Ich war auf dem Weg zur Bar, brauchte dringend was zu trinken.“ Sie hob ihren Blick und sah Büttner direkt in die Augen. „Normalerweise schlafe ich durch, aber an diesem Abend hatte ich wohl zu wenig getrunken.“

Büttner ging ein Licht auf. Vor ihm saß eine Alkoholikerin. Deshalb auch die ungesunde Färbung der Haut. Nun wurde ihm manches klar. Blöd nur, dass der Richter im

Ernstfall überprüfen lassen würde, ob sie überhaupt eine glaubwürdige Zeugin war. „Also, Sie waren auf dem Weg zur Bar. Und dann?"

„Dann rempelte mich plötzlich einer an." Sie griff sich an die Schulter. „Der packte mich hier oben. Dachte wohl, dass er fällt, und wollte sich an mir festhalten. Richtig fest zugegriffen hat er, mich sogar gekratzt. Ich kann Ihnen die Kratzspuren zeigen. Und dabei ist dann meine Bluse zerrissen."

„Das steht nirgends im Protokoll", stellte Hasenkrug fest. „Warum haben Sie es denn nicht gleich gesagt, als man Sie verhörte?"

„Mich hat keiner verhört. Bin dann ja wieder ins Bett, hatte Kopfschmerzen bei all dem Tumult, der plötzlich herrschte."

„Ach so?" Hasenkrug sah Arne fragend an, woraufhin der sagte: „Alle gingen davon aus, dass Enna schlafend im Bett lag, so wie jeden Abend nach dem Barbesuch. Und dass sie deswegen sowieso nichts mitbekommen hat. So haben wir es auch der holländischen Polizei gesagt."

„Stimmt, das steht hier", bestätigte Hasenkrug.

„Und nun ist Ihnen Ihre Bluse wieder eingefallen?", fragte Büttner.

„Ja. Als ich heute Morgen meinen Koffer gepackt habe. Da ist mir die Bluse in die Finger geraten. Hab mich geärgert, dass sie kaputt ist. Ist meine Lieblingsbluse, wissen Sie?"

„Ja, so viel hatte ich verstanden. Und warum wissen Sie davon?", wandte sich Büttner wieder an Arne.

„Enna hat es Kathrins Mutter erzählt. Die hat es Kathrin erzählt. Und Kathrin ist dann zu mir gekommen, weil …"

„Weil ich geschrien habe“, ergänzte Enna. „Hab mich so erschrocken. War ja dunkel.“

„Bitte?“

„Der Schrei, er hat Kathrin zu denken gegeben“, klärte Arne ihn auf. „Viele von uns sind von einem Schrei geweckt worden und haben in besagter Nacht nur deswegen von dem Tod Marcels erfahren.“

Büttner horchte auf, und auch Hasenkrug war nun ganz Ohr. „Das muss der Schrei gewesen sein, von dem auch Sophie gesprochen hat.“

Büttner nickte abwesend, er war schon einen Gedanken weiter. „Haben Sie die Bluse noch, Frau van Lessen?“, fragte er.

„Natürlich, ist doch meine Lieblingsbluse.“ Enna sah ihn an, als hätte er etwas Blasphemisches von sich gegeben. „Wollte meine Schneiderin fragen, ob da noch was zu machen ist. Mit dem halb appen Ärmel, meine ich.“

„Haben Sie sie schon gewaschen?“

„Wann denn?“ Enna warf ihrem Neffen einen vernichtenden Blick zu. „Arne wollte doch, dass ich sofort mit zu Ihnen komme.“

Büttner atmete erleichtert auf. Mit ganz viel Glück würden Sie an der Bluse Spuren von Morten oder Pietro finden und einen von ihnen damit konfrontieren. „Es wäre nett, wenn Sie uns die Bluse überlassen könnten.“ Als Enna ihn nun skeptisch ansah, fügte er hinzu: „Sie bekommen sie natürlich zurück, sobald wir sie nicht mehr brauchen.“

„Wir haben sie mitgebracht.“ Arne hob eine Plastiktüte vom Boden auf und reichte sie Büttner. „Sie ist hier drin.“

„Und wieso glauben Sie, dass es Morten war, der Sie

angerempelt hat?", fragte Hasenkrug. Er nahm die Tüte von seinem Chef entgegen und stand auf, um die Bluse schnellstmöglich in die Kriminaltechnik zu bringen.

„Weil er so gestunken hat", antwortete Enna.

„Bitte?"

„Enna mag Mortens Aftershave nicht", erklärte Arne. „Findet es zu aufdringlich."

„Sie haben ihn also am Geruch erkannt?"

Enna zog die Nase kraus und nickte. „Er stinkt", bekräftigte sie erneut. Sie nahm ihre Handtasche auf den Schoß und kramte in ihr herum. Schließlich zog sie ein Fläschchen hervor und hielt es in die Luft. „Das hat er fallen gelassen beim Rempeln", sagte sie. „Dachte, da ist was zu trinken drin. Riecht aber gar nicht wie Alkohol. Riecht nach gar nichts."

Hasenkrug, der gerade die Tür hinter sich schließen wollte, wurde von seinem Chef zurückgerufen. „Nehmen Sie das bitte mit ins Labor. Es soll sofort analysiert werden."

„Wird gemacht."

„Vielen Dank, dass Sie gekommen sind", sagte Büttner zu Arne van Lessen. „Vor allem, weil sich der Verdacht gegen Ihren Vater dadurch erhärtet hat. Sie hätten als naher Verwandter gar nicht aussagen müssen."

„Ich weiß." Arne zuckte die Schultern. „Aber Mörder ist Mörder. Ich wüsste nicht, warum ich ihn schonen sollte, nur weil er mein Vater ist." Er seufzte. „Immerhin hat er mir ja auch meine Karriere vermasselt. Zumindest die auf der Werft."

„Er hat es versucht", schränkte Büttner ein.

„Nein. Er hat es gemacht. Mein Großvater hat heute

verkündet, dass er die Werft niemandem aus der Familie vererbt."

„Sondern?"

„Er vermacht sie seiner Belegschaft. Der Entschluss stand schon fest, bevor wir mit der *White Cloud* losgefahren sind. Deshalb hat er auch einige Mitarbeiter eingeladen, uns zu begleiten. Wie er sagte, wollte er durch die Fahrt nur noch mal die Bestätigung haben, dass seine Familie es nicht wert ist, den Laden zu übernehmen. Nun, ich denke, diese Bestätigung haben wir ihm geliefert."

„Wie ich hörte, waren Sie ursprünglich als Haupterbe ausgeguckt worden. Ist ja jetzt trotzdem ziemlich blöd für Sie", stellte Büttner fest.

„Nee, gar nicht. Ich bin eigentlich ganz froh, aus dieser Verantwortung raus zu sein." Er zwinkerte Büttner zu. „Glauben Sie mir, mit den van Lessens zu arbeiten, ist nicht immer das reinste Vergnügen."

Büttner lachte. „Wem sagen Sie das, Herr van Lessen, wem sagen Sie das."

Nur kurze Zeit, nachdem Enna und Arne van Lessen das Kommissariat wieder verlassen hatten, kam Hasenkrug zurück ins Büro. Er hatte einen Plastikbeutel bei sich, in dem jenes Fläschchen steckte, das Enna in der Mordnacht gefunden hatte. „Volltreffer! In dem Fläschchen ist Kaliumchlorid in hoher Konzentration. Die einzigen Fingerabdrücke, die sichergestellt wurden, sind die von Enna van Lessen und … Raten Sie mal!"

„Morten van Lessen."

„Richtig. Und es sollte mich nicht wundern, wenn auch Pietro damit um die Ecke gebracht wurde. Der Bericht der

Rechtsmedizin dürfte bald vorliegen. Auf die Analyse der Bluse werden wir noch ein wenig warten müssen, aber das Labor hat versprochen, sie vorzuziehen."

„Nun", meinte Büttner, „dann schauen wir uns mal ganz genau das Gesicht von Morten van Lessen an, wenn wir ihn gleich mit den Tatsachen konfrontieren. Ich schätze, dass auch er danach keine Lust mehr auf Ausflüge im Kreise seiner Lieben haben wird."

„Und vor allem keine Zeit", griente Hasenkrug.

32

Speckpfannkuchen! David Büttner freute sich ein Loch in den Bauch, als er sah, dass seine Frau extra für ihn einen gebacken hatte. „Ich nehme an, dass alle anderen lieber von dem Flammkuchen essen, den ich im Ofen habe?“, fragte Susanne in die Runde. „Natürlich kann ich auch gerne mehr von den Pfannkuchen machen, wenn gewünscht.“

Alle bis auf ihren Mann winkten ab, und Susanne schickte sich an, den Flammkuchen zu servieren. Seit einer halben Stunde schon saßen sie in der Küche der Büttners gemütlich bei einem Glas Wein zusammen und feierten ihren gemeinsamen Ermittlungserfolg. Neben Sebastian Hasenkrug und Tonja waren auch Sophie Reimers und Arie van Dijk gekommen.

„Nachdem Sie Morten van Lessen festgenommen hatten, hat sich uns Joke Bruhns angedient“, erzählte Arie van Dijk. „Er bat uns darum, ihn noch auf dem Schiff zu verhaften.“

„Das hat man selten“, stellte Sophie Reimers fest. „Wollte er auch einmal im Leben der Mörder sein, oder was?“

Van Dijk lachte. „Nein. Er wollte einen Mord verhindern, nämlich den an der eigenen Person.“

„Verstehe ich nicht.“

„Er hatte ein Riesending in Groningen laufen. Es ging um eine große Menge harter Drogen. Leider aber hatte er einen wichtigen Termin mit seinen russischen Kompagnons verpasst, weil der alte van Lessen das Schiff in Groningen und Lemmer auf Weiterfahrt geschickt hat."

„Autsch!" Hasenkrug verzog das Gesicht. „Das dürfte ihn teuer zu stehen kommen, wenn sie ihn finden. Für gewöhnlich sind die alles andere als zimperlich, wenn es um einen Vertrauensbruch geht."

„Genau. Deswegen war es Bruhns lieber, wir sperren ihn weg, als dass die ihn finden."

„Und? Haben Sie?"

„Nein." Arie van Dijk grinste. „Uns fehlten die Beweise. Allerdings hat er dann behauptet, er habe damals zur Vertuschung das Feuer gelegt, in dem Rittmers Bruder ums Leben kam. Angeblich habe er dem Bruder zuvor verunreinigtes Heroin verkauft, an dem der krepierte. Ich habe ihm gesagt, er solle sich an Sie wenden, wenn er dazu etwas zu sagen habe, denn das sei Ihr Fall. Aber das hat er wohl nicht."

„Nein, bisher nicht. Vielleicht aber sollten wir in dieser Sache wirklich noch mal genauer hinsehen. Es gibt da ein paar Ungereimtheiten." Nun grinste Hasenkrug. „Gesetzt den Fall, er überlebt die Russen."

Arie van Dijk nahm einen Schluck Wein, dann fragte er: „Wie haben Sie Morten van Lessen denn letztlich den Mord an Julian Steckenbach und Pietro nachgewiesen?"

„Mussten wir gar nicht", antwortete Hasenkrug, nachdem er einen Bissen von seinem Flammkuchen hinuntergeschluckt hatte. „Der war so geplättet, dass wir ihm den

Mord an Marcel Rittmers nachweisen konnten, dass er die anderen beiden gleich gestanden hat. Im Übrigen nimmt die Rechtsmedizin an, dass auch Pietro an einer Dosis Kaliumchlorid gestorben ist."

„Und wo lag nun das Motiv für die Morde?"

„Julian Steckenbach hat den Fehler gemacht, sich nicht nur Bertchen, sondern auch Morten gegenüber zu erkennen zu geben und ihm mitzuteilen, dass er aus der Sache raus sei. Angeblich hat er sogar versucht, Morten zu erpressen. Also ging er in der Schleuse früher als geplant über Bord. Eigentlich hatten Morten und Pietro ihn erst auf hoher See entsorgen wollen, wie Morten sagt, doch schon gleich nach dem Ablegen in Emden kam es wohl zu einem heftigen Streit und infolgedessen zu einer Rangelei, weil Julian damit drohte, die Polizei einzuschalten."

„Dumm gelaufen", schmatzte Büttner, der vollauf mit seinem Speckpfannkuchen beschäftigt war.

„Tja, und Marcel Rittmers muss beobachtet haben, wie Steckenbach an Bord der *Malibu* ging", fuhr Hasenkrug fort. „Als dann Julians Leiche geborgen wurde, hat auch er geglaubt, daraus Profit schlagen zu können." Hasenkrug malte ein Kreuz in die Luft. „Ex und hopp."

„Und Pietro?"

„Mit dem hätte Morten teilen müssen. Teilen war aber noch nie sein Ding. Er hat Pietro nur für seine Zwecke benutzt und ihn dann im wahrsten Sinne des Wortes weggeworfen. Wenn Sie mich fragen, war das von Anfang an geplant."

„Na, denn." Arie van Dijk hob sein Glas und brachte einen Toast aus. „*Geachte Duitse collegas*, ich habe die

Zusammenarbeit mit Ihnen sehr genossen. Wenn ich die Wahl hätte, dann wäre der nächste Mord wieder einer, der Grenzen überschreitet! Prost!“

DANKE!

Noch bevor ich „Sippenverfall“ ins Lektorat gab, haben mir meine Testleserin Sabine Kern sowie mein ständiger Berater Volker Behnecke bereits wertvolle Hinweise zu Logik und Aufbau der Geschichte gegeben, die mich zum erneuten Nachdenken angeregten. Vielen Dank dafür, Ihr Lieben, Ihr seid die Besten! Richtig auf Trab aber brachte mich danach mein Lektor Hagen Schied (www.lektorat-buchwaerts.de), der mit professionellem Auge auch das sah, was Laien (und mir) gemeinhin verborgen bleibt. Ich danke ihm von Herzen für seine wertvollen Anmerkungen, Einwände, Ergänzungen und die konstruktive Kritik. Den allerletzten Schliff gab Corinna Rindlisbacherr (www.ebokks.de) im Korrektorat. Sie konvertierte auch die Textdatei ins richtige Format. Auch dafür ein großes Dankeschön!
Wie immer freue ich mich sehr über das gelungene Cover, das auch diesmal wieder von Susanne Elsen (www.mohnrot.com) gestaltet wurde.

Liebe Leserin, lieber Leser,

ich freue mich sehr, dass Sie „Sippenverfall“ als Lektüre ausgewählt haben und hoffe, dass ich Ihnen mit dieser Geschichte ein paar angenehme Stunden bereiten konnte. In diesem Fall würde ich mich über eine Rezension in den Online-Shops oder ein Feedback auf meiner Homepage (www.elke-bergsma.de) oder per E-Mail (mail@elke-bergsma.de) sehr freuen.

Sollten Sie Lust haben, mehr von Büttner und Hasenkrug zu lesen, darf ich Ihnen an dieser Stelle meine siebzehn weiteren Ostfrieslandkrimis ans Herz legen, die vor „Sippenverfall“ in dieser Reihenfolge erschienen sind:

„Windbruch“
„Das Teekomplott“
„Lustakkorde“
„Tödliche Saat“
„Dat witte Lücht“ (Kurzkrimi)
„Puppenblut“
„Stumme Tränen“
„Schweigende Schuld“
„Fluchträume“
„Brandwunden“
„Strandboten“
„Maskenmord“
„Eisige Spuren“
„Seelenrausch“
„Scheinwelten“

„Dunstkreise“
„Zornesbrut“

Vielleicht haben Sie auch Lust, in die ersten Bände meiner historisch-zeitgenössischen Ostfrieslandkrimireihe „Wibben und Weerts ermitteln“ reinzuschnuppern? In dieser Reihe sind bisher erschienen:

„Moorsmaragd“
„Flutrubin“

Möchten Sie regelmäßig und unkompliziert über alles, was rund um meine Krimis herum passiert, informiert werden, dann abonnieren Sie doch einfach meinen Newsletter unter www.elke-bergsma.de/Newsletter/448

Herzliche Grüße
Elke Bergsma

www.elke-bergsma.de
www.die-leseinsel.de
www.dat-leseboot.de
www.facebook.com/elkebergsmaautorin